화합으로 으뜸이 된 남자

화합으로 으뜸이 된 남자

한화갑 著

소담출판사

사람이 세상을 살면서 가끔 뒤를 돌아보고 자기 자신의 이야기를 기록해 두는 일도 필요한데 저는 그러지를 못했습니다. 앞만 보며 달려가기에도 바쁜 것이 정치인의 일상이기 때문입니다. 그러나 제가 이제 국민 여러분 앞에 처음 대중정치인으로 나서게 된 만큼 저의 모든 것을 진솔하게 보여 드리는 것이 도리요 의무라는 생각으로 지난 몇 개월 간 황망중에도 틈틈이 시간을 내서 책 한 권을 꾸며 보았습니다.

이 책을 위해 잊혀진 기억들을 되살리고 남아있는 추억들을 반추하다 보니 꿈 많은 섬소년이었던 제가 참으로 멀리도 와 있다는 사실이 새삼스럽게 경이로웠습니다. 저는 오늘의 제가 있기까지 척박한 환경과 혹독한 시련에 정면으로 맞서며 불굴의 의지로 제 운명을 개척해 왔다고 자부하고 있었는데, 다시 돌이켜보니 이 모든 것이 정해진 운명의 길이 아니었던가 하는 생각으로 숙연해지고 말았습니다. 그리하여 저는 범사에 감사하고 범사에 겸손하고자 하는 저의 생활자세를 새롭게 다잡을 수 있었습니다.

저는 정치의 요체란 높은 도덕성과 좋은 정책을 가지고 국민에게 봉사하는 경쟁이라는 소신을 가지고 있습니다. 제가 민주화투쟁으로 옥고를 치를 때조차도, 군사독재를 종식시키기 위해서는 목숨을 걸고 싸워야겠지만 민주화가 되어 정치가 정상으로 돌아가면 여야가 서로 국민에게 봉사하는 선의의 경쟁을 해야 한다고 생각했습니다. 그리고 그런 경쟁에서 이기려면 높은 도덕성과 좋은 정책을 가져야 하므로, 언제나 깨끗하게 처신하고 자신을 갈고 닦으며 연구하고 준비해야 한다는 생각으로 제 나름대로는 성실하게 노력을 해왔습니다.

저는 또한 우리 시대 정치의 가장 시급한 당면과제는 민족 대화합을 이루는 일이라는 소신을 가지고 있습니다. 분단의 모순 속에서 개발독재와 지역차별의 시대를 살고 민주 대 반민주의 치열한 대결을 거쳐오는 동안 지역갈등이 심화되어 우리 모두에게 깊은 상처를 안겨주었습니다. 그 후유증으로 오늘날은 배타적인 지역패권주의에 근거한 정치세력들이 대의명분마저 던져버린 채 증오와 상극의 정치만을 확대 재생산하여 이 소중한 시기에 국력을 헛되이 소진하고 있습니다. 지금 눈을 한

치만 밖으로 돌리면 세계는 무한경쟁의 경제대전에 돌입하여 하루가 다르게 격변하고 있음을 알 수 있습니다. 그런데 우리는 구태의연하고 소모적인 정쟁에 몰두하여 시간과 에너지를 낭비하고 있습니다. 바로 한 세기 전에 우리 선조들은 국제사회의 변화를 외면한 채 정쟁만을 일삼다가 망국의 역사를 자초했습니다. 우리는 선조들의 과오를 반복할 수는 없습니다.

망국적인 지역갈등과 증오의 악순환을 낳은 것이 정치이지만 그것을 치유할 수 있는 것도 정치입니다. 정치인들이 모두 대오각성하여 지역갈등에 찌든 낡은 정치를 청산하고 민족 대화합을 위해 앞장서서 모범을 보이면 국민이 따라오게 됩니다. 대통령이 바로 그 선두에 서야 합니다. 따라서 저는 차기 대통령은 진실로 따뜻한 마음과 화합의 철학을 가진 사람이어야 한다고 믿습니다. 시대는 모든 갈등과 증오, 모든 대립과 반목을 화합의 용광로에 녹여서 민족의 에너지로 승화시킬 수 있는 탁월한 리더십을 가진 대통령을 요구하고 있는 것입니다. 저는 부족한 점이 많은 사람이지만, 제가 그런 품성과 리더십을 가지고 있다고 생각해서 감히 대통령 후보 경쟁에 나섰습니다.

비록 '호남 후보 불가론'이라는 현실의 벽을 넘지 못하여 제 뜻을 접고 말았지만, 저의 품성과 리더십에 대한 판단은 독자 여러분, 더 나아가서 국민 여러분이 내려주실 부분입니다. 이 책은 그런 판단을 위한 하나의 작은 참고자료가 될 것입니다.

이 책이 나오기까지 수고하신 모든 분들께 깊은 감사드립니다.

2002년 4월 한화갑

목포 제2중학교 시절

목포고등학교 때

서울대 외교학과 입학 직후 모습

1963년 졸업 당시

김대중 대통령 후보를 수행하며 4 · 19 묘소에서

동교동 앞뜰에서 김대중 선생과 함께

유신 체제하 동교동 공보비서 시절

의로운 길이기에 당당했던 옥중 모습

가난한 연인들의 데이트

교사 시절의 아내

나의 보석 두 아들과 함께

의젓한 형과 개구쟁이 아우

남편이 감옥에 있어도 나무처럼 꿋꿋하게 두 아들을 키운 아내

아들 며느리와 함께

1986년 독일 유학을 마치고 귀국길에 미국에 들러 민주당 존 켈리 상원의원과 함께

1988년 메릴랜드 주 미 콜스키 상원의원과 함께

무주택 서민을 위해 '사랑의 집짓기' 운동을 몸소 실천하다

영남 지역을 자주 방문하여
동서 화합에 앞장서다

국회를 방문한 섬어린이들과 악수를……

최고위원 경선에서 압도적인 지지로 1위 당선

한국기원 총재로서 바둑인들의 동서화합에도 일조함

늦게 시작했지만 누구보다 충실했던 의정 활동

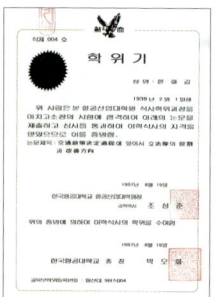

건설교통위원회 활동을 위
해 항공정책을 공부하다
석사학위까지 취득

5년 연속 국감 스타로 우뚝서다

천주교 신자로서 미사를 드리며

종교를 초월하여 불교계와 대화가 통하는 진실한 정치인

당지도부 회의에서 당의 화합과 발전 방향을 제시하며

외교 전문가로서 의원외교에 나서 독일 슈레더 총리를 방문

미 공화당 원로 베이커 전 국무장관과 亞美정책포럼 및 韓美정책포럼의 창립을 논의하며

韓美정책포럼 한국지부 창립대회

고향 염전에서 소금을 퍼올리며 세상의 소금이 되기를 다짐하다

서남해의 보석 홍도를 방문하여

제5장 2002년 현실과 2010년의 비전

제1장
사연이 많은 섬, 고향 우이도

소쩍새가 울 때까지 기다려야 하는 이유

일본의 막부 시대를 열었던 3인의 무사는 오다 노부나가, 도요토미 히데요시, 도쿠가와 이에야스이다. 세 사람 모두 난세에 태어나 나름대로 최선을 다했고 정상의 자리에 올랐다가 장렬하게 세상을 떠난 사람들이다. 결론부터 말한다면, 그 난세를 개척한 사람은 오다 노부나가였고 화려한 전성기를 이룬 사람은 도요토미 히데요시였으며 그 모든 상황을 수습하고 실질적인 막부시대를 연 인물, 즉 통일과 화합을 이루어낸 최후의 승자는 도쿠가와 이에야스였다.

어려운 때에 나타났던 이 세 사람의 독특한 캐릭터와 리더십에 대해 오늘날 일본 사람들은 많은 연구를 하고 있고 이들의 행적을 교과서로 삼고 있다.

세 사람이 살아 있을 때 있었던 일이라고 한다. 물론 이 이야기는 세 사람을 대비하기 위해 누군가가 만든 이야기겠지만, 시사하는 점이 많기 때문에 인용해 보기로 한다.

화창한 봄날 세 사람이 술잔을 기울이고 있을 때 정자머리에 매달려 있던 조롱 속에 소쩍새가 갇혀 있었다. 날개를 퍼덕이며 가끔씩 자리를 옮기는 그 소쩍새는 이상하게 한 번도 울지 않았다. 그러자 성질 급한 오다 노부나가가 제안을 했다.

"자 우리, 저 울지 않는 조롱 속의 소쩍새를 시제로 해서 하이쿠 한 수씩 읊어봅시다."

그리고 오다 노부나가는 이렇게 첫 수를 읊었다.

'울지 않는 소쩍새 단칼로 베어내리.'

옆에서 웃고 있던 도요토미 히데요시가 그 시를 받았다.

'울지 않는 소쩍새라면 억지로라도 울도록 만들리. 아주 강제로.'

그러자 고개를 숙이고 두 사람의 시를 감상하고 난 도쿠가와 이에야스가 아주 느릿하게 앞사람들의 시를 마무리지었다.

'조롱 속의 소쩍새가 잠시 울지 않으면 어떠리…… 울지 않으면 울 때까지 기다리면 될 것을…….'

비슷한 예는 또 있다.

세 사람이 바둑판을 앞에 놓고 앉아 열심히 대국을 하고 있었다. 사람들은 숨소리를 죽이고서 세 사람의 바둑 두는 솜씨를 지켜보았다.

성질 급한 오다 노부나가는 처음부터 강한 공격수로 상대방을 압박하고 도처에서 싸움을 벌인다. 진 곳에서는 미련없이 손을 떼고 이기는 곳에서 속전속결로 승부를 낸다. 이에 비해 도요토미 히데요시는 대마 위주로 바둑판을 화려하게 끌고 가고 상대편을 사방에서 포위하여 완승을 이룩한다. 재미있는 것은 오다 노부나가나 도요토미 히데요시는 이기든 지든 대국 시간을 가능한 한 짧게 하고 주변에 서 있는 관전자들에게 멋진 쇼맨십을 보여 준다는 점이었다.

그러나 도쿠가와 이에야스는 돌 하나하나를 신중하게 놓으면서 우선 대국 시간을 충분히 갖는다. 그리고 필요없는 사석을 만들지도 않을 뿐만 아니라 적의 대마를 아슬아슬하게 잡는 무리수도 두지 않는다. 바둑을 다 두고 계가를 할 때까지 관전자들도 승부를 알 수가 없다. 그러나 이윽고 계가를 끝냈을 때 도쿠가와 이에야스는 바둑판 전체에서 고르게 승세를 굳히고 상대방에게 불쾌감을 주지 않을 정도로 이긴다는 것이다.

실제로 도쿠가와 이에야스는 바둑에 높은 안목을 가지고 있어, 임금 앞에서 어기(御棋)를 두는 기사, 장군들에게 바둑을 가르치는 바둑 선생님, 그리고 바둑의 승단을 관장하고 기사들을 통솔하는 명인을 양성하고 그 명인들에게 '기소(碁所)'라는 최고의 칭호를 주는 일도 했다.

이에야스는 힘없는 미카와(三河) 영주의 아들로 태어나 적진에서 10년이 넘는 긴 세월 동안 볼모 생활을 하였다. 그때 어린 이에야스는 적진에서 볼모의 신세로 살아남기 위해서는 무조건 참고 때를 기다리는 지혜를 터득하였다. 아무리 급한 일을 당해도 서두르거나 허둥대지 않고 냉철하게 사태를 판단하며 최후의 승리를 위해 준비하고 인내하는 뚝심을 일찍부터 키운 셈이다.

그래서 그는 초기에 노부나가와 협조하고 때로는 그의 보호를 받으며 힘을 길렀다. 그후에는 히데요시와 협조하여 천하의 패권을 차지하였고, 히데요시가 세상을 떠난 후에는 그의 아들 도요토미 히데요리(豊臣秀賴)를 보호하면서 섭정으로 천하의 정상에 오르게 된 것이다.

이에야스는 결코 기회주의자가 아니었다. 또 보신주의자도 아니었다. 다만 때를 기다리고 마지막 순간까지 사석을 줄이면서 치밀한 계가를 해 나가는 명석한 기사처럼 판세를 이끌어 간 것이다. 그리고 모든 사람에게 공감이 가는 천하통일을 이룩하였다.

어느 기자는 나의 정치적 캐릭터를 묘사하며 도쿠가와 이에야스와 비교하였다. 여러 가지 면에서 비슷하다는 이야기인데 과찬일 뿐이다. 아마 내가 잘 기다리고 때에 따라서는 양보하고, 이해를 달리하는 사람들에게까지 동의를 얻어내는 일들과 과정을 지켜보면서 그렇게 후한 점수를 주었을 것이다.

그러나 어쨌든 나는 서둘러서 일을 그르치기보다는 참으면서 일을 성사시켜 왔다. 또한 이해득실을 따지며 갈라서기보다는 내가 조금 손해를 보더라도 양보하는 쪽으로 화해를 성립시켜 왔다.

물론 이런 인내와 노고로 일을 완성시키는 것은 함께 보람을 느끼고 그 성취를 통한 과실을 함께 나누자는 철학을 바탕으로 한 것이다.

소쩍새가 울지 않는다고 칼로 해치거나 억지로 울게 하는 일은 나의 소신과 전혀 맞지 않는다. 어차피 살아 있는 소쩍새라면 언젠가는 울 것이고, 자연스럽게 울어주는 소쩍새야말로 가장 아름답기 때문이다.

사연이 많은 섬, 고향 우이도

고향 우이도의 뒷산, 덜섬에 올라가면 세 개의 큰 섬이 보인다. 서쪽으로 아득히 보이는 산이 흑산도이고 동쪽으로 건너다 보이는 두 개의 섬은 도초도와 하의도이다. 지금 우이도는 도초면에 속하지만 내가 어렸을 때는 우이도가 흑산면에 속해 있었다. 어린 시절 나는 가끔 덜섬 꼭대기에 앉아 바다와 섬을 바라보며 공상에 잠기곤 했는데, 언젠가는 이런 생각을 한 일이 있다. 육지에서 가깝게 있는 섬들이 자기들끼리 옹기종기 모여 있는 것에 비해 흑산도는 너무 멀리 떨어져 있는데, 바로 이런 안타까운 먼 거리를 메워주기 위해 우리 고향 우이도가 그 바다의 중간쯤에 떠 있는 것이라고…….

돌이켜 보면 다소 황당한 생각이지만 어릴 때 뒷산에 올라가 바라 본 내해의 섬들과 먼 바다의 흑산도는 너무 아득하게 떨어져 있었고, 그 떨어져 있는 거리감이 너무 막막하게 느껴졌던 것도 사실이다. 그래서 그 바다의 중간쯤에 위치해 있는 우리 섬 우이도야말로 서해에 흩어져 각각 외로움을 느끼는 섬들을 위로해 주는 일종의 중재자가 아닐까……하는 생각을 해 본 것이다.

　고향 마을에서 목포로 나오려면 섬을 한 바퀴 휙 돌고 흑산도를 뒤로하면서 도초도와 하의도 사이로 난 물길을 일단 빠져나가야 되고, 그후 안좌도를 왼쪽으로 바라보면서 한참을 달려야 목포항에 이르게 된다.

　내가 육지사람들에게 내 고향을 소개하기 위해 고향의 행정 명칭 '전남 신안군 도초면 우이도리 789' 라고 써 보이면, 그곳이 산골인지 그냥 시골 마을인지, 어촌인지 잘 알지 못한다. 그러나 이렇게 말하면 대개 알아듣는다.

　"홍도나 흑산도 가실 때 일단 섬 많은 내해를 다 빠져나와 먼 바다로 나가면서, 제일 먼저 만나는 외딴 섬…… 그러니까 흑산도로 가기 전에 제일 먼저 스쳐 지나가는 고도입니다."

　국회의원이 된 후 군수가 행정 지도를 하기 위해 쓰는 쾌속선을 함께 타고 달려 보았더니 목포에서 고향섬까지 딱 한 시간 반이 걸렸다. 그러나 이것은 쾌속선이 직항으로 달릴 경우이고, 요즘도 목포에서 우이도로 바로 가는 배가 없으니, 목포에서 7시 40분 첫 배를 탄다 해도 도초에서 배를 갈아타고 우이도에 도착하는 시간은 오후 1시가 넘어서이다. 내가 학교 다닐 때는 배의 속력이 요즘과는 비교가 안 되었으므로 목포에서 우이도까지 가려면 거의 하루 종일이 걸렸으며, 배 시간을 못

맞추면 하룻밤을 도초도에서 묵어야 했다.

내가 태어난 돈목 마을의 선착장에서 힘들게 배에 오르고 나면 그 배가 고향땅 우이도를 한 바퀴 돌아서 섬 반대편의 진리 마을 선착장에 멈춘다. 진리 마을은 우이도의 중심지로서 우이도 출장소가 있고 초등학교도 있다. 이 초등학교는 내가 열네 살 때 생긴 학교로 나는 이 학교의 2회 졸업생이었다. 이렇게 떠날 때부터 섬을 한 바퀴 도는 일주여행을 하고, 진리에서 사람을 다 태우고 나면 우리 고향섬의 본가격인 도초도로 향한다. 도초는 일단 섬이니까 우리는 도초도라고 부르지만 행정구역상으로는 그곳에 면사무소가 있기 때문에 흔히 도초면이라고도 부른다.

내가 어렸을 때는 정기선을 못 타면 돛으로 움직이는 풍선(風船)을 타고 몇 시간씩 파도에 시달리는 위험한 항해를 하기도 했다. 아무튼 우리에겐 도초면까지만 나가는 일도 엄청난 여행이었다. 따라서 도초도 면사무소가 있는 그곳, 파출소가 있고 제법 번화한 거리도 있고 술집과 다방이 있는 그곳이야말로 내가 상상할 수 있는 도시 풍경의 전부였다. 그리하여 내가 열여섯의 나이로 목포에 있는 중학교에 입학하기 전까지 큰 섬이나 뭍에 관한 상상은 언제나 이 도초면 포구에서 그치고 말았다.

내 고향 우이도(牛耳島)는 아마도 소의 귀 모습을 닮았다고 해서 그렇게 이름이 붙여진 것 같은데 막상 지도를 펴 놓고 보면 그렇지도 않다. 억지로 소 모습으로 맞춰본다면 소의 정수리에 해당하는 움푹 파인만(灣) 속에 내가 태어난 마을, 돈목이 자리잡고 있다. 지금은 행정선까지도 뱃머리를 댈 수 있을 만큼 단단한 시멘트 선착장이 마련되어 있지만 옛날에는 날씨가 조금만 궂어도 배를 댈 수 없을 정도로 선착장이 초라하였다. 선착장에서 100미터 정도 가파른 보리밭 이랑을 올라서야 동네가 보이는데 그 동네가 바로 내가 태어난 곳이다.

돈목 마을에는 내가 자랄 때만 해도 30호가 넘는 집들이 어깨를 마주대고 이웃이자 친척으로 정을 나누고 있었다. 한 가구에 평균 다섯 식구가 살았다고 해도 150여 명이나 되는 동네 사람들이 사람의 훈기를 나누면서 와자하게 삶의 판을 일구었다. 내가 초등학교에 들어갈 즈음에는 고향 우이도에 학교가 없어서 가장 가까운 면사무소 소재지인 도초도로 나가 하숙을 하면서 초등학교 생활을 시작하였다. 그후 우이도 선착장이 있는 진리 마을에 간이 초등학교가 생겨 그곳으로 적을 옮기고, 매일 남산만한 산을 두 개나 넘어 험한 산길 통학을 하였다. 내가 다니던 그 산길을 따라 지난 80년대에 한전에서 전기 공사를 한 덕에 요즘에는 돈목 마을에도 전기가 들어온다.

그런데 지금 생각해 봐도 돈목 마을의 생계 수단이 아리송하다. 해안이 백사장만 펼쳐져 있고 개펄이 없는 관계로 김 양식장 같은 것도 마련할 수가 없고, 딱히 많이 나는 어물도 없어서 우리 마을을 어촌이라고 부를 수도 없었다. 그래서 나는 어려서부터 뒷산에 올라가 나무를 해 오고 소꼴을 먹이는 등 농삿일에 더 익숙한 편이었다. 지금도 봄이면 이랑마다 파란 보리나 마늘이 자라던 풍경을 선명하게 기억하고 있다. 말하자면 돈목 마을은 어촌도 아니고 농촌도 아닌 그야말로 비해비산

(非海非山)의 어정쩡한 고도(孤島)였으니, 고향 사람들은 사시사철 북감자(하지감자)나 고구마로 주식을 삼으면서 이따금씩 보리밥으로 아픈 위장을 달래고 모자라는 영양분을 바다에서 어렵사리 건져올린 해물들로 채워왔던 것이다.

고기잡이도 제대로 되지 않고 논 농사도 없었고, 그저 손바닥만한 산자락의 밭이랑에 의지하면서 그때그때 돈 되는 일에 온 마을 사람들이 매달렸던 그런 삶이 아니었나 싶다.

그래서 아버지는 젊어서부터 뒷산에 올라가 화목(火木)을 베어다가 목포에 내다 파시는 일을 생업으로 하셨다. 나무를 팔지 않으실 때에는 마을 사람들이 먼 바다로 나가 잡아 온 조기를 중간 도매상격인 객주(客主)에 내다 파는 일을 하셨다.

지금 고향 마을에는 30호 되던 가구에서 절반 이상이 뭍으로 떠나가고 열 가구 정도가 남아있다. 그나마도 젊은이들은 모조리 타지로 나가고, 이따금 해풍이 지붕과 문짝을 때리고 지나가는 그 쓸쓸한 집을 지키는 노인들만 남아있다.

원래 돈목 마을에는 내가 태어난 생가가 있었고, 초등학교 다닐 때 동생들과 자라던 어릴 때의 집이 있었고, 그후 형제들이 자라서 모여 살던 세 번째 집이 있었다. 왜 이렇게 세 번씩이나 거처를 옮겼느냐 하면 여덟이나 되는 우리 형제들의 덩치가 커지면서 한 집에서는 도저히 견딜 수가 없어서 형편이 되는 대로 집을 조금씩 늘려갔기 때문이다.

그런데 최근에 가 보았더니 내가 태어난 생가와 초등학교 다닐 때의 그 집은 헐려 없어져 버렸다. 아버지와 어머니가 고향을 떠나시고 집을 오랫동안 비워 놓은 동안 그 뒷모습이 너무 초라하게 변모하자, 고향에 남아있던 사촌들이 수고를 해서 낡은 집들을 철거하고 터만 보존했다고 한다. 그래서 생가 터에는 잡초만 무성하고, 내가 초등학교 책을 펴 놓고 툇마루에 쪼그려 앉아 공부하던 그 집터에는 어렸을 때부터 보아왔던 후박나무만 훌쩍 큰 덩치로 빈 집터를 지키고 있었다. 그 후박나무의 껍질은 한약재로도 유명하다. 우리집 뒷산에도 그 나무들이 많아서 그 껍질은 아버지의 화목과 함께 배에 실려나가 우리 8남매의 학비를 대는 데 큰 도움이 되기도 했다.

우리나라 농어촌이 대체로 그러하듯이 웬만한 사람들은 모두 고향을 등지고 떠났다. 그런데 고맙게도 우리 고향 마을에는 사촌 아우가 남아 이런저런 집안의 대소사를 챙기고, 여름에는 피서객을 상대로 민박을 쳐 생계를 유지하고 있다. 마을이 한창 번창할 때는 우리 돈목 마을에도 분교 형식의 초등학교가 들어서 있었는데 다닐 학생이 없어서 몇 년 전에 문을 닫았고, 어떤 분이 그 폐교를 임대하여 수련원이나 돈목 해수욕장을 찾는 관광객들의 숙소로 활용할 모양이다.

그런데 내 고향 우이도가 마냥 이름없는 서해의 고도만은 아니다.

조선조 말의 대선비로 우리 신안군에 유배를 왔던 정약전(丁若銓) 선생이 흑산도 근처로 귀양 가 그 유명한 『자산어보(玆山魚譜)』를 썼다는 것은 널리 알려진 사실이다. 그런데 지금은 세상을 뜬 남도 출신 한창기 씨가 순 우리말로 표기를 하고 정론을 펼쳐 이름을 떨쳤던 월간지

'뿌리깊은 나무' 사가 지난 80년대 초에 야심적으로 발간한 우리나라 최초의 종합지리지 《한국의 발견》 전라남도 편을 보면 놀라운 사실이 실려 있다.

이 섬(흑산도)과 이웃한 우이도에는 나라에 큰 죄를 지었던 이나, 죄를 짓지 않은 이라도 역적으로 몰린 이가 귀양살이를 하러 왔던 곳이기도 한데, 그런 사람 중에는 조선시대 말기인 1801년에 천주교를 박해했던 사건인 '신유사옥' 때에 천주교 신자라는 이유로 죄인으로 다루어진 정약전과, 1873년에 대원군의 독재 정치를 규탄하는 상소문을 고종에게 올렸다가 역시 죄인으로 몰렸던 최익현이 끼어 있다.

그러니까 그 유명한 정약전 선생이 바로 내가 태어난 우이도에서 유배 생활을 하셨고, 최근 드라마로도 방영되고 있는 '명성황후' 속에서 가장 지조있는 선비로 등장하고 지금까지도 유림들의 존경을 받고 있는 면암(勉庵) 최익현 선생 역시 내가 자라면서 뛰어 놀던 섬에서 유배 생활을 하셨다는 내용인 것이다. 나는 이런 사실을 잘 모르고 자랐다. 그러나 내 고향의 섬 모습이 섬치고는 무슨 교도소처럼 해안선이 너무 가파르고 절벽이 많다는 점, 그리고 섬 전체의 분위기도 너무 을씨년스러웠다는 기억은 있다. 아마도 우이도는 흑산도와 함께 전형적인 유배지였던 듯하다. 요즘 흑산도에 정약전 선생의 구체적인 유적지가 세워지고, 최익현 선생의 유배를 기념하는 비까지 세워지는 것을 보면 아마도 원래는 우이도에 유배 왔던 두 분이 배를 타고 우이도와 흑산도를 오가면서 긴긴 유배 생활의 고독과 시름을 달랜 게 아닌가 싶다.

지난 70년대에 내 고향 우이도 근처를 자주 탐사하고 역사 연구를 해왔던 목포 해양 전문대학 최덕원 교수는 바로 우이도의 한 주민의 집에서 놀라운 고서 하나를 발견하였다. 바로 '문순득 표해록(漂海錄)' 이다. 어부나 뱃사람으로 바다 생활을 하다 먼 바다로 흘러가 신기한 외국 문물을 보고 돌아와 쓴 표해록에는 1488년 최부가 쓴 '표해록' 이 있고, 1770년 장한철이 기록한 '표해기' 가 있는데, 바로 우리 고향 우이도에서도 표해록이 발견되어 우리나라 국문학사와 해양문학사에 큰 파문을 일으켰다. 이 '문순득 표해록' 은 그 내용이 구체적이고 재미가 있어 조선조 때의 해양문학 중에서 가장 뛰어난 것으로 평가되고 있다고 한다.

우이도 사람, 문순득은 1801년 12월에 마을 사람들과 함께 홍어잡이를 나갔다가 풍랑을 만나 표류하기 시작하였고, 그 배는 멀리 제주도를 비껴 오키나와까지 갔다. 일행은 그곳에서 현지 어민들의 대접을 받고 돌아오던 중 다시 더 센 서풍을 만나 열흘 동안 표류하고 필리핀에까지 흘러가 그곳에서 본의 아닌 이국 생활을 하게 되었다. 그러다가 현지에 중국의 광동상인들이 배를 타고 들어오자 그 배를 타고 고향 우이도로 무사히 돌아온 것이다. 문순득은 이런 내용을 기억으로 간직했다가 우이도에 마침 귀양 왔던 정약전 선생에게 구술을 해서 책으로 남기게 된 것이다. 정약전 선생은 1801년에 우이도로 오셨고 1816년에 돌아가셨는데 이 책은 선생이 우이도와 흑산도를 오가셨던 1805년과 1816년 사이에 쓰여진 것으로 되어 있다.

정약전 선생의 『자산어보』를 소개하고 그분의 유배 생활의 편모를 알 수 있게 하는 기념관이 흑산도에 개관되었다. 그리고 최익현 선생의 기념비도 앞에서 말한 바와 같이 흑산도에 세워져 있다. 그러나 기념관은 많을수록 좋다. 정확하게 고증만 할 수 있다면 문화 유적지는 연고가 있는 곳에 많이 세우는 것이 바람직하다고 본다. 따라서 앞으로 여력이 닿는다면 나는 정약전 선생, 면암 최익현 선생의 유배 생활을 기리는 기념관과 함께, 우리나라 해양문학의 백미라고 할 수 있는 문순득 어부의 표해록을 대대적으로 형상화하는 문화관을 외로운 섬 우이도에 세우고 싶다. 앞으로 펼쳐질 서해안 시대의 깊은 뿌리는 아마도 풍랑에 실려 오키나와와 필리핀까지 갔던 문순득 같은 고향 마을 어부들의 고난 속에서 비롯된 것인지도 모른다. 그리고 그 옛날 우리 마을 어부들을 먼 필리핀으로부터 자신들의 배에 싣고 돌아 온 중국 광동상인들이야말로 미래에서도 우리가 손잡아야 할 서해안 시대의 진정한 파트너가 아니겠는가!

아이들과 함께 가 본 고향

1984년 여름, 아내가 문득 고향에 가 보자고 하였다.

아내는 신혼 초에 멀미를 참아가며 고향에 가서 부모님께 인사를 드린 일이 있었다. 그러나 내가 늘 쫓겨 다니고 1970년대 말부터 80년대 초까지 계속해서 옥살이를 했기 때문에 아이들은 내 고향에 가 볼 수가 없었다. 그래서 아내는 남들처럼 바캉스를 즐기지는 못해도 여름 방학이 되었고 아이들에게 뿌리 교육도 시킬 겸 고향 마을을 찾아가 보자고 하였다. 아내의 제안이 옳다고 생각되어 그곳으로 떠나기로 하였다. 그때 직장에 다니던 처남도 휴가를 내서 합류하였다.

아침 일찍 고속버스를 타고 오후에 목포에 가서 고향 쪽으로 가는 배를 탔다. 그때 초등학교 4학년, 3학년생이었던 두 아들 우진이와 우영이는 처음 타 보는 여객선이 마냥 신나는 눈치였다. 멀미도 하지 않고 출렁거리는 뱃전에 서서 좀더 배가 세게 움직여줬으면 하고 발을 굴렀다. 하지만 아내는 배가 먼 바다로 나가자 멀미가 이는지 아이들을 말리지도 못하고 대신 처남이 아이들과 놀아 주었다.

고향 쪽으로 가는 배였기 때문에 내 얼굴을 알아보는 고향 어른들이나 친지들이 있었다. 내 손을 반갑게 잡아주면서 얼마나 고생했냐고 인사를 했지만 군사정권이 시퍼렇게 살아있던 때라 주위를 살피고는 얼른 자리로 돌아갔다. 그런 일들 때문에 나는 배가 빨리 목적지에 가 닿았으면 했다. 하지만 배는 내 고향 우이도로 바로 가는 것이 아니다. 큰 배는 도초면까지만 가기 때문에, 우이도로 가려면 도초면에서 작은 배를 갈아타야 하는 것이다. 그런데 늦은 오후에는 우이도로 가는 배가 없어 도초면에서 하룻밤을 묵어야 한다.

우리 가족은 도초면 부둣가의 허름한 여관에 들었다. 바로 그 섬은 내가 초등학교에 처음 들어가 하숙을 한 곳이기도 하다. 저녁을 먹고 아이들과 함께 부둣가에 나와 '아버지가 너희만한 때 처음 초등학생이 되어 바로 이곳에 와서 공부를 하느라고 하숙을 했다'고 했더니, 아이들은 영 가늠하기도 어렵고 실감이 안 되는 눈치였다. 아내도 내가 이렇게 궁벽한 섬 마을에서 초등학교 생활을 시작했고 그나마 집을 떠나 하숙했다는 얘기를 들으면서 착잡한 표정을 지었다. 어려서부터 출발이 왜 그렇게 어려웠는가 하는 점일 것이고, 그렇게 힘들게 공부한 당신이 왜 아직까지도 끝없는 미행, 연행, 감금, 옥살이, 낭인 생활로 시달려야 하는가 하는 연민까지 겹쳐 더 이상 대꾸를 하지 않고 그저 어두운 바다만 묵묵히 바라보고 있었다.

다음날 아침 우이도에 가는 배를 탔는데 날씨가 걱정이었다. 바람은 잔잔했지만 안개가 문제였다. 안개가 짙은 날에는 배가 우이도 진리에만 대고 섬 반대편에 있는 우리의 목적지 돈목에는 들어가지 않는 것이 보통이다. 진리에서 돈목까지 걸어서 가려면 남산만한 산을 두 개나 넘어야 한다.

작은 통통선은 바다를 헤치고 세 시간을 넘게 가더니 우이도에 도착했다. 역시 예상대로 돈목에는 못 들어가니 진리에서 내리라고 했다. 선착장에 배가 멈추자 아이들은 '정말 여기가 아버지 고향 맞아요?' 하는 표정으로 나를 돌아보았다. 그러나 앞에 보이는 높은 산을 두 개나 넘어가야 한다는 말에 아이들의 눈이 휘둥그레졌다. 뜨거운 뙤약볕 아래 산을 넘게 되자 아내도 아이들도 금세 지쳤다. 깔깔거리며 장난을 치던 아이들이 가쁜 숨만 몰아쉬며 땀을 뻘뻘 흘렸다. 내가 매일 이 길을 걸어서 학교에 다녔다는 말이 믿기지 않는 듯했다. 어쨌거나 아이들을 재촉해서 고향 마을로 들어서자 제일 먼저 우리들을 반긴 것은 시큼한 돼지의 배설물 냄새와 요란하게 달려드는 파리떼들이었다.

우리 고향 마을의 이름이 '돈목'인 것은 아마도 돼지〔豚〕를 키우는 목이라고 해서 붙여진 이름이 아닌가 싶다. 내가 어렸을 때도 마을에서는 집집마다 돼지를 키웠으니까……

80년대 중반인 그 당시는 우리 농가의 엄청난 소득원의 하나로 '돼지 치기'가 전국적으로 번지고 있었다. 왜냐하면 당시 일본에서 싱싱하고 육질이 좋은 한국산 돼지고기를 선호했기 때문이다. 그러니 옛날부터 돈목이었던 우리 고향마을이야 오죽 요란했을 것인가. 집집마다 돼지

분뇨로 조성한 두엄 더미가 높이 쌓여 있었고 한켠에는 돼지 먹이통과 사료들도 널려 있었는데, 이것들 때문에 요란한 파리떼들이 소리를 내면서 몰려다녔다.

아이들과 함께 생가 터와 내가 자라던 고향집을 둘러보고, 고향집 돌담 끝에 싱싱한 잎사귀를 자랑하는 후박나무 밑에서 기념 사진도 찍었다. 아이들은 오랜만에 아파트촌을 벗어나 파도 소리가 들려오는 섬마을을 찾은 것이 그렇게 좋은지 잠시도 쉬지 않고 뛰어 다니더니, 어느새 바닷가로 달려 나가 물 속에 뛰어들었다.

돈목마을 아래편에 넓게 펼쳐진 백사장은 천혜의 해수욕장이다. 수심이 낮아 1킬로미터 이상 헤엄쳐 들어가도 물이 허리 정도밖에 차지 않는다. 특히 황금빛의 고운 모래 사장과 멀리 한 켠에 넉넉하게 서 있는 모래 언덕이 일품이다. 그것은 돈목과 이웃마을 성촌 사이에 자연적으로 생긴 사장(砂場)과 사구(砂丘)였다. 겨울이면 북서풍이 불기 때문에 모래가 남쪽으로 쏠렸다가, 여름이면 동남풍이 불어 다시 그 모래들을 한 곳으로 모아 바닷가에 그런 백사장과 천연 모래언덕을 만든 것이다. 특히 그 묘하게 생긴 모래언덕은 전국적으로도 찾아보기 힘든 희한한 자연의 작품이다. 당시만 해도 교통이 불편해서 우이도를 찾는 피서객은 거의 없었다. 그날도 해변에는 우리 가족들뿐이었다.

아이들은 한 나절 내내 그 큰 백사장과 모래언덕을 전세 낸 듯 마음껏 달리고 뛰며 눈이 시리게 푸른 바닷물 속으로 자맥질을 했다.

사촌네서 저녁 식사를 하고 우리는 바닷가에 쳐 놓은 텐트로 돌아왔다. 모기가 극성을 부리는 사촌네 방보다는 시원한 바닷가에서 야영을 하는 편이 나을 것 같아서였다. 텐트가에 자리를 잡고 나뭇가지를 주워 모아 불을 붙이니 훌륭한 캠프 파이어가 되었다. 아이들이 번갈아 가며 노래자랑을 하여 우리를 즐겁게 해 주었다. 이윽고 밤이 깊어 밤하늘이 그 본모습을 드러내자 우리는 현란한 별들의 축제에 압도당하여 숨을 죽이고 말았다.

밑에서 철썩이는 드넓은 바다와 마주보면서 그 넓은 하늘이 요란한 별빛을 쏟아내자 아이들은 아예 질린 표정이었다. 축제날, 남산이나 한강가에서 불꽃놀이를 할 때처럼 그렇게 하늘에서 별빛이 쏟아져 내려오자 아이들은 아예 '무섭다'고 표현하였다. 그렇다, 위대한 자연은 때때로 무서운 것이다. 그때 우리 가족은 고향의 그 청정한 바닷가에서 자연의 외경스러움을 배웠다.

아내는 실로 오랜만에 식구들끼리 오붓하게 있는 것이 그렇게 좋은 모양이었다. 더구나 이따금씩 흑산도 쪽으로 빠져나가는 배 외에는 문명의 그림자가 얼씬거리지 않으니 그야말로 이 풍진(風塵) 세상을 한껏 뒤로하고 무구의 세계에서 혈육의 정을 오롯하게 느끼는 듯하였다.

아내는 시원스런 해풍을 마음껏 들이마시고 손바닥으로 깨끗한 모래결을 쓰다듬으며 소녀처럼 말했다.

"여기 이렇게 한가롭게 앉아 있으니까 언제 우리가 쫓겨 다니고, 감옥가고, 옥바라지하느라고 바둥거렸는지……. 다 거짓말 같아요."

지금 장년이 넘은 사람들은 시골에 살 때 대부분 몇십 리 길을 걸어서 다녔다. 특히 당시에는 학교가 멀리 있어서 통학길이 2, 30리쯤 되는 것은 흔한 일이다. 그러나 우이도의 산길은 좀 심했다. 그 길은 그냥 호젓한 오솔길이 아니었다. 요즘 서 있는 한전의 전신주도 가까스로 붙어 있을 만큼 그 경사도가 가파르다. 특히 여름에 비가 갑자기 쏟아지면 그 가파른 산 계곡에 물이 불어 위험하기 짝이 없었다. 그래도 어린 우리는 신나게 그 산길을 헤치고 다녔고, 아주 당연히 다녀야 하는 것으로 알고 결석도 별로 하지 않았다.

나중에는 돈목에도 분교가 생겨 내 후배들은 그런 유격 훈련을 능가하는 등교길 행사를 마감했지만, 아무튼 그때 3년 동안 눈비를 맞아가며 매일 가파른 산등성이를 넘으며 왕복 이십 리 길을 거뜬히 돌파한 일은 두고두고 나에게 좋은 보약이 되었다.

신안군에서 선거운동을 하려면 배로 70개가 넘는 유인도를 방문해야 하고, 뭍에 오르면 무조건 걸어야 하는데, 이런 때 내 튼튼한 다리는 독일제 엔진처럼 충실하게 움직여 준다. 그래서 도시에서 자란 내 보좌진이나 친지들은 내 보폭을 따라잡기 힘들어한다. 나는 아주 천천히 걷는 듯한데 동행하는 분들은 으레 뒤에서 이렇게 사정한다.

"의원님, 좀 천천히 걸읍시다. 다리에 엔진 다셨어요? 좀 천천히 가자구요."

아마도 고향의 그 앞산들은 장차 내가 엄청나게 걸어다녀야 한다는 사실을 미리 알고 자신들을 내 체력의 단련장으로 빌려준 듯하다.

늦게 시작한 공부라 소중하였다

내가 자랄 때는 일제시대가 끝나고 해방이 될 때라 원체 사회가 뒤숭숭해서 학교를 가는 일 자체가 어려웠다. 그래서 나도 해방어간에는 동네에 있는 서당에 다니면서 『천자문』으로 시작하여 『동몽선습』, 『사자소학』, 『명심보감』 등을 떼었다.

서당에서 장원을 도맡아 했던 나에게 큰 기대를 걸었던 아버지는 내가 열 살 때 나를 바다 건너에 있는 도초면의 초등학교에 입학시켜 주었는데, 나는 거기서도 공부를 잘해서 월반을 했고, 얼마 뒤 우이도에 생긴 초등학교로 돌아와 졸업할 수가 있었다.

초등학교를 다닐 때부터 바다 건너에 있는 다른 섬에 가고, 하숙을 하는 것은 요즘 분들이 들으면 신기한 일이겠지만 그 시절에는 섬 지방에서 흔히 있었던 일이었다. 왜냐하면 그때는 초등학교가 있는 섬이 많지 않았기 때문이다. 어쨌든 3학년 때까지 이웃의 큰 섬 도초도에서 공부를 했고, 그후에는 고향섬에도 초등학교가 생겨 집에서 학교를 다닐 수가 있었다. 학교라고 해야 진리 마을에 있던 주재소(파출소)를 개조한 방 두 칸짜리 건물이었는데 한 방에 1, 2, 3학년이 모여서 공부를 하고, 다른 방에서는 4, 5, 6학년들이 합동 수업을 하는, 그야말로 최신식(?) 자율학습인 셈이었다. 그런 섬 마을 초등학교에서 1회 졸업생 세 명을 내고 나는 2회로 졸업을 했는데, 그때 같은 졸업생 중에는 열아홉 살짜리 외삼촌이 끼어 있었고 난 당시 우리 나이로 열여섯 살이나 되었다. 그 시절에는 스무 살이 넘은 떠꺼머리 총각들도 초등학교를 다니는 것이 예사로운 일이었다. 해방된 지 얼마 안 되었던 때였고, 모든 것이 새로 시작되는 때였기 때문이었다.

당시 중학교에 들어가려면 국가고시를 치러야 했는데 섬마을 학교의 교장선생님이자 담임이었던 선생님께서는 나를 목포로 데리고 나가면서 이렇게 다짐하셨다.

"화갑아, 총점은 500점인데 우리 우이도 초등학교 명예를 생각해서라도 제발 200점만 맞아다오."

그때 무슨 사정이 있었던지, 국가고시가 열흘쯤 연기되어 선생님과 섬에서 나간 아이들은 목포에 있는 북교초등학교에서 일주일 간 시험준비를 할 수 있었다. 그 도시 학교 아이들이 보는 책도 함께 보고, 예상문제지도 함께 본 덕분이었는지 나는 국가고시에서 356점을 받았다. 내 성적은 흑산면 출신 학생 중에 1등이었다. 성적이 나오는 날 담임선생님께서는 나보다도 더 좋아하시면서 나보고 목포 제2중학교(현 유달

중학교)로 진학하라고 하셨다. 그때 아버지도 나와 계셨는데 담임선생님과 함께 선창가의 막걸리 집으로 달려가시면서 그렇게 좋아하실 수가 없었다.

"선상님, 우리 화갑이 성적이 정말로 우리 흑산면에서 1등입니까? 허, 참……. 허기사…… 원체 아이가 어릴 때부터 공부를 잘했응께……."

이렇게 해서 시작된 나의 목포 생활은 아버지나 어머니에게도 큰일거리를 안겨드린 셈이다. 예나 지금이나 신안군의 섬사람들은 자식 공부를 위해 목포에 집 한 채를 장만하는 것이 커다란 소망이었으나 그런 형편이 못 되는 우리집에서는 우선 나를 목포에 사시는 고모님 댁에 맡기셨다.

중학교에 들어가서도 공부를 열심히 해서 성적은 좋았는데 늘 전교 1등만은 깡마르고 눈동자가 유난히 빛나던 소년에게 빼앗겼다. 그 전교 수석을 졸업 때까지 놓지 않았던 학생이 지금 대통령 비서실장이 된 전윤철 씨이다.

나는 동급생들보다 나이가 많고 덩치도 큰 데다 공부도 잘 해서 아침 조회 때가 되면 전교생을 향해 구령을 붙이고 교장선생님께 대한 인사를 선창하는 대대장이 되었다. 우렁찬 구령 연습을 위해 유달산 일등 바위 위에 올라서서 고향 신안 바다 쪽을 향해 '차려엇, 열중쉬엇, 교장선생님께 대하여 경롓!' 이런 것들을 연습하던 일들이 엊그제 같다.

엄청났던 도시의 충격과 할리우드 키드 시절

　내가 태어난 섬 우이도는 문자 그대로 절해고도(絶海孤島)이다. 그래서 도시 어린이들은 태어나면서부터 지천으로 볼 수 있는 것들도 전혀 모르고 자랐다. 예를 들면 사과 같은 것이다. 우리 섬에는 사과나무가 없었기 때문에 나는 어려서부터 그런 과일이 있는 줄도 모르고 자랐다.

　초등학교에 들어가기 전, 개구쟁이들과 함께 바닷가에서 놀다가 어디선가 파도에 밀려온 사과를 놓고 아이들끼리 '과연 이것이 어떤 과일이냐' 격론을 벌이다가 우선 먹고 보자고 해서 '우지직!' 물어 뜯어 보았다. 그때 처음 맛보았던 사과의 맛…… 해수에 젖어 찝찔하면서도 새콤달콤했던 그 맛을 지금까지도 잊지 못한다. 바로 이것이 섬에서 자란 소년의 정서이고 밑바탕이었다.

　열여섯 살 소년이 목포역을 지나다가 연기를 머리로 뿜어내면서 들이

닥치는 철마, 그러니까 당시 석탄으로 달리던 열차를 처음 보고 길거리에 털썩 주저앉았다고 하면 믿지 않을 것이다. 그러나 나는 분명 석탄 열차를 처음 보는 순간 그렇게 주저앉았다. 뿐만 아니라 길거리를 걷다가 한국전쟁 때 쓰던 미군 트럭들이 요란한 굉음을 내며 스칠 때도 골목으로 들어가 숨었다. 그만큼 나에게는 문명의 충격과 도시 생활의 충격이 이중으로 겹쳐온 셈이다.

한때 학교와 유달산 중간쯤에 있는 동명동이라는 마을에서 자취 생활을 했는데 산 중턱에 있는 공동 수도에 찾아가 양동이에 물을 받고 그것을 지게에 지고 적당히 리듬감을 살리면서 능숙하게 자취방까지 나르면 속 모르는 동네 아주머니들이 칭찬을 해 주기도 했다.

"아이고, 저 학생은 제2중학교 대대장이라는디, 지게질도 잘혀!"

지게일은 내가 고향마을에서 나무를 지어 나르고, 꼴을 베어 나르고 할 때 지겹도록 한 것이기 때문에 이미 이골이 나 있었던 것이 아닌가.

그러나 즐거운 중학교 생활을 하면서 나는 도시 생활에 완전히 적응을 하였고, 목포 여학생들이 볼 때 내가 먼 섬 끝에서 올라온 촌놈이라는 것을 눈치채지 못하도록 나름대로 멋도 부리고 모습도 가꿔나갔다.

중학교를 졸업하고는 목포고등학교로 진학하였다. 중학교 3년 동안 전교 수석을 놓치지 않았던 전윤철 군은 서울고등학교로 진학을 하였다. 그래서 나는 고등학교에 가면 수석을 할까하고 노력을 하였는데 너무 급하게 마음을 먹고 욕심을 부렸다가 화를 자초하였다. 지나친 욕심이 스트레스가 돼서 그랬던지 그만 불면증에 걸리고 말았던 것이다. 밤에 잠을 못 자니, 낮에는 도무지 공부에 집중할 수가 없었다.

그때 마침 제2외국어로 독일어를 배우게 되었는데 반드시 외우고 나가야 할 관사조차 제대로 암기가 되지 않았다. 첫 번째 독일어 시험에서는 아예 백지를 내었다. 그래서 이때부터 수석에 대한 집착을 떨쳐 버리고 장거리 선수처럼 서서히 내 나름대로의 페이스를 만들어 가기로 하였다. 나는 공부는 주중에만 집중해서 하고, 주말에는 실컷 노는 여유있는 생활 방법을 터득하여 불면증을 극복했다.

또 그 시절은 얼굴에 여드름도 돋는 본격적인 사춘기였다.

그 무렵 나를 송두리째 사로잡은 것이 바로 영화라는 요물이었다. 그때 처음 보급되기 시작한 총천연색 시네마스코프와 극장 전체를 쾅쾅 울리는 입체 음향이 사춘기의 늪에서 헤매는 내 머리와 가슴을 송두리째 점령해 버렸다.

나와 비슷한 연배(두서너 살 아래가 되겠지만)의 소설가 안정효 씨가 『할리우드 키드의 생애』라는 소설도 쓰고, 그것을 영화로 만들기도 하였지만 아무튼 목포라는 항구 도시에 살고 있던 나 역시 그 영화의 주인공들 못지 않게 할리우드의 마술사들이 펼쳐 보이는 그 신비한 영상의 세계에 흠뻑 빠져 들었다. 그 당시 나는 학교 훈육주임 선생님 댁에서 하숙을 하고 있었는데 그 댁 따님은 초등학교 선생님이었다. 나는 주말이면 고등학교 교복을 입고 산뜻한 정장을 한 그 여선생님과 극장에 갔다. 목포극장, 평화극장, 원진극장 등에서 외화를 방영했는데 나는 훈육선생님의 배경을 믿고 그 여선생님의 분위기에 이끌려 겁도 없이 그런 극장들을 순례하였다.

그때 보았던 영화들은 비비안 리와 로버트 테일러가 나오는 흑백의

「애수」, 같은 비비안 리와 클라크 게이블이 열연했던 「바람과 함께 사라지다」, 오드리 헵번이 요정처럼 빛났던 「로마의 휴일」, 대머리와 눈매가 일품이었던 율 브린너의 「왕과 나」, 영국이 낳은 미녀 스타 멀르 오베른이 히스클리프를 격정적으로 외쳐대던 「폭풍의 언덕」 등이었다. 우리나라 영화로는 눈물의 여왕 전옥 씨가 출연했던 「며느리 설움」이나 김승호 씨가 열연했던 「마부」 등이 있었는데 영화를 보면서 흘린 눈물 때문에 함께 간 여선생님과 서로 눈도 마주치지 못하고 면구스러워 집에 다 올 때까지 말없이 땅만 쳐다보면서 걸었던 기억이 선하다.

아무튼 이렇게 할리우드 키드가 되어 영화에 심취하면서도 고등학교 2학년 후반부터는 제대로 상위 성적을 내고 독일어도 만점을 받기 시작했다. 3학년이 되어 진로를 결정할 때, 나는 아무런 주저 없이 외교학과를 선택했는데 그것은 내가 중학 시절부터 다짐해 왔던 길이었다. 중학교 2학년 때 어느 잡지에서 보았던 주한 외교관의 인터뷰 기사가 가슴속에 깊이 자리잡고 있었다. 주한 영국 대사관의 서기관으로 기억되는데 그는 기자가 왜 외교관이 되었는지 물으니까 이렇게 대답하였다.

"젊은 날, 어떻게 애국할 수 있을까 생각을 하다가 외교관이 되기로 했습니다…… 외교관이 되면 세계에 나가 조국의 이익을 대변하고 위상을 알려 공헌할 수 있기 때문입니다."

그의 말은 나에게 이상하리만치 깊은 인상을 남겼으며, 그때부터 나도 장차 외교관이 되어 조국에 헌신하겠다는 꿈을 품게 되었다. 그리고

고 3이 되어서는 그러한 생각이 더 깊어졌다. 50년대 말, 한국전쟁이 끝난 지 얼마 되지 않았던 우리나라는 그때까지도 유엔과 같은 국제기구의 도움을 받고 있었고, 국익에 관한 대부분의 일을 미국과 같은 강대국에 의존하고 있을 때였다. 따라서 나는 외교관이 되어 전쟁의 폐허 위에서 재기하기 위해 몸부림치는 우리나라의 현실을 국제사회에 알리고 선진국의 지원을 이끌어 내는 것이 바로 애국의 지름길이라는 결론을 내리고 청소년다운 순수한 열정으로 그 길을 달려갈 결심을 굳히고 있었다.

나는 서울대학교 문리과대학 외교학과에 지망하는 원서를 쓰면서 으레히 함께 적는 제2지망란을 빈칸으로 남겨놓았다. 떨어지면 재수를 할 요량으로 그야말로 배수진을 치고 덤벼들었다. 다행히 합격을 하였고 나의 합격 소식에 내 고향 마을은 큰 경사라도 난 듯 술렁거렸다. 한동안 나는 장원급제라도 한 것처럼 선생님들, 고향 분들 그리고 부모 형제들로부터 과분한 칭찬과 사랑을 받았다.

마로니에 숲 속의 동숭동 시절

　지금 종로 5가 대학로에 가면 수많은 소극장과 붐비는 10대들과 파리크라상이나 맥도날드 같은 외식 산업체로 무척이나 번잡하다. 그런데 내가 대학 신입생으로서 그곳에 올라왔을 때는 자못 풍경이 고즈넉했다.

　일제시대에 경성제대 건물이었던 대학 본부가 고색창연한 모습으로 남아있었고, 문리대의 강의실은 건물 벽에 담쟁이넝쿨이 운치있게 덮여있었고, 종로 5가부터 지금 서울대학병원 후문과 마주하고 있는 교문까지 아름드리 가로수가 무성한 잎을 자랑하고 있었다. 특히 문리대 교정에는 유명한 마로니에 나무들이 넉넉한 품을 활짝 연 채 큰 키를 자랑하며 둘러서 있었고 문리대와 법대 담장을 끼고는 혜화동까지 개천이 있었는데, 그 개천가에는 봄마다 개나리가 화사하게 피어올랐다.

그래서 문리대 캠퍼스를 말할 때는 지금도 많은 사람들이 마로니에를 먼저 거론하고, 시인들이나 대중가요 작사가들도 그 무성한 마로니에 잎을 소재로 삼아 이런저런 작품들을 만드는가 보다. 학생들은 한결같이 교복이나 군복을 검게 물들여 입고 다녔다. 음악을 좋아하는 학생들은 지금 신세계백화점 근처에 있던 '돌체'를 찾았고, 대낮에도 촛불을 켜고 베토벤이나 슈베르트를 LP판으로 연주해 주던 인사동의 '르네상스' 음악실을 찾았다.

당시는 실존주의가 유행이었다. 책깨나 읽는다는 젊은이들은 사르트르나 카뮈 같은 작가들의 실존주의 철학에 심취하기도 했는데 나는 그때 그런 작가들보다 다분히 종교적인 실존주의 철학자 가브리엘 마르셀을 흠모하지 않았나 싶다. 또 이미 유럽에 있을 때 프랑스의 천재소녀 프랑스와즈 사강이 쓴 『어떤 미소』와 이미륵(李彌勒)의 『압록강은 흐른다』를 번역, 소개하여 유명했던 수필가 전혜린 씨가 막 귀국해서 대학생들 사이에 한국의 버지니아 울프로 명성을 떨치던 일도 바로 그 시절의 이야기이다.

지금처럼 민족주의라든지 분단의 문제 등은 본격적으로 논의되지도 못하고, 막연한 서구 지향적 현학주의가 판을 치던 때였다. 그래서 나는 일찌감치 외무고시에 관련된 서적을 구해 읽으면서 실속이 별로 없는 공론은 가급적 피하고 당시 입장료를 깎아주던 아침 영화를 조조할 인으로 즐겨 보았다. 막걸리를 마시고 친구들이 잘 가던 '학림다방'에 올라가 마로니에 잎새 위로 떨어지는 석양을 바라보며 젊음의 낭만을 나누던 그런 모임을 결코 외면하지는 않았지만, 나는 그런 실속 없는 모임보다는 당시 고시파들이 잘 가던 문리대 앞의 판자식당, 과부 자매가 운영한다고 해서 흔히 '쌍과부식당' 으로 불리던 그곳에 가서 든든하게 속을 채우고 독서로 폭넓은 교양을 쌓는 일에 열중하는 편이었다.

1학년을 마치고 나자 먼저 병역 문제부터 해결하고 싶었다. 왜냐하면 동급생들보다 나이가 서너 살 많았기에 일단 군대를 다녀와야 마음도 홀가분해져 고시공부에 전념할 수가 있을 것 같아서였다. 또 그때는 재학중에 군대를 가면 1년 간만 복무하면 전역이 되는 특례 조치도 있었기 때문이었다. 일단 2학년 등록을 한 후 휴학계를 내고, 4월 초에 3·15 부정선거 문제로 캠퍼스가 술렁거릴 즈음 고향으로 내려갔다. 군대에 가겠다는 말씀을 드리기 위해서였다. 그런데 뜻밖에도 아버지는 꾸지람을 하셨다.

"안 된다. 공부도 다 때가 있다. 내가 돈벌이를 할 때 대학을 마치거라. 애비가 언제까지나 네 학비를 댈 수 있다는 보장도 없다. 잔말말고 빨리 올라가 공부에 전념해라."

이런 아버지의 훈계를 들으면서 다시 서울 갈 준비를 하고 있을 때 4·19가 터졌다는 소식을 들었다. 아버지께서는 이런 변란 속에 내가 고향에 온 것 자체가 선영의 도움이라고 하셨지만 나는 속으로 역사의 현장을 떠나 있다는 안타까움을 누를 수가 없었다. 어쨌거나 그렇게 해서 재학중에 군대 가는 일은 접어둔 채 다시 상경하여 복학한 후, 공부에 열중하고 있었는데, 아버지의 염려대로 연탄의 등장이라는 큰 변화를 맞으면서 아버지의 화목 사업은 끝이 나고 나에게 때가 되면 어김없

이 올라오던 등록금과 하숙비가 끊어지고 말았다. 그래서 나는 대학 3
학년 때부터 주로 입주 가정교사로 이집저집을 전전하며 고학을 해야만
했다.

지금도 고학하던 시절을 회상하면 마음이 자못 스산해진다. 5·16
군사쿠데타가 터지고 군사 정권의 통제 아래 놓이게 된 사회는 가뜩
이나 살벌하고 답답한 분위기였는데, 나는 친척 하나 없는 서울에서
학비와 생활비 일절을 내가 해결하면서 고군분투해야 했으니, 남에
게 내색은 하지 않았지만 늘 긴장되고 마음이 무거웠다. 물론 가정
교사 자리를 구하는 것이 그리 어렵지는 않았다. 그러나 요즘도 그
렇겠지만 그 당시도 가정교사 자리는 안정된 아르바이트 수단이 되
지 못했다. 나는 영어를 가르쳤는데, 학생의 집에 입주하여 한 3개월
쯤 지나 학생의 영어 실력이 어느 정도 기초가 잡히면 나의 효용이
다 한 셈이므로 수학 가정교사에게 내 자리를 물려주고 나오곤 했
다.

그러면 다시 한 1개월쯤은 소득이 없는 상태로 불안하게 하숙생활
을 하다가 다시 가정교사 자리를 구해 나갔다. 어떤 친구들은 머리
나쁜 자녀를 둔 부잣집에 입주하여 좋은 대우를 받으면서 1년 이상
가정교사로 눌러앉는 경우도 있는 모양이었지만, 나에겐 그런 행운
이 오지 않았다.

그러한 고학 생활 중 잊을 수 없는 참담한 경험도 했었다. 대학 4학년
때 이상하게도 가정교사 자리가 쉽게 구해지지가 않아서 신문에 광고를
냈다. '서울 문리대 재, 영수 자신, 입주원, 연락처……' 이런 우스꽝

스러운 광고를 싣고 2, 3일쯤 기다렸는데 마침내 연락이 왔다. 일단 전화로는 합격이 돼서 입주할 집에 상면식을 겸해 가게 됐는데 경상도 말씨를 쓰는 아주머니가 내 고향을 묻고 나서는 그만 정색을 하며 말을 하였다.

"학생의 조건은 다 좋은데예, 고향 때문에 안 되겠심더. 나는 전라도 사람만은 써 본 일이 없어예."

서울 생활을 하다보면 고향 사투리 때문에 가끔 놀림도 받고, 간접적으로는 이런저런 듣기 거북한 얘기도 전해듣지만, 나는 그때까지도 호남인 차별에 대해 심각한 고민을 해 본 적이 없었다. 나와 유난히 친했던 친구들도 경상도 출신이 많은 편이었다. 그런데 그때의 그 경상도 아주머니는 아예 내 면전에서 '고향 때문에 자녀 교육을 맡길 수 없다' 는 말을 했다. 나는 그날 밤, 일자리를 못 구했다는 사실보다 그 경상도 아주머니가 면도날보다 더 날카로운 지역감정을 나타내면서 마치 불가촉천민(不可觸賤民)을 대하듯 나를 하대한 사실에 대해 참기 힘든 모멸감을 느끼며 잠을 이룰 수가 없었다. 그리고 그때부터 나는 추악한 지역차별의 현실과 전라도 사람들의 아픔과 한을 직시하게 되었으며, 이런 현실적인 모순을 시정하는 것이야말로 우리 사회가 시급히 해결해야 할 당면 과제 중 하나라는 생각을 갖게 되었다.

그런저런 일들을 겪으면서 한 2년 고학을 한 후, 나는 졸업을 했다. 대학을 나온 대부분의 사람들에게 대학 시절은 인생의 가장 아름답고 화려한 부분으로 기억된다. 돌이켜보면 나의 대학 시절도 비록 아름답고 화려했다고는 할 수 없어도 내 나름대로 꿈과 낭만과 자유를 누렸던 행복한 시절이었다. 그러나 그것은 전반기 2년에만 해당되는 얘기이고 후반기 2년은 그렇지를 못했다. 나에겐 대학 시절의 추억들이 전반기 2년은 컬러로 떠오르는데 후반기 2년은 흑백으로 떠오르곤 한다. 그것은 아마도 대학 3학년 때부터 가세가 갑자기 기울어 장남인 내가 받아야 했던 중압감이 컸던 데다가, 공교롭게도 같은 시기에 5·16 쿠데타가 터져서 대학가의 모든 아름다운 것들이 갑자기 얼어붙어버렸던 탓이 아닌가 한다. 어쩌면 이런 느낌은 나뿐만이 아니라 우리 4·19 세대들에게 공통된 것인지도 모르겠다. 그러나 어쨌건 대학 시절은 내게도 다시 돌아가고 싶은 아름다운 시절이다. 왜냐하면 거기에 젊음이 있기에!

방황하는 청년의 초상

　나는 평생 동안 정직하게 살기 위해 노력해왔고, 양심에 꺼리는 일을 하지 않았다. 적어도 정치에 입문한 이후로 나는 하늘을 우러러 한 점 부끄러움이 없는 길을 걸었다고 자부한다. 세 차례나 옥고를 치르면서도 나는 떳떳하고 당당했다. 그 길이 정의와 양심의 길이었기 때문이다. 그러나 나에게도 한때 좌절과 실의 속에서 방황하던 청년기가 있었으며 그 과정에서 떠안게 된 운명적인 원죄와 같은 어두운 기록이 있다. 그것은 바로 나의 병역문제이다. 비록 내 본의는 아니었지만 나는 병역을 필하지 못했다. 나의 좌절과 방황이 병역미필로까지 이어진 그 착잡한 사연을 설명하기가 그리 쉽지는 않다. 그러나 이제 나는 이 지면을 빌려 독자 여러분 앞에 내 청년 시절의 방황과 내 병역문제를 고해성사를 하는 심정으로 사실 그대로 밝히고자 한다.

나는 초등학교도 없었던 낙도 우이도에서 태어나 워낙 학교가 늦었다. 내가 외교관이 될 꿈을 안고 서울대 외교학과에 입학했을 때의 나이가 스물한 살이었는데, 입학하기 직전인 2월에 이미 입영 신체검사를 받은 상태였다. 근시 때문에 역종은 1을종이었다. 입학 후 재학생 징집 연기신청을 냈는데, 당시는 26세까지 연기가 가능했던 것으로 기억한다. 내가 대학 2학년 초에 군대를 가려다가 아버지의 반대로 학업을 계속한 것은 이미 서술한 바 있다.

　나는 1963년 1월에 25세의 나이로 졸업을 했다. 졸업할 때까지 비록 한 2년 정도 힘겨운 고학을 했지만 대체로 승승장구한 셈이었다. 절해 고도에서 태어나 남들이 부러워하는 서울대를 졸업했으니, 내 인생을 성공적으로 살고 있다고 확신했으며 내 장래에 대해서도 낙관하고 있었다. 나는 원래 실용주의적인 성향이었으므로 내가 그리는 미래도 단순 명쾌한 편이었다. 그렇지만 취업에는 별로 관심이 없었다. 비록 경제적으로 궁핍했으나 당장 취업을 해서 봉급쟁이로 안주할 생각은 없었다. 외교관이 되어 애국의 첨병 역할을 하겠다는 당초의 목표를 견지하고 있었다. 고학을 하면서도 틈틈이 고시공부를 했지만 공부가 부실했으므로, 어차피 군대에 갔다 와서 본격적으로 고시공부를 할 생각이었고, 내가 마음먹고 고시공부를 하면 반드시 합격할 것이라는 확신이 있었다. 그 무렵 나는 만일 대통령을 시험 쳐서 뽑는다면 대통령도 될 자신이 있었을 만큼 패기만만했다. 따라서 나는 대학을 졸업하고서도 재학생 때와 비슷하게 주로 입주 가정교사 생활을 하며 틈틈이 고시공부를 했다. 군대 가기 전까지 1년 정도의 여유가 있으니 그 동안 워밍업 정도만 해두자는 생각이었다.

그러나 바로 그 무렵에 내 고향에서는 나로서는 운명이라고 할 수밖에 없는 일이 진행되고 있었다. 내 고향 우이도가 행정구역 개편으로 1963년 1월 1일부터 흑산면으로부터 도초면으로 변경되었는데, 이 때 병적서류가 이기되는 과정에서 행정 착오가 발생하여 공교롭게도 내가 도초면 요징집자연명부에서 누락되어 버렸던 것이다. 아마도 당시 내 주소지가 서울로 되어 있었기 때문이었을 것이다. 나는 그것도 모르고, 졸업 후 곧 나오리라고 예상했던 신체검사통지서가 생각보다 늦게 나오는 것으로만 이해하고 있었다.

해가 바뀌어 1964년도에도 신체검사 영장이 나오지 않았는데, 나는 이제 공부도 웬만큼 한 상태였기 때문에 실력도 테스트해 볼 겸, 공무원 시험에 응시해 보기로 했다. 요즘은 잘 모르겠으나 당시는 5·16 군사쿠데타 세력이 집권했던 때라 모든 공무원 시험원서에 병적확인서를 첨부하도록 되어 있었으므로 나는 군청으로 내려가 병무계에서 병적확인서를 발급해 달라고 했다. 그런데 뜻밖에도 병무계 직원이 사무착오로 인해 나의 병적이 누락되어 병적확인서 발급이 불가능하다는 사실을 알려주었다. 그리고 설사 병적을 복원한다 해도 신체검사를 다른 장정들과 함께 제때에 받지 않았다는 사실이 문제가 된다고 했다. 그 말은 내가 공무원시험을 치를 자격이 없다는 청천벽력과 같은 얘기였다. 그 말을 들었을 때 나는 무슨 악몽을 꾸고 있는 느낌이었다. 고등학교 시절부터 나의 일관된 목표가 외교관이 되는 것이었는데, 사소한 사무착오로 인해서 나에게 고시를 치를 자격이 없어져 버렸다니 도저히 믿을 수 없는 일이었다. 그러나 그것은 어김없는 현실이었으니, 나는 그야말로 청운의 푸른 꿈을 허망하게 포기해야 할 처지가 되고 만 것이었다. 나는 잘못된 병적을 바로잡기 위해 많은 애를 썼지만 당시의 경직된 병무행정 체제 아래서는 허사였다. 결국 나는 잘못된 내용을 시정하지 못한 채, 도초면의 요징집자연명부에 신체검사 재수검 대상자로 추가 등재되어 그 이듬해인 1965년 2월에 신체검사를 받았는데, 역시 1을종이었다.

외무고시를 치를 자격을 상실한 나는 다른 길을 모색할 수밖에 없었는데, 나이도 많고 이제 곧 군대를 가야 하므로 모든 것이 마땅치 않았다. 1965년 초에 행남사에 취직을 하여 약 6개월 정도 다녔지만, 도무지 비전이 보이지 않고 마음도 잡지 못하여 그만 두고 말았다. 그렇게 방황하던 무렵, 우연히 동창 조홍래 씨(전 국회의원)를 통해 지용택 씨(현 인천새얼문화재단 이사장)를 만나게 되었다. 우리는 만나자마자 의기 투합하여 함께 《새물결》이라는 시사잡지를 출판해 보기로 했다. 지용택 씨가 편집장을 맡고 내가 발행인을 맡기로 하여 정부에 정기간행물 등록을 위한 사전심사를 신청했는데, 심사과정에서 뜻밖에도 심각한 문제가 발생하고 말았다. 당시 중앙정보부가 지씨를 과거 조봉암 씨의 진보당 관련자로 급진혁신계열의 극좌파 리스트에 올려놓고 있었던 것이다. 알고 보니 지씨는 5·16 직후에도 정보기관에 끌려가 고초를 겪은 적이 있었다고 했다. 지씨는 이른바 '요시찰 대상자'였던 것이다.

그런 지씨와 함께 시사잡지를 출판하려 했으니 잡지등록이 안 된 것은 물론이었고, 졸지에 나까지도 그와 연루된 '요시찰 대상자'가 되고 말았다. 그것은 그야말로 설상가상이었다. 지금은 이해가 잘 안 되겠지만 당시의 '요시찰 대상자'는 군사정권의 정치공작에 더없이 좋은 사냥감이었다. 학생데모 등으로 군사정권의 입지가 어렵다 싶으면 정보기관은 반공법위반사건 같은 것을 꾸미곤 했는데, 그런 사건에 '요시찰 대상자'를 마구잡이로 엮어 넣곤 했다. 그런 정치공작에 희생이 안 되려면 무조건 정보기관의 감시망으로부터 멀리 피하는 것이 상책이었다. 그리하여 나는 이 '새물결 사건' 이후로는 사실상 도피자 신세가 되었고, 부모님에게 편지 쓸 때조차 추적이 두려워 내 주소를 쓰지 못했다.

　1965년도에 신체검사를 받으면서 나는 1년 이내로 영장이 나와 군대에 갈 것으로 예상했다. 그러나 이 '새물결 사건' 때문에 '요시찰 대상자'가 되자 내가 좋은 병역자원이 아니었는지 영장이 나오지 않았다. 나중에 알게 된 사실이지만 그 무렵에는 현역병자원이 남아돌아서 '갑종' 외에는 거의 징집이 되지 않았다고 한다. 더욱이 나 같은 이른바 '요시찰 대상자'는 군사정권의 입장에서 보면 오히려 사회로부터 격리시켜야 할 대상이기 때문에 징집을 꺼렸을 것이다. 시간이 흐르면서 나는 차츰 그런 짐작을 하게 되었고, 나중에는 군대문제에 대해서 사실상 잊어버린 채, 동가식서가숙하는 궁핍한 도피자의 생활을 계속했다. 그러나 남들이 부러워하는 서울대를 나오고 외교관을 꿈꾸던 내가 밥벌이도 제대로 못하면서 도피생활을 하고 있는 것은 생각하면 할수록 기가 막힐 일이었다. 나는 그런저런 자괴감 때문에 아예 고향과 연락을 끊고 살았다. 부모님도 그렇게 크게 기대를 걸었던 맏아들이 자리를 잡지 못하고 떠돌이신세가 된 것에 대해 무척 마음 아파하셨으나, 언젠가는 성공하여 금의환향할 것을 믿고 아예 나를 찾지 않으셨다.

참으로 사람의 운명이란 알 수 없는 것이다. 한때 미래를 낙관하며 패기만만한 자신감으로 청운의 푸른 꿈을 키워왔던 내가 불과 이삼 년 사이에 내일의 일이 어떻게 될지 모르는 도피자의 신세로 전락한 것이다. 그러나 그런 생활이 오래 지속되자 차츰 오기와 근성이 발동되면서 담대해지고 있었다. 나는 내가 그리고 있었던 단순명쾌한 미래라는 것이 험난한 세상에 전혀 걸맞지 않는 백면서생의 좁은 세계관에 불과하다는 생각을 하게 되었다. 그리하여 차츰 나는 사회의 밑바닥에 켜켜이 쌓여 있는 제반 모순에 대해 눈을 뜨게 되었다. 지역 차별, 빈곤문제, 부정부패 등 당장 눈앞에 목격되는 모순은 물론이고, 분단문제, 개발독재, 인권문제 등 구조적이며 심층적인 모순에 대해서도 많은 생각을 하게 되었다. 그러는 동안 나의 좌절과 방황도 바로 분단의 현실과 군사독재의 강압정치에서 비롯된 것임을 깨닫게 되었으며, 내가 이런 질곡에서 벗어나려면 소극적인 도피생활만을 해서는 안 되고 심기일전하여 적극적으로 대응해야겠다는 생각을 하게 되었다. 사실 5·16 쿠데타 세력의 군사 독재가 강요하고 있는 나의 도피 생활은 근본적으로는 군정이 종식되고 민주 체제가 회복되어야만 해결될 수 있는 문제였다. 그러나 군정 종식은 오직 정치 투쟁을 통해서만 가능한 것이다. 결국 나는 많은 사색과 고민 끝에 당시의 여건 속에서 내가 처한 현실의 모순에 가장 적극적으로 맞서는 길은 정치뿐이라고 판단했으며, 마침내 정치에 투신할 결심을 하기에 이르렀다.

때마침 1967년 6·8 총선의 열기가 달아올라 목포에서는 김대중 의원이 김병삼 후보를 상대로 전쟁 같은 선거를 치르고 있었다. 나는 청년다운 정의감으로 목포와 전라도의 희망인 김대중 의원을 돕기 위해 선거에 뛰어들었다. 박정희 대통령이 두 차례나 목포를 방문하여 국무회의를 목포에서 열면서까지 김병삼 후보를 총력 지원했지만 김대중 의원이 당당히 승리했다.

나는 비록 선거캠프에 자원봉사자로 참여하여 말석을 지켰으나 누구 못지 않은 승리의 감격을 맛보았고, 장래에 대한 희망의 빛을 보았다. 김대중 의원이 당선된 후 나는 바로 서울로 올라와서 당시 김 의원의 개인 사무소인 한국내외문제연구회를 출입했다. 정가의 소문에는 김대중 의원이 원내총무가 될 것이라고 했는데 나는 김 의원이 원내총무가 되면 국회 전문위원 자리를 얻어서 내 신분을 안정화시킬 수 있으리라는 희망을 가졌던 것이다. 그런데 김대중 의원은 유진오 당수로부터 원내총무에 지명을 받았으나 의원총회의 인준을 받지 못하여 원내총무가 되지 못했고, 나의 희망도 깨지고 말았다. 그러나 김대중 의원은 이런 좌절에도 절망하지 않고 오히려 더욱 큰 꿈을 품게 되었는데, 그것은 차기 대통령에 곧바로 도전하겠다는 것이었다. 김대중 의원의 모든 조직이 김 의원을 1971년 대선에서 대통령으로 만들겠다는 목표를 가지고 뛰기 시작했고, 나도 그런 작업의 일환으로 경남 조직을 맡게 되어 마침내 내 젊음을 김대중 대통령 만들기에 바치기로 맹세했다.

그러나 바로 그 무렵에 운명은 또 하나의 장애물을 내 앞에 매설하고 있었다. 내가 6·8 총선 직후 김대중 의원을 따라 서울로 올라와 국회

전문위원이 될 희망을 안고 한국내외문제연구회를 출입하고 있을 때, 고향집에는 나의 징집영장이 송달되었던 것이다. 아버지는 징집영장을 받고 백방으로 나의 행방을 수소문했으나 오래 전부터 연락이 두절된 아들을 찾을 길이 없었다. 당시 내 고향 우이도는 도초면에서도 뱃길로 수시간을 더 가야 하는, 그야말로 문자 그대로의 절해고도로서 전기도 전화도 없었기 때문에 연락수단이라고는 오직 편지밖에 없었는데, 주소가 없는 아들에게 연락을 취할 방법이 없었던 것이다.

아버지는 할 수 없이 우이도 출장소장을 찾아가, 아들에게 영장을 전달할 방법이 없다면서 영장을 되돌려주셨다고 한다. 당시 우이도 출장소장은 아버지에게, 사정은 딱하지만 법은 어쩔 수가 없으니 아드님은 입영 기피 처리될 수밖에 없다면서, 대신 입영 기피가 고의가 아니라 영장 송달 불능으로 인한 것인 만큼 그 딱한 사정을 군병무계에 서면으로 보고하면 아마 고발조치는 하지 않을 것이라고 위로했다고 한다. 나는 이런 사연으로 인해 나도 모르는 사이에 1967년 6월 20일자로 입영 기피자가 되고 말았는데, 내가 이 사실을 알게 된 것은 이듬해인 1968년 여름이었다.

내가 입영 기피자가 되었다는 사실을 알고서, 나는 장래에 대해 암울한 절망과 불안을 느끼지 않을 수 없었다. 당장은 기피자로 고발되어 잡혀가지 않을까 하는 불안이 더 컸다. 우이도 출장소장이 고발되지는 않을 것이라고 했다는 말이 다소 위안은 되었지만, 한편으로는 내가 박 대통령이 제일 미워하는 김대중 의원의 사람이기 때문에 언제 보복을 당할지 모를 판이었다. 그렇지만 다행히도 그 당시 나는 경남 조직 요원이었기 때문에 주로 경남 지역을 떠돌아 다녔다. 그만큼 갑자기 잡혀갈 가능성은 적은 것이다. 당시 김대중 의원은 대통령 후보 경선에 대비해서 조직에 심혈을 기울이고 있었는데, 나는 경남 조직 요원이 된 것을 다행으로 생각하면서 불안을 떨쳐버리기 위해서라도 참으로 열심히 조직 일에 전념했다. 그때 나에겐 김대중 의원을 대통령 후보로 만들어야겠다는 일념밖에 없었다. 그렇게 열심히 뛴 덕분에 나는 1970년 대통령 후보 지명전에서 경남대의원의 60% 이상을 김대중 후보 지지로 돌려놓는 데 성공했다.

나중에 내가 민주화 투쟁으로 첫 구속이 되었을 때 나의 병무관계를 조사받던 중에 알게 된 사실이지만, 내가 경남 지역에서 조직 활동에 전념할 때인 1969년도에 영장이 다시 한 번 나왔던 모양이다. 그러나 나는 그 영장에 대해서는 전혀 아는 바가 없었다. 따라서 조사받을 당시에는 군사정권이 나를 최대한으로 불리하게 만들기 위해 기피사실을 두 번으로 조작하고 있는 것이 아닌가 하고 의심했었다. 그러나 출옥 후 병무에 밝은 사람에게 물어봤더니 그 영장은 송달 불능으로 인해 기피처리가 된 경우에 재발급되는 영장일 텐데, 이미 기피처리된 사람이 응소할 리가 없기 때문에 아마도 도초면 병무계에서 영장을 제대로 전달하지도 않은 채 이전의 경우와 같이 송달 불능에 의한 기피처리를 해 버린 모양이라고 했다.

내가 병역문제로 인한 불안에서 벗어난 것은 1970년 봄이었다. 경남 지역을 떠돌던 나는 신문에서 병역 기피자 일제 자진신고 공고를 보고 곧바로 자진신고를 했던 것이다. 그러나 자진신고 후에도 나는 여전히 사상이나 신체 등위에 있어서 좋은 병역자원이 아니었으므로 징집이 되지 않았으며, 1970년 12월 31자에 병역법이 개정됨에 따라 보충역에 편입되었는데, 그 사유는 30세 이상의 고령이기 때문이었다. 그후로 나는 서울 주소지에서 보충역으로서 소집훈련을 받다가 1975년 1월 1일자로 35세 이상 고령이 되었으므로 소집면제되었고, 1980년 1월 1일자로는 40세 이상이 되어 모든 병역의무가 종료되었다.

이상이 내 청년 시절의 좌절과 방황의 사연이고, 내가 병역을 필하지 못한 속사정이다. 그 동안 나의 반대자들은 이를 두고 온갖 음해를 해왔다. 그러나 나는 내가 병역을 기피했다고는 생각하지 않는다. 고의가 전혀 없었기 때문이다. 나는 본의 아니게 병역을 필하지 못했을 뿐이다. 아마 당국에서도 그런 정황을 인정하였기에 나를 고발하거나 형사소추하지 않았을 것이다. 나에게 만일 문제가 있었다면 나를 온갖 구실로 혹독하게 탄압했던 군사정권이 그 문제를 가만 두었겠는가? 나는 항상 당당하고 떳떳하게 살기 위해 노력해왔기에 내가 병역을 필하지 못한 사실을 무척이나 원통하고 아쉽게 생각한다. 그러나 그것은 내 잘못이 아니었다. 내가 외딴 낙도 우이도가 아니라 목포에만 태어났던들 이런 일이 있었겠는가. 나의 운명과 상황이 어쩔 도리가 없도록 만든 것이다. 누군들 당시 나와 같은 처지였다면 다른 도리가 있었겠는가. 나는 오히려 피해자다. 이 문제 때문에 내 젊은 시절의 푸른 꿈이 깨졌고 많은 고통과 절망과 불안을 겪어야만 했다. 그러나 그렇다고 이 문제가 아무것도 아니라는 말은 결코 아니다. 다시 한 번 말하지만 병역미필은 나에게는 운명적인 원죄와 같은 부분이다. 이것은 분명히 내가 지닌 결

점 중 하나다. 그러나 나에게는 이 같은 결점도 있지만 다른 많은 장점
도 있다. 오직 독자 여러분께서 나의 결점과 장점을 동시에 놓고 균형
잡힌 기준으로 평가해주시기를 바랄 뿐이다.

정치의 바다로 뛰어들다

앞에서 서술한 바와 같이 '새물결' 이후 도피 생활을 하면서 나의 인생관과 세계관이 크게 바뀌어 나는 보다 폭넓은 시야와 담대한 마음을 갖게 되었으며, 나와 사회가 고통을 받고 있는 구조적인 모순에 가장 적극적으로 대응하는 길은 정치뿐이라고 판단하여 정치에 뛰어들었다. 그러나 내가 그런 결심을 했더라도 김대중 대통령과의 인연이 없었더라면 나는 그리 쉽게 돌파구를 찾지 못했을 것이다. 김대중 대통령과의 만남은 나에게 있어서 운명이 예비해 둔 길이었다는 생각이다.

지금도 김대중 대통령과의 인연을 회상하면 맨 먼저 동교동의 낡은 한옥이 손에 잡힐 듯이 떠오른다. 내 기억은 동교동의 김대중 의원 자택에서부터 시작되고 있는 것이다. 내가 동교동 자택을 처음 찾아갔던 것은 1961년 대학 3학년 때였다. 목포에 사는 친지로부터 김대중 의원에게 편지를 좀 전해달라는 부탁을 받고서였다. 그 당시 김대중 의원은 강원도 인제군 보궐 선거에서 3전 4기로 어렵게 국회의원에 당선되었으나, 5·16이 터지는 바람에 취임 선서도 못해보고 군사 당국에 잡혀갔다가 풀려나 자택에서 쉬고 있는 중이었다. 그러나 그분은 그 당시도 청년 학생들 사이에서 인기가 높았다. 나는 고향 선배이기도 한 그분의 명성을 익히 듣고 있었으며, 언젠가 한 번 꼭 찾아 뵙고 싶었던 차에 자연스러운 계기가 찾아왔던 것이다.

그러나 편지를 가지고 갔던 그날 안타깝게도 그분은 안 계셨고, 지금은 고인이 되신 그분의 노모께서 집을 지키고 계셨다. 그 할머니는 강단이 있어 보이고 목소리도 카랑카랑하셨는데 내가 우이도 사람이라고 하니까 굉장히 반가워하시면서 편지를 받아 주셨다. 이렇게 나의 첫 번째 동교동 방문은 무위로 끝났었다.

그런데 2년 후인 1963년 내가 학교를 졸업하고 고시 공부를 하던 무렵 목포에서 상경한 제갈현용 선생이 나를 만나자고 했다. 제갈 선생은 나를 무척 아껴 주시던 고향 어른이었다. 김대중 의원의 목포상고 선배이고 두 분은 교분이 두터운 사이였다. 그때 그분은 목포 동광고교의 교감으로 재직하고 있었는데 서울에 온 김에 김 의원을 뵙고 가야겠다고 하면서 나보고 동행하자고 하였다. 나는 연전에 김 의원 댁을 방문했다가 그냥 돌아온 일도 있고 해서 이번에는 꼭 그분을 뵙고 싶었으므로 흔쾌히 제갈 선생을 따라나섰다.

당시 김대중 의원은 정치 활동 규제가 풀려 야당인 민주당 신파를 중심으로 민주당을 재건하고 유능한 야당 대변인으로 활동하다가, 지역구를 고향인 목포로 옮기고 당당히 국회의원에 당선되어 제6대 의정활동을 하고 있었다. 인제의 보궐선거에서 천신만고 끝에 당선되었던 1961년의 일을 합치면 재선의원이었던 것이다.

제갈 선생과는 오랜만에 만나셨는지 두 분이 아주 반갑게 지난 얘기를 나누었다. 그러다가 김대중 의원은 문 쪽에 앉아 있는 나에게 시선을 주었다. 그때 제갈 선생께서 내 고향이 우이도라는 것과 서울대학 출신이라는 것을 말씀드리자 이렇게 물으셨다.

"젊은이는 뭘 전공했나요?"

"네, 외교학을 전공했습니다."

그러자 의원께서는 어떤 학문을 하든 소신을 가지라는 것, 그리고 지향하는 바 목표가 뚜렷해야 지성과 행동이 일치할 수 있다는 요지의 말씀을 하셨다.

이렇게 그날 나는 창황중에 그분을 뵈었고 만남은 짧았다.

그러나 그 동교동 골목길을 나서며 나는 이상한 예감 같은 것을 느낄 수 있었다. 상대편을 정확히 바라보면서 흡입력 있게 말하는 그 열정적인 태도와 잘생긴 용모 때문에 매료된 것도 사실이지만, 그분의 타는 듯한 눈빛 그리고 용광로 같은 열기가 나에게 알 수 없는 신기(神氣)를 남겼다. 이 다음에 내가 꼭 그분으로 인해 어디론가 끌려갈 듯한…….

이렇게 그분과 짧은 만남이 있은 후, 나는 다시 일상으로 돌아왔다. 그때까지만 해도 나는 그분과의 만남이 평생 동안 생사를 같이하는 인연으로 이어지리라고는 상상조차 하지 못했다. 나는 물론 당시의 젊은 청년들이라면 누구나 그랬듯이 정치에 많은 관심을 가지고 있었고, 지역 차별 같은 현실적 모순에 울분을 느끼며 그런 모순을 시정하는 것은 정치의 몫이라는 생각도 하고 있었다. 그러나 나는 초지일관하여 국제 무대에서 외교관으로서 애국의 첨병 역할을 하겠다는 뚜렷한 목표가 있었고, 나름대로 그 목표를 향해 기초실력을 쌓아가고 있었으므로 나 스스로가 정치인이 될 생각은 없었다. 그러나 이미 서술한 바와 같이 1964년도에 내 운명은 전혀 생각지도 않던 곳—고향의 면사무소 출장소에서 나의 갈 길을 크게 바꾸어 놓았으며, 그 이듬해에는 내 앞에 '새물결'이라는 덫을 놓아 나를 군사 독재의 사냥감으로 전락시켜 기약없는 도피 생활을 하도록 강요했다. 내가 도피 생활의 고통과 번민 속에서 군사 독재에 대한 저항 의지를 키우며 정치로의 대전환을 모색하고 있었던 그 시절, 정국은 오히려 박정희 정권이 강화되는 방향으로만 치달렸다.

베트남전이 본격화되면서 1965년부터 베트남 파병이 있었는데 당시 야당에서는 미국의 일방적인 요청에 의한 베트남 파병을 반대하였다. 그러나 1966년 10월에 베트남 파병에 대한 감사의 표시로 존슨 미국 대통령이 방한하여 박 대통령의 위상을 한껏 강화시켜 주었다. 이런 국제 정세를 이용해서 박 대통령은 자신의 권력 체계를 더욱 굳히게 되었으며, 민간인에게 정권을 이양하고 군인으로 돌아가겠다던 당초의 약속은 까맣게 잊고 있었다. 아니 잊은 게 아니라 그런 복잡한 역학 관계를 이용해서 자신의 장기집권 계획을 치밀하게 진행시켜 나갔다.

그 결과 1967년 5월 3일에 있었던 제6대 대통령 선거에서 공화당의 박정희 후보가 거의 일방적으로 당선되었고 우리나라는 군사 독재 세력이 전성기를 맞이하여 무소불위(無所不爲)의 권력을 휘두르는 상황에 놓이고 말았다. 이런 상황 속에서 그해 6월에 제7대 국회의원 선거를 치르게 되었다.

나는 그때 목포에서 김대중 의원이 힘겨운 싸움을 준비하고 있다는 사실을 알게 되었다. 당시 목포에서는 박정희 대통령의 전폭적인 지원을 업은 김병삼 체신부 장관이 여당인 공화당 후보로 나서고 김대중 의원은 거의 맨주먹으로 그 막강한 상대와 맞서게 되었다. 그런 상황을 알게 되자 내 피가 뜨겁게 끓어올랐다. 군사 독재 세력에 대한 반감도 반감이었지만, 어려운 처지에 처한 김대중 의원의 일이 걱정이었다. 그리하여 나는 이제야말로 그분을 위해 미력한 힘이나마 보탤 때가 되었다는 생각을 하면서 김대중 의원의 선거 캠프를 찾아가 선거운동원이 되기를 자원하였다. 그것이 바로 내 운명을 바꿔놓은 정치 생활의 시작이었다.

당시 국회의원 선거는 사실상 4년 뒤로 예정돼 있는 대통령 선거의 전초전이었다. 이미 내밀하게 3선 개헌을 준비하고 있던 박정희 대통령은 자신에게 가장 강력하게 도전하는 위험인물, 야당의 입이며 가장 빠른 순발력과 정치적 감각을 가지고 있는 김대중 의원을 초기에 제압하고자 하였다. 그래서 박정희 대통령은 선거운동 기간 중 멀고 먼 항구 도시 목포에 두 번씩이나 찾아왔고, 국무위원들을 모두 현지로 불러들여 목포에서 국무회의를 열며 어마어마한 물량공세와 관권 선거운동을 펼쳐 나갔다.

당시 박 대통령은 측근들에게 '다른 후보 열 사람이 안 돼도 좋으니 김대중만은 반드시 떨어뜨려야 한다'고 강조했다고 한다. 그러나 탄압이 강하면 저항도 강한 법…… 목포 시민들은 박 대통령이 독전을 하고 관권 선거를 강화하면 강화할수록 목포 출신의 젊고 유능한 야당 정치인, 자신의 목숨을 담보로 하며 장렬하게 투혼을 불태우고 있는 김대중 후보를 따르고 성원하였다.

김대중 후보는 사람들이 모이는 선창가, 시장, 학교 운동장 어디에서든 사력을 다해 민주주의의 원칙을 강조하고 불의와 독선에 항거해야 하는 이유와 당위성에 대해 설명하고 외쳤다. 그의 유세가 있는 곳에서는 아이를 들쳐업은 젊은 여인들로부터 생선 비린내를 풍기는 어시장의 상인들 그리고 노인들에 이르기까지 인산인해를 이루었고 김대중 후보가 손을 들어가며 열변을 토할 때마다 청중들은 환호하고 열광하였다. 그리고 김대중 후보가 시국을 한탄하며 걱정할 때는 다 함께 한숨 쉬고 또 흐느꼈다.

그런 모습은 압제의 땅에서 메시아가 구원을 갈망하는 민중들에게 구원의 길을 예시하는 광경 같기도 했고 선지자가 황야에 서서 울부짖는 것과도 같았다. 운동원들과 함께 김대중 후보를 따라다니던 나는 그분의 정치관과 애국심에 완전히 도취되었고 이교도가 개종을 하듯 순식간에 그분의 정치적 비전에 함몰되었다.

2차 대전 후 인도를 재건하고 인도의 국부가 된 네루는 간디를 따라

다니며 그의 행동주의에 심취하게 된다. 1920년 알라하바드라는 농촌에서 네루는 간디와 함께 농민들과 직접 접촉하면서부터 정치에 눈을 떴다. 훗날 네루는 그의 자서전에서 그때의 모습을 이렇게 그리고 있다.

나는 간디 선생의 비폭력·불복종의 원리에 완전히 찬성하는 것은 아니었다. 그러나 간디 선생이 언제나 가난하고 약한 인도 농민 대중 편에 서서 그들을 대변하고 그들을 움직일 수 있다는 사실에 주목하기 시작하였다. 특히 간디 선생이 어려운 때일수록 '민중의 밑바닥을 흐르는 급소 중의 급소를 찾아내고 그것을 건드림으로써 민중을 움직이는 그 천재성'에 감동하고 탄복하지 않을 수 없었다.

네루가 스승 간디의 정치적 천재성 즉, 민중의 가장 가려운 곳 가장 아픈 곳을 빠른 시간에 찾아내어 그것을 쟁점으로 부각시키면서 민중을 삽시간에 단합시키고 이끌고 가는 그 놀라운 힘을 보고 또 감명받았듯이 나도 김대중 의원의 정치적 천재성을 그때 발견하였던 것이다. 그래서 나는 그분으로부터 정치를 배우기를 원했고 또 그분을 스승으로 모시고 끝까지 따라가기로 결심하였다.

김대중 후보는 그 전쟁 같은 목포의 격전장에서 2,000여 표 차로 승리하고 목포 시민들의 염원을 등에 지고 중앙 정치무대로 달려갔다. 이 목포의 선거전이야말로 청산리대첩 같은 것이었고, 김대중 의원은 이 때부터 숙명적인 정치적 라이벌 박정희 대통령과 맞서게 된 것이다. 따라서 그분의 문하생이 되고 말석을 지키게 된 나도 형극의 길로 들어서게 된 것은 너무나도 당연한 이치였다. 나는 그때부터 한 가지 확신을 갖게 되었는데 그것은 '이분이 언젠가는 이 나라의 대통령이 될 것'이라는 것이었다. 나는 그 확신과 신념에 목숨을 걸기로 하였다. 그리고 아무 주저없이 그분을 따라 정치의 바다로 뛰어들게 된 것이다.

  그렇게 내가 정치에 입문한 때가 1967년 6월이었으니, 어언 35년의 세월이 흘렀다. 지나간 35년 간의 정치 인생을 돌이켜보면 나는 온갖 탄압과 회유에도 불구하고 불굴의 의지로 초지일관 민주화 운동의 외길을 걸어왔으며, 그 과정에서 세 차례의 옥고를 당당하게 치러냈다. 그리하여 나는 오늘날 역사와 순국 선열, 그리고 민주화를 위해 희생당하신 분들 앞에 부끄럼 없이 설 수 있다는 생각이다. 그러나 다시 한 번 생각해보면 그 혹독한 탄압과 간교한 회유를 나 혼자만의 힘으로 극복한 것은 아니었다. 크게는 하느님과 역사와 사회 양심세력이 나의 편에 서 있었고, 작게는 생계를 책임져 준 아내를 비롯해 주변의 동지들이 용기를 북돋워 주었기에 가능한 일이었다. 그런데 이런 모든 요소들보다 더욱 크고 직접적인 힘과 용기의 원천은 바로 김대중 대통령이었다. 김대중 대통령이 존재하지 않는 나의 정치 인생을 상상할 수 없다. 그분이 안 계셨다면 아마도 나의 정치 인생이 현실화되지 못했을 것이다. 나는 그분을 통해 정치에 입문했고, 그분에게서 정치를 배웠으며, 그분을 따라 민주화 투쟁을 하고 감옥을 갔으며, 그분을 도와 정권 교체를 이루어냈다. 그분이 민주화와 정권 교체에 대한 신념을 잃지 않고 태산처럼 의연하게 버티고 있었기에 나 또한 고난 속에서도 용기를 잃지 않았으며 감옥에 갇혀서도 희망을 잃지 않았던 것이다.

　내가 대통령 후보 경쟁에 나선 후 많은 TV 토론이 있었는데, 질문 중
거의 빠지지 않는 단골 메뉴가 "리틀 DJ라는 애칭이 유리하다고 생각
하느냐, 불리하다고 생각하느냐?"였다. 그 질문에 대한 나의 대답은 이
렇다.

　"대통령과 나는 스승과 제자의 관계이다. 지금 대통령이 여론의 지지
를 받지 못하기 때문에 그런 질문을 하는 것 같다. 실제로 내 주변 참모
들도 DJ의 이미지를 불식시키기 위해 좀 차별화를 하는 것이 좋겠다는
조언을 하기도 한다. 그러나 나는 늘 대통령을 스승이라고 생각하고 있
다. 스승으로부터 배우는 입장에선 스승을 빼닮았다는 말이 제자에게
는 자랑스러운 것이다. 그러나 이제 나는 스승으로부터 독립하여 나의
세계를 개척하려는 입장에 있다. 청출어람(靑出於藍)이라는 말도 있듯
이 나는 스승보다 나은 제자가 되기 위해 노력할 것이다. 내가 스승을
능가하면 스승도 흐뭇한 마음으로 박수를 보내주실 것이다. 그러나 스
승과 제자의 관계는 끝까지 간다. 스승이 잘 되었을 때는 스승이라고 하
다가 스승이 조금 잘못 돼가면 스승이 아니라고 하는 것은 제자의 도리
가 아니다. 스승이 잘한 부분은 제자가 계승·발전시키고 스승이 잘못
한 부분은 제자가 시정하고 보완하면 되는 것이다."

　그렇다. 나는 대통령을 평생 동안 스승으로 모셔왔고, 앞으로도 그럴
것이다. 그리고 스승의 가르침을 계승하고 보완하여 스승보다 더 훌륭
한 사람이 되도록 불철주야 노력할 것이다. 내가 대통령 후보 경선에 나

서며 민주당의 자산과 부채를 모두 안고 가겠다고 선언한 것도 바로 이런 이유 때문이었다. 나는 대통령과의 인연을 큰 영광으로 생각하며 평생 동안 소중히 간직할 것이다.

혹독한 정치수업

누군가 정치라는 것은 전쟁보다 어렵고 혁명보다도 힘든 것이라고 하였다. 그래서 나는 이렇게 지난(至難)한 정치의 길에 들어선 후, 동교동이라는 정치의 명문 캠프에서 상당한 기간 이론과 실무를 겸하여 공부하고 또 때로는 고난과 역경을 겪으면서 단련된 점을 다행으로 생각하고 있다.

앞에서 말했듯이 1967년 총선 때에 목포에서 김대중 후보를 도와 선거 운동을 하고 득표를 위한 조직책으로 활동한 것이 나의 정치 활동 출발점이 되었는데, 그후 박정희 대통령이 영구 집권의 틀을 마련하기 위해 아예 3선 개헌을 추진하자 나는 거의 독립 운동하는 마음으로 김대중 의원을 도왔다. 나는 직감적으로 박정희 군사 독재를 종식시키는 길은 국민의 폭발적인 지지를 이끌어낼 수 있는 김대중 의원을 앞세워 정권 교체를 하는 방법밖에는 없다고 판단했던 것이다.

1970년 야당인 신민당에서는 사십대 기수론이 부상하면서 김대중 후보와 김영삼 후보가 숨막히는 접전을 벌이며 대통령 후보 지명전에서 맞서게 되었다. 이때 나는 경상남도 조직 책임자로 임명되었다. 그 당시에도 경남은 김영삼 후보의 아성이나 다름없었고 그쪽의 조직 책임자는 최형우 씨였다. 여러 가지 면으로 볼 때 내가 영남 지역을 누비며 대의원들을 상대로 득표 활동을 하는 일은 적지에 뛰어들어 생존의 틀을 마련하는 일만큼이나 어려운 것이었는데 나는 젊음을 밑천으로 성실하게 땀 흘리며 뛰었다. 부산·경남 지역의 27개 시·군의 대의원들 주소를 아예 머릿속에 입력하고 산길, 들길을 마다 않고 구석구석 누비고 다녔다.

그렇게 노력한 결과 나는 경남 대의원의 60% 이상을 김대중 후보 지지로 돌려 놓는 데 성공했고, 결국 김대중 후보는 2차 투표까지 가는 어려움 속에서도 역전승의 감동적인 드라마를 연출하며 40대의 패기만만한 야당 대통령 후보로 지명되었다. 나는 이때 척박한 정치 풍토에서도 진실한 마음으로 열과 성을 다해 노력하면 사람의 마음을 움직일 수 있다는 사실을 터득하게 되었다. 김대중 후보가 전국 순회연설을 하고 다니자 전국적으로 김대중 바람이 휘몰아치기 시작했다. 3선 개헌을 통과시켜 놓고 선거를 요식행위로 여기고 있던 박정희 대통령측은 승리를 장담할 수 없다는 생각에 아연 긴장했다.

선거 분위기가 고조되자 김대중 후보는 향토예비군 폐지를 비롯하여 남북 교류, 4대 강국의 전쟁 억제 보장 등 획기적인 공약을 발표해 국민들 사이에 폭발적인 반향을 일으켰다. 실로 엄청난 공약이 아닐 수 없었다. 비상이 걸린 박정희 후보측은 김대중 후보에게 용공혐의가 있으며, 무책임한 공약을 제시하고 있다고 비난을 퍼붓기 시작했다. 그러나 그런 비난에도 아랑곳하지 않고 김대중 바람이 더욱 드세지기만 하자, 다급해진 박정희 후보측은 마침내 지역감정에 불을 지르고 말았다. 그들은 누구랄 것 없이 지역감정을 자극하기 위해 혈안이 되었지만, 대표적인 사람이 이효상 국회의장이었다. 그는 경상도 지역 연설회마다 단골연사로 나서서 "신라 천 년 만에 다시 나타난 박정희 후보를 뽑아서 경상도 정권을 세우자"고 했을 정도였다. 선거 당시 조직비서로서 주로 경남 지역에서 활동했던 나는 지역감정의 광풍이 어느 정도였는지를 누구보다 잘 안다.

결국 우리는 지역주의의 벽을 넘지 못하고 94만 7천여 표 차로 패배하고 말았다. 그러나 그것은 우리가 이긴 선거였다. 나중에 김형욱 씨의 미청문회 증언으로 드러났지만, 중앙정보부에 의해 전국적으로 자행된 부정투표가 200만 표에 달했다. 그러나 굳이 김형욱 씨의 증언에 의지하지 않더라도 집권당이 그 정도의 부정을 했으리라는 것은 당시 선거를 했던 국민들 모두가 아는 상식이었다. 우리는 94만 표를 졌으나 사실은 100만 표 이상을 이긴 것이다.

이 선거에서 가장 큰 충격을 받은 사람은 바로 박 대통령 자신이었다. 그는 집권당의 프리미엄과 자신이 저지른 부정선거를 누구보다도 잘 알고 있는 사람이기 때문에 마음속으로는 자신이 선거에서 대패했다는 사실을 인정하지 않을 도리가 없었던 것이다. 결국 박 대통령은 이 선거에서 받은 충격 때문에 나중에 선거 자체를 아예 없애 버리는 유신쿠데타를 단행하기에 이르렀다는 것이 정설이다.

대선을 통해 군정 종식과 민주화에 대한 국민들의 뜨거운 열망, 그리고 자신에 대한 국민들의 절대적인 지지를 확인한 김대중 후보는 대선 후에도 진산파동과 총선지원 유세를 통해 더욱 승승장구하며 국민적인 영웅으로 떠올랐다. 1971년 5월 제8대 국회의원에 당선된 김대중 의원은 예전과는 달리 온 국민이 자신의 의정활동을 지켜보고 있다는 사실을 생각하게 되었다. 그래서 계보 사무소였던 '한국내외문제연구회'를 의정 활동을 뒷받침하면서 장기적으로는 자신의 집권 청사진을 마련하는 기구로 개편하였는데, 나는 그 연구소의 정책연구실 전문위원으로 일하게 되었다. 대학 교수 출신의 정책실장 및 다른 전문위원들과 함께 일하면서 나는 주로 외교통일 분야를 담당하였다. 이때 이미 김대중 의원은 대선에서 선보일 3단계 통일론으로 우리나라 통일 분야에서 선구적인 자리에 서 있었는데, 나는 그분의 3단계 통일론을 더욱 깊이 연구하고 발전시키는 역할을 맡는 행운을 안게 된 것이다. 그러나 그런 행운은 그리 오래 가지 않았다.

그 다음해인 1972년에는 김대중 후보가 예언한 대로 박정희 대통령은 영구 통치를 위한 '10월 유신'을 단행하였고, 그때 마침 해외에 나가 있던 김대중 의원은 본의 아니게 망명 생활을 하게 되었다. 평소 민주화를 요구하며 군정 종식에 앞장섰던 야당 의원들은 모두 잡혀가 곧

욕을 치르고 국회의 문은 강제로 닫혔다. 물론 우리가 일하던 내외문제 연구회도 폐쇄되었다.

나는 한동안 도피생활을 하였지만 구속을 면하게 되자 곧 동교동으로 달려갔다. 주인 없는 집은 불 꺼진 항구처럼 적막하기 그지없었고, 골목과 대문 안팎에는 정보요원들만 득실거렸다. 그때 동교동에 끝까지 남은 비서진은 권노갑, 김옥두 씨였는데 나는 그들과 함께 김대중 의원이 돌아올 때를 기다리며 동교동을 지키기로 하였다. 그 시절 나는 주로 선교사들이나 외국 대사관 관계자들이 보는 외신을 통해 김대중 의원의 해외 활동을 확인하면서 그 내용을 국내 민주인사들에게 전하고 희망을 잃지 않도록 하는 일에 몰두하였다.

그 이듬해인 1973년 여름 김대중 의원은 일본 동경에서 납치되었다가 기적처럼 동교동에 돌아오셨다. 김대중 의원의 귀국을 계기로 국내 민주화 세력은 큰 용기를 얻었으나 탄압은 더욱 가중되었다. 모든 국내 언론에서 김대중이라는 세 글자가 사라지고 말았다. 그러나 얼마 가지 않아서 그분은 민중들의 마음속에서 김대중 선생으로 살아나고 있었다. 선생께서는 모진 탄압에도 굽히지 않고 민주화 운동을 전개했는데 1976년에는 민주인사들과 함께 3·1절 구국선언을 하였다가 징역 5년의 선고를 받게 되었다. 1978년 형집행 정지로 석방되고 가택 연금될 때까지 나는 공보비서로서 사모님과 함께 외신기자들을 상대로 동교동의 민주 투쟁 상황을 해외에 알리는 일과 기타 공보업무를 전담하였다.

그리고 나도 두 차례의 옥고를 이 기간 중에 치르게 되었다.

1980년 서울의 봄이 찾아오고 잠깐 민주화의 서광이 비칠 때 김대중 총재께서는 나를 정책담당 비서로 임명하셨다. 나는 그때 민주화가 이루어지고 민간 정부가 들어설 수 있다는 희망에 부풀어 민주 진영에 섰던 교수들과 함께 좋은 정책을 마련하는 일에 온 힘을 쏟았다. 그러나 그런 꿈은 잠깐이었고 엄동설한 같은 1980년 5월 사태가 몰아침으로써 모든 것은 물거품이 되고 말았다. 그때 김대중 총재를 비롯한 모든 동교동 사람들이 끌려가게 되었고 인간으로서는 참기 어려운 고초를 겪었으며, 나 역시 또 한 차례의 옥고를 치러야 했다.

그런 엄청난 시련을 겪은 후 김대중 총재는 미국 망명길에 올랐다가 1985년 2월에 귀국하여 김영삼 총재와 함께 민추협을 결성하고 본격적인 군정 종식 투쟁에 나섰다. 이때 나는 공교롭게도 독일 유학을 떠나게 되었는데 김대중 총재께서는 나를 보좌역으로 임명하여 유럽에서 민주화 운동을 하라는 임무를 주셨다.

그후 나는 귀국하여 1987년 제13대 대통령 선거 때 총재 특별 보좌역을 맡았고, 선거대책본부 민원상담실장도 겸하면서 민원업무와 민심 파악 그리고 선거 분위기를 총괄적으로 파악하는 역할을 했다.

대선이 끝난 뒤에는 평화민주당 정책연구실장과 국회정책 연구위원 등을 맡아 본격적인 정치수업을 하면서 국회 내에서의 경험도 쌓아갔다. 그 기간 중 1988년 미국 민주당 정부통령 후보 지명대회에 초청되어 참관한 일은 큰 공부가 되었다.

이렇게 나는 1992년 제14대 국회의원으로 등원하기 전까지 정치의 밑바닥부터 착실하게 기초를 닦으면서 공부를 해온 것이다. 서류만 만지며 공부한 것이 아니라 발로 뛰고 현장으로 달려가고 연행되고 또 조사받고 얻어맞고 그리고 옥고를 치르면서 초급, 중급, 고급 단계를 다 거치고 석사, 박사까지 받은 셈이다.

바로 이런 이유 때문에 나는 정치가 혁명보다 어렵다는 사실을 일찍부터 터득하였다. 그리고 그런 혹독한 정치 훈련을 밑거름으로 하여 이제 나는 보다 큰 꿈을 실현하기 위해 노력하고 있는 것이다.

그런데 내가 대선 경선에 나서자 참으로 엉뚱한 일을 문제삼는 이도 있었다. 내가 김대중 대통령의 비서 출신이라서 지도자가 되기에는 좀 곤란하지 않느냐…… 하는 것이었다. 이 점에 대해서는 아주 간단한 실례로 대답하고자 한다.

현재의 일본 고이즈미 준이치로(小泉純一郎) 총리는 후쿠다 수상의 수행비서 출신이다. 김영삼 전 대통령은 우리나라 건국기의 정치인 장택상(張澤相) 씨의 비서였다. 뿐만 아니라 현재 국회에서 활동하고 있는 유능한 의원 중 상당수가 의원보좌관이나 비서 출신이다. 이렇게 생각해 본다면 정치 현장에서 선배 정치인의 비서나 보좌관 일을 한 것은 정치 실습을 한 것이라고 볼 수 있다. 사범대학에 다니는 예비선생님들도 강단에 오르기 전에는 사범대학 부설 중·고등학교나 연고가 있는 학교에 나가 교생실습을 한다. 의사들 역시 전문의나 유명한 개업의가 되기 전에 인턴, 레지던트 과정을 밟으며 어려운 수련과정을 겪는 것이다. 이런 고된 실습 과정은 훌륭한 전문인이 되기 위해 절대로 필요한 과정이 될 수는 있을지 몰라도 결코 흠이 될 수는 없다.

나는 정치인의 경력을 그렇게 이상한 각도에서 바라볼 것이 아니라 오히려 과거 어려웠던 시절 현재의 정치인이 '어느 곳' 또는 '어느 편'에 서 있었는가 하는 점을 철저히 따져 봐야 한다고 생각한다. 독재 정치가 기승을 부리던 시절, 그것과 맞서서 싸우고 민주화의 제단에 자신을 기꺼이 던졌는가, 아니면 권력과 한 배를 타고 호의호식하면서 민주주의를 열망하고 고통받던 사람들을 탄압하였는가……. 이런 점을 따져 봐야 할 것이고, 역사가 중요한 결단의 대목에 섰을 때 의로운 쪽에 서 있었는가 불의한 쪽에 서서 자신의 사리사욕만을 챙겼는가…… 하는 점을 판단의 잣대로 삼아야 옳을 것이다. 왜냐하면 그것이 한 정치인의 도덕성과 신뢰성을 검증할 수 있는 가장 확실한 기준이기 때문이다. 고난과 위기 속에서 옳고 정의로운 길을 걸었다는 사실이 검증되지 않은 정치인을 어떻게 일국의 지도자로 믿고 따를 수 있겠는가?

제2장
꽃보다 아름다운 사람

바다 위에 서 계신 아버지

사실 따지고 보면, 이 바다 안에서는 어떤 고기잡이도 할 것이 못 되었다. 삼마이 그물도, 잡어를 상대로 하는 정치망도, 주낚질도 모두가 그랬다. 고기의 씨가 마르고 있는 것이었다. 그가 하고 있는 삼마이 그물의 수익을 계산해 보아도 기껏해야 적십자 회비라든지, 원호회비라든지, 담뱃값이라든지, 막둥이의 통학 차비라든지를 간신히 벌어쓰는 정도에 지나지 않는 것이었다. 그것도 목돈으로 들어간 그물 값을 빼고 난 다음에 그렇다는 이야기가 아니었다.

이 대목은 전남 장흥 출신으로 우리 문단의 큰 별이 된 한승원 선생의 장편소설 『그 바다, 끓며 넘치며』에 나오는 한 장면이다. 그가 그랬듯이 우리 고향 우이도 근처에서도 고기잡이로 생계를 유지한다든지 자녀들의 학비를 마련하는 일은 애당초 어려웠던 것 같다.

더구나 우리 형제는 이복형제 4남매를 포함해 모두 12남매나 되었다. 지금 젊은이들이 들으면 놀랄 일이지만 그 시절에는 산아제한이라는 제도도 없었고, 그럴 만한 사회적 분위기도 마련되어 있지 않아서 하늘이 주시는 자녀는 빗물 받듯이 받아내는 일이 순리였을 것이다. 내가 자랄 때만 해도 할아버지 할머니께서 살아 계셨다.

이런 대가족의 가장이 되신 아버지께서는 생계 수단으로 화목을 벌목하고, 그것을 목포에 내다 파는 일을 택하셨다. 그래서 우리 형제들은 학교에서 돌아오면 아버지와 함께 부지런히 산에 올라 나무를 베는 것이 일과였다. 물론 어머니도 건강이 허락하시는 대로 마을 사람들이 잡아오는 조기를 다듬고 그것을 아버지가 목포로 떠나는 날 배 위에 얹어 놓으셨다. 훗날 들어서 안 일이지만, 아버지는 목포에다 나무를 내다 팔면서 그 조기도 객주에 넘겨 소득을 올리셨다고 한다.

지금은 목포 시내에서 나무를 때는 집이 아마 한 곳도 없을 것이다. 그러나 그때 우리나라 산업구조가 원시 상태 그대로여서 집집마다 굴뚝과 아궁이가 있었고, 가을이 되면 김장 준비와 함께 뒷마당에 겨울에 땔 장작을 가득 쌓아 놓는 것이 겨울나기 준비의 가장 큰 일거리였다.

집 뒤에는 다행히 '덜섬'이라고 부르는 큰 산이 있었는데, 대부분이 우리 소유였다. 군(郡)에서 발간하는 지도에도 제법 크게 나타날 만큼 큰 산이고, 그 산 꼭대기에는 레이더 기지인 듯한 소규모 군부대도 주둔하고 있었다. 동네 사람들은 군인들이 차지하고 있는 정상 근처는 가지 못했고 언제나 철조망이 쳐진 부대 근처까지 나무를 하러 올라갔다.

아버지와 인부들이 웃통을 벗어부치고 골짜기 골짜기마다 벌목해 놓은 나무들을 나와 동생들은 부지런히 날랐다. 그리고 겨울을 알리는 북서풍이 불기 시작하면 아버지는 서둘러 풍선(風船)을 마련하였다. 풍선은 말 그대로 바람을 타는 커다란 돛이 두세 개 달린 무동력선이다. 그야말로 운명을 전적으로 바람에 맡기는 그런 원시적인 배였다.

배에 가득 나무가 실리고, 나무 사이사이에 조기 뭉치가 쌓이면 아버지는 두터운 솜옷을 입고 머리에는 사냥꾼들이 쓰는 털모자를 쓰고 배에 오르셨다. 맏아들인 나는 그 배가 떠날 때에는 언제나 선착장에 나가서 아버지를 배웅해 드렸는데, 파도 때문에 마구 흔들리는 배 한가운데에서 나를 보시고는 어서 들어가라고 손짓을 하시며 이윽고 돛이 오르면 거함의 선장처럼 배 앞머리에 서서 바다를 노려 보셨다.

이런 모습은 해마다 겨울이 되면 반복되는 일이었다. 사실 철이 들 때까지 나는 그 일이 얼마나 힘들고 위험천만한 일인지 전혀 가늠하지 못하였다. 다만 아버지의 배가 떠나고 나서 유난히 바람이 많이 불면 어머니께서는 밤 늦게 남폿불 밑에서 바느질을 하시며 이렇게 걱정하시는 것을 들을 수가 있었다.

"아이고, 바람이 많이 부니께 속력이사 나겠지만 얼마나 풍랑이 심할랑가…… 뱃전으로 물이 들어가지 말아야 하는디……."

그렇다, 이런 일은 나중에 아버지의 풍선을 함께 타고 다닌 분들이 증언한 내용이지만 바람이 많이 불고 파도가 높을 때에는 그 풍선이 가랑잎처럼 흔들렸다고 한다. 그럴 때면 배가 나가지 못하니까 깜깜한 바다 한가운데에서 닻을 내리고 바람을 맞는 돛도 접은 채 거북이처럼 뱃바닥에 엎드려 그 고난의 시간이 지나가기를 기다렸다고 한다. 정신없이 흔들리는 뱃전에 엎드려 추위와 멀미를 이겨내면서 오로지 자식들의 학비를 벌어야 한다는 일념에 매달렸던 아버지를 생각하면 끝없이 송구스럽고 목이 메일 뿐이다.

순풍을 받으면 20여 시간쯤을 견뎌 목포땅을 밟으며 흙냄새를 맡을 수 있지만 변화무쌍한 서해바다에서 폭풍을 만나면 꼼짝없이 하룻밤을 바다에서 견디고 그때마다 생사의 고비를 넘겨야 했던 아버지의 뱃길은 지금 생각해보면 그야말로 목숨을 건 사투였던 것이다.

우리 고전에 나오는 심청이의 비극도 우리 고향 앞바다와 연결된 서해바다에서 있었던 이야기다. 그때 황해도 땅에서 심청을 사가지고 장산곶을 지나 먼 바다로 나왔던 남경 상인들은 아마도 지난 70년대에 신안 해저 유물이 발견된 우리 군내의 어느 바다 위에서 성난 파도를 달래기 위해 심청을 바다에 뛰어 들게 했는지도 모른다. 왜냐하면 그 당시에는 가장 최신식 시설을 갖춘 대형 목선들도 신안의 뱃길 위에서는 맥을 못추고 파도에 휘말려 침몰했고 그 유물들이 수백 년을 뛰어넘어 발굴되었기 때문이다.

고전 속에서 심청이가 아버지를 위해 푸른 서해 바닷속으로 들어갔다면, 아버지는 우리 자식들을 위해 그 바다에 기꺼이 목숨을 바칠 각오로 수십 년 동안 나무를 실어 나르는 일을 하셨을 것이다.

나는 감옥살이를 할 때 힘에 겨우면 창살을 붙잡고 아버지를 생각하였고, 정보부 지하실 속에서 죽음 언저리를 기며 고통과 싸울 때도 아버지를 생각하였다. 누구에게도 호소할 수 없었고, 언제나 바다 한가운데서 고통을 혼자 이겨냈던 그분의 인내력과 꿋꿋한 기상을 생각하며 초라한 내 모습을 추스려 나갔다.

국회의원이 되고 정치인이 되어 고향으로 갈 때나 선거운동을 할 때 배가 풍랑이 심한 파도 위에 서게 되면, 나는 그때마다 그 성난 파도 속에서 문득 아버지를 뵙게 된다. 아버지는 그 파도 속에서도 용감한 로마의 검투사처럼 흔들리지 않고 바른 자세로 서 계신다. 풍선에 가득 화목과 조기를 싣고 돛을 올릴 때처럼 아버지께서는 자신에 찬 눈빛으로 앞만 보고 계신다.

목포의 고모님 댁에서 하숙을 하거나 동명동의 셋집에서 혼자 자취를 할 때 아버지께서는 예고도 없이 방으로 들어오셨다. 인사를 올리는 내 어깨를 한 번 다독여 주시고는 아버지께서는 으레히 방구들을 만져보셨다. 그리고는 딱 한마디 이 말만을 남기셨다.

"아프지 말거라. 사내는 몸이 튼튼해야 큰일도 하는 거다."

아버지가 떠나신 자리에는 나의 학비라든지, 용돈이라든지, 간식거리 같은 것이 단단한 보퉁이에 싸여 남겨져 있었는데, 그 무뚝뚝한 아버지께서 어떻게 그렇게 자상하게 그것들을 챙기셨는지 신기한 생각이 들기도 하였다. 훗날 나는 영화를 볼 때 수많은 남자 배우 중에서 말수가 적고 선이 굵은 안소니 퀸의 연기를 볼 때마다 아버지를 연상하였다. 그리고 영화 「대부」를 보면서도 그분을 생각하였다. 내용이야 우리 현실과 아주 다르지만 이탈리아 시실리 섬 출신으로 미국 한복판에 살면서도 엄청난 기술들을 한 곳에 모아 통솔하고, 말보다는 행동 그리고 요란한 행동보다는 눈빛 하나로 조직을 움직이던 아버지의 역할, 주인공 말론 브란도가 보여주는 그 과묵함과 패기 있는 모습이야말로 아버지를 연상하기에 족한 것이었다.

그리고 지금까지 뼈에 사무치게 고마운 것은 그분의 자식에 대한 사랑, 그 중에서도 어떻게 해서든지 자식들을 가르치시고자 했던 향학에 대한 열정이었다. 한학에도 조예가 깊으셔서 어린 나에게 『천자문』, 『학어집』 같은 것을 틈틈이 가르쳐 주셨고, 해방된 지 얼마 되지 않아 모두들 먹고 살기도 힘들어하던 그 시절에 어린 내 손을 잡고 바다를 건너 도초면의 초등학교에 보내 주신 일, 그리고 초등학교를 마치자마자 목포로 내보내서 넓고 큰 세상을 보게 해 주시고 거기서 공부를 하게 해 주신 아버지 은혜는 문자 그대로 하해(河海)와 같다. 더욱이 맏아들인 나에게만 그런 정성을 쏟으신 것이 아니라 일곱이나 되는 아우들도 자신들이 의지만 보이면 뭍으로 나가게 하고 당신이 하실 수 있는 모든 노력을 다해 뒷바라지해 주셨다.

그런데 내가 대학에 진학하여 2학년을 마칠 무렵, 가세가 기울기 시작하였다. 당시 연탄이 보급되기 시작하면서 목포 시내에서도 장작을 때는 집들이 급격히 줄어들어, 아버지의 화목은 거의 쓸모가 없게 되어 가고 있었다.

그렇게 당당하시던 아버지도 목포 사람들이 화목 받기를 거절하고 당신이 배 탈 일이 없게 되자 실의에 빠지셨고 낙담하셨다. 그래서 약주를 드시고 그 일로 자리에 누우셨다.

어머니도 슬하의 8남매를 키우시면서 골병이 드셨는지, 40대 후반부터 자리보전을 하시기 시작하였다. 방학 때 고향을 찾으면 어머니께서는 언제나 머리에 하얀 끈을 두르고, 저고리 섶을 푸시고, 밭은숨을 내쉬었다. 그렇게 오랫동안 병치레를 하신 어머니를 보면서 수많은 손자 손녀들이 걱정되셨는지, 고향의 할아버지 할머니께서는 아버지에게 소실(小室)을 보시도록 하셨다. 그래서 아버지께서는 늦게 목포에 작은집을 두고 작은어머니로부터 딸 셋과 아들 하나를 얻으셨다.

이런 부분은 순전히 아버지께서 감당하실 부분이고, 또 아버지의 삶에 관한 내용이기 때문에 자식된 내가 감히 용훼(容喙)할 일이 못 된다. 나는 요즘도 목포에 살고 계신 작은어머님을 가끔 찾아뵙고, 찾아뵙지 못할 때는 명절이나 대소사 때 나름대로 인사를 챙김으로써 돌아가신 아버지에 대한 도리를 갈음해 나가고 있다.

내 가슴 한가운데 박힌 큰 못

지난 70년대와 80년대는 우리 사회가 산업사회로 바뀌는 격변의 시기였다. 농촌과 어촌에 사는 젊은이들이 모두 도시로 나와 도시근로자가 되고 그 젊은이들이 만든 수출품들이 우리나라의 외화를 벌어들이는 주수입원이 되었다. 어쨌든 그때 명절이 되면 텔레비전 카메라는 구로공단이나 구미공단 마산 수출자유지역의 근로자들을 찾아갔다. 모두 한복을 차려입고 손에손에 회사에서 마련해준 선물꾸러미를 들고 공단별로 마련한 버스를 타고 고향으로 떠나는 근로자들을 중계해 주는 것이 그 당시 명절을 여는 화면의 첫 장면이었다.

뿐만 아니라 기차표를 구하려고 하는 사람들이 인산인해를 이룬 서울역 앞의 모습이라든지 명절을 맞아 철시한 썰렁한 상가 모습을 보여주는 것도 그 당시의 관행이었다. 이렇게 되면 농촌이나 어촌의 모습은 어떻게 변할까……. 마을 입구는 개선장군처럼 들어서는 젊은이들의 웃음소리와 명절빔으로 오랜만에 총천연색으로 빛나고, 목포처럼 섬으로 배들이 출발하는 선창가 역시 고향을 찾는 젊은이들의 활기찬 발걸음이 북적대기 마련이었다.

당시 30호 남짓했던 우리 돈목 마을에서도 젊은이들이 모두 도시로 나갔었고 그들은 도시에서 무슨 일을 하고 있건 명절 때는 번듯한 옷을 차려입고 마을에 나타났다. 물론 도시에서 마련해 온 선물꾸러미를 풀고 부모와 형제들에게 나누어주면서 효도도 하고 형제간의 우애도 다졌을 것이다.

그런데 나는 대학 졸업 후 이런 인간적인 도리, 자식으로서의 도리를 한 번도 제대로 해보지 못했다. 대학 졸업 후 목포에 있는 행남사에 근무할 때 뭍으로 나오셨던 아버지나 어머니를 잠시 뵌 것 외에는 결혼해서 아내와 한 번 스치듯 고향을 다녀온 일이 전부였다.

이런 형편이었으니 작은 고향섬에서 해마다 명절 때만 되면 이런 일을 겪으셨던 우리 부모님의 마음은 어떠셨을까……. 그 점을 생각하면 가슴이 저리고 아예 생각조차 하기가 싫다.

좁은 섬마을에서 도시에 나간 젊은이들이 손에손에 무엇인가를 들고 와 나누고 '이웃집 아무개는 공부도 많이 하지 않았는데 이번에 암소 한 마리 값을 어머니한테 전해주었다, 누구는 고생고생 하더니 이제는 작은 집도 장만했고 다음 가을에는 부모님을 모셔간다더라' 이런 식의 이야기를 들었을 때 그 명절기간 동안 우리 부모님들이 바깥출입이나 하실 수 있었는지……. 안타깝기 그지없는 일이다.

그냥 자식이 도시로 나가 일 열심히 하느라고 집에 못 온다든지 해외에 나가 송금을 하고 있다면 그나마 견딜 수 있을 만한 일일 텐데 내 형편은 전혀 그런 것이 아니었기 때문에 고통이 더 컸을 것이다.

1965년 《새물결》 출판이 좌절된 후부터 시작된 나의 도피 생활은 큰아들의 금의환향을 기다리시던 부모님에게는 참으로 이해하기 힘든 일이었을 것이다. 나 역시도 부모님께 나의 처지를 설명할 길이 없어서 일년에 한두 차례 건강히 잘 있다는 의례적인 편지를 띄워 안부를 전하는 것이 고작이었는데, 그나마도 주소지도 없는 편지였다. 더욱이 정치에 투신하고 민주화 운동에 전념하면서부터는 아예 연락을 끊고 살았으니, 아마도 고향에서 우리 부모님들이 내 소식을 전해 들을 수 있었던 것은 내가 수배자가 되어 도망 다닌다거나 체포당했다거나 하는 억장 무너지는 소리가 전부였을 것이다. 그리고 끝내는 무려 세 차례에 걸친 감옥살이를 하여 부모님들의 가슴에 납덩이처럼 무거운 한을 안겨드렸으며, 돌아가실 때까지도 그 한을 풀어드리지 못하고 말았다.

"참 화갑이는 안됐어야, 멀쩡한 서울대학까지 나와 가지고 도망다니지 않으면 감옥살이나 하고, 우리 우이도에 정보과 형사들만 들락거리게 하고 있으니 자식 뒷바라지하느라 화목선 타고 다닌 그 댁 아버지만 불쌍하지……. 아, 대학 나오면 뭣혀 명절에 쇠주 한 병 못 사오는 주젠디!"

아마도 아버지께서는 이런 애기를 귓전으로 수없이 들었을 것이고 그런 애기를 듣기 싫어서 마을 나들이나 가까운 도초면 나들이도 하지 못하셨을 것이다. 항상 낙천적이고 호방한 성격으로 친구들이 많았던 아버지께서 말년에 작은집에서 칩거하다시피 한 내력이라든지 내가 대학을 나온 후 더욱 병세가 심해진 어머니의 가슴속 사정도 전적으로 나로부터 연유했을 것이다.

이런 의미에서 나는 하늘 아래 고개를 들 수 없는 불효자이다. '불효자는 웁니다' 라는 가요가 있지만 나는 그런 노래를 듣는 일 자체가 괴롭고 견딜 수가 없다. 아마 도둑이 제 발 저리듯 가슴에 박힌 대못이 내 심장을 찌르기 때문일 것이다.

더욱이 아버지께서는 내가 서독에 공부하러 갔을 때 운명하셨다. 맏아들로서 아버지의 임종조차 지키지 못한 나는 평생 가슴 한가운데 박힌 대못을 형벌처럼 지닌 채 살고 있다.

12개의 나침반

우리 형제는 모두 12명이다.

내 바로 밑의 여동생이 정란이고, 그 밑으로 남동생 화길, 종택, 여동생 정임, 남동생 종배, 여동생 정미, 남동생 종술이 있고, 그 밑으로 이복동생들이 있는데 여동생 미순, 미영, 미주 그리고 남동생 종국이가 있다.

섬에서 태어난 사람들이 모두 그렇듯이 우리 형제들은 웬만큼 큰 후에는 각자 알아서 그 섬을 빠져 나오고 뭍에서 자기 역량대로 노력해서 운명을 개척해 왔다.

요즘 배는 선장이 잡는 키 옆에 위성과 연결되는 레이더까지 장치가 되어 있다. 그래서 스크린을 보면 섬과 바다의 모습이 잘 그려져 있고 배가 달리고 있는 현재의 위치가 선명하게 나타난다. 따라서 안개가 끼거나 깜깜한 밤이 돼도 선장은 별두려움 없이 배를 잘 몰 수가 있다고 한다. 그러나 옛날 배나 지금 배나 선장의 키 앞에 변함 없이 붙어 있는 것은 나침반이다. 배가 남쪽으로 가는지 북쪽으로 가는지 기본적으로 가르쳐 주는 것이 나침반이기 때문이다.

우리 형제들이 고향섬을 떠나 뭍으로 나올 때 그 누구도 현대식 레이더를 가지고 나오지는 못했을 것이다. 현재의 위치가 어디쯤이다, 그러니 그대는 어디를 향하거라……. 이렇게 소상하게 전해주는 정보는 없었던 것이다. 다만 고향을 떠나 뭍으로 나오는 우리 형제들에게는 운명이라는 나침반이 주어져 있었을 뿐이었다.

그러나 6남 6녀로 대별되는 우리 12남매 중에서 남자 형제들은 모두 공부를 하고 나름대로 갈 길을 간 셈이다. 주지하다시피 장남인 나는 오랜 세월 동안 정치의 격랑을 타고 표류하고 난파당하고 우여곡절을 겪은 끝에 현재의 위치에 와 있다. 그리고 세 번째 화길은 처음에는 외국어대학에 진학했다가 학비 대기가 어려워지자 자기 스스로 장학금을 주는 단국대학으로 옮겨 학업을 마친 후에 외무고시에 도전하여 외교관이되었다. 사실 외교관이라면 내가 먼저 되었어야 하는데 운명의 나침반은 나를 다른 곳으로 인도하고 아우 화길에게 외교관의 길을 열어 준 것이다.

그러나 그에게도 야당 정치인 밑에서 일하고 있는 형을 둔 죄(?)가 적용되어 처음부터 어려움이 닥쳤다. 자신의 힘으로 어려운 외무고시에 합격했지만 임관이 되고 보직을 받는 순서가 오지 않은 것이다. 같이 합격한 동기생들은 모두 임관이 되어 해외공관으로 떠났는데 그만 보직이 없어 오랫동안 대기 상태로 있었다. 그러다가 처음 발령받았던 임지가 파키스탄이었고 그 다음이 아프리카의 세네갈 그리고 그런 오지에서 근무하고 나면 당연히 유럽이나 미주 지역으로 옮겨지는 상례를 깨고 그는 계속 가봉 같은 검은 대륙을 맴돌아야 했다. 덕분에 그는 그런 제3세계의 전문가가 된 셈이다. 헝가리 대사를 역임하고 지금은 남아공 대사로 나가 있다.

그 밑의 종택, 종배 아우는 가난한 수재들이 그렇듯이 교육대학을 나와 선생님이 되어 대과 없이 교단생활을 마치고 지금은 나름대로의 자기 사업들을 하고 있다.

일곱 번째 아우 종술은 연세대 법대를 나온 후 사법고시에 합격하고 지금은 천안에서 변호사로 활동하고 있다. 얼마 전 부모님을 모신 장지가 개발지로 흡수되어 어려움을 겪었는데 그 아우가 부모님의 유택을 책임짐으로써 우리 형제들은 명절 때가 되면 종술 아우가 있는 천안 근교의 산소를 찾게 되었다.

그리고 막내 종국이는 군대를 갔다 와서 다시 학업을 계속하는 중이다.

그러나 여동생들은 역시 사회적 제약이 많은 데다가 가정형편이 여의치 못해서 각자의 꿈과 의지를 제대로 펼치지를 못했다. 일곱째 동생 정미만이 대학을 나오고 나머지 여동생들은 하고 싶은 공부를 다 하지 못했다. 정미도 무척 어렵게 공부를 했다.

정미가 뭍으로 나와 처음 얻은 직장이 고궁의 매표소에서 표를 파는 일이었다. 정미는 그 좁은 공간에서도 틈이 나는 대로 책을 읽더니 인

천교대에 진학하여 지금은 역시 보람찬 교직생활을 하고 있다. 내가 옥살이를 할 때 많은 엽서도 보내주고 나이 차이가 많아 어려웠던 나에게 응석 같은 사연을 보내주어서 색다른 정을 쌓기도 하였다.

같은 형제로서 지금까지도 미안하고 안타까운 마음을 지울 수 없는 것은 바로 밑 정란과 다섯째 정임이의 경우이다. 둘 다 마음씨가 너무 곱고 모질지가 못한 탓에 그녀들은 아픈 어머니를 돌보고 고향의 궂은 일을 도맡다가 결국 초등학교를 끝으로 학업을 계속하지 못하였다.

이복 여동생 미순, 미영, 미주도 머리가 좋고 공부도 잘했지만, 중학교나 고등학교 졸업으로 학업을 마쳐야 했다. 아버지가 급속히 경제력을 잃으셨던 탓이다.

연전에 텔레비전에서 「아들과 딸」이라는 드라마를 방영하였다. 한 농촌 집안에서 쌍둥이가 태어났는데 하나는 남자였고 하나는 여자였다. 자라면서 남자아이는 남자라는 이유로 온 집안이 달라붙어 모시고 닦아 주는 데 반해 여자아이는 상대적으로 소외되면서 남자형제가 고임을 받을 때마다 오히려 고통과 불이익을 당한다는 내용이었다.

나는 그 드라마를 짬짬이 보면서 우리 집에서도 부지불식간에 그런 「아들과 딸」식의 아픔이 있었지 않았는가 하는 점을 생각해 보았다. 맏이였던 내가 좀더 변변하고 집안을 돌볼 수만 있었다면 정란이나 정임이의 짐을 덜어 주고, 미순, 미영, 미주에게도 도움을 줄 수 있지 않았을까 하는 반성도 하였다. 그러나 어쨌든 그 누이동생들도 지금은 모두 좋은 반려를 만나 행복하게 살고 있음을 감사하지 않을 수 없다.

언젠가 김대중 대통령께서 총재 시절에 우리 집안 형제들의 내력을 들으시고는 여러 사람들 앞에서 칭찬을 해 주신 일도 있었다.

"열두 형제 중에서 두 사람이 고시에 합격하고 세 형제가 교직에 나가고 자네는 이렇게 민주화에 앞장서고 있으니……. 우리 신안군 내에서 이런 집안도 드물 걸세."

물론 이 말씀은 순전히 격려 차원에서 하신 말씀이겠지만, 내가 생각해도 우리 형제들은 저마다 운명의 나침반을 제대로 간직하고 달리기 선수들처럼 열심히 뛰어 왔다고 생각한다. 신께서 우리 형제들에게 이기지 못할 시련이나 장애물을 주시지 않은 것에 대해 특별히 감사드린다.

첫 만남

고등학교에 다닐 때쯤 목포에도 영화 「바람과 함께 사라지다」가 들어왔다. 학교에서 단체로 관람을 했는데 한 번 본 것으로는 부족해서 나는 그 영화가 극장에서 흥행을 끝낼 때까지 몇 번인가 혼자 가서 보곤했다. 그런데 이상하게도 나는 주인공 스칼렛 오하라(비비안 리)의 열정적이고 다소 멋대로인 성격보다는 여인의 향기를 은은히 풍겨주는 멜러니에 매료되었다. 매사에 쟁취하고 싸워서 이기는 열정의 주인공 스칼렛 오하라보다 가급적이면 양보하고 손해를 보면서라도 중용을 지켜가는 남부의 전형적인 여인 멜러니 상이 내 가슴에 다가왔다.

종로에 있는 지하 다방…… 이름이 '하이웨이'라고 하는 다소 번잡한 곳에서 나는 처음 그녀를 만났다.

1971년 김대중 총재가 장충단 공원에 수백만의 인파를 모을 만큼 돌풍을 일으키며 승기를 잡았지만 결과적으로 패하고 나자, 그분을 도와 일을 했던 우리들은 소금물에 절여진 배추처럼 맥이 빠져 있었다. 지금 프레스센터가 있는 태평로 근처에 연구소를 열고 다음의 승리를 도모하며 매일 출근을 했지만 사실상 구체적으로 하는 일은 없었다. 그때쯤 연구소에서 함께 일하던 정철기 동지가 어느 날 뜬금없는 소리로 운을 떼었다.

"자네나 나나 지금은 별볼일이 없네만…… 그래도 자네한테 미인이 생긴다면 먹여살릴 자신은 있겠지?"

서울대학교 사범대학 학생회장을 지내고 김대중 대통령 후보실 기획비서를 지냈던 정 동지는 싱거운 소리도 잘 하고 사무실 분위기가 가라앉으면 농담으로 여러 사람을 웃기는 재주를 가지고 있었다. 그날의 얘기도 예의 그 싱거운 소리쯤으로 알고 있었는데 정 동지는 내가 우물거리고 있자 다시 한 번 진지하게 다짐을 하였다.

"처자식 한둘쯤은 먹여살릴 자신이 있겠지?"

이런 얘기가 오간 뒤 토요일이 되자 정 동지는 나보고 따라 오라고 하면서 앞장을 섰다. 정 동지를 따라 컴컴한 계단을 내려가 담배연기 자욱한 다방으로 들어서자 그녀가 먼저 나와 있었다. 짙은 감색 투피스를 얌전하게 차려입은 처녀였다. 인연이란 그런 것인가…… 사실 나는 그녀를 보는 순간 정말 가슴이 철렁하면서 압도당하는 느낌이었다. 제 눈에 안경이라는 말이 있지만 내가 본 그녀의 첫인상은 청순한 잉그리트 버그만과 이목구비가 시원시원한 소피아 로렌을 조화롭게 섞어 한국적으로 빚어 놓은 여인상이었다. 사실 그때 나는 서른네 살이나 된 노총

104

각이었고 그녀는 대학을 갓 졸업한 스물네 살…… 막 피어오르는 꽃봉오리 같았는데 어찌 현기증을 느끼지 않았겠는가. 나중에 들은 얘기지만, 대학 재학중에 주변의 성화에 못이겨 그때 대학마다 흔하게 있던 메이퀸 선발대회에도 나갈 준비를 했었다고 한다. 완고한 장모님께서 말리고 자신도 숫기가 없어서 그만두었다고 하는데, 사실 일이 그렇게 되었으니 그녀가 그때까지 숨겨져 있다가 내 앞에 나타났지 어떻게 나 같은 노총각에게 선이라도 볼 수 있는 기회가 주어졌겠는가. 아무튼 그때 처음 나는 왜 내가 서른을 넘긴 노총각이 되도록 나 자신을 다듬지 못하고 이렇게 아름다운 여인을 맞이할 준비조차 하지 못했을까, 하는 자책감까지 느꼈다.

"이 미인이 내 사촌 여동생이야. 미술을 전공하고 지금은 공립 중학교 교단에 서시는 선생님이지. 자네한테는 다소 과분하지만 어쩌겠나. 자네도 한다 하는 재사이니 한번 도전해 보소."

정 동지는 커피를 마시고 나자 우리 둘만 남겨 놓고 훌쩍 나가 버렸다. 나는 철 지난 겨울 저고리를 팔에 걸쳐 들고 다방을 나와 덕수궁 쪽으로 앞서 걸었다. 그날은 그렇게 수인사를 나누고 그냥 어정쩡하게 헤어지고 말았는데 이상하게도 다음 주말을 기다리게 되었다. 왜냐하면 그녀가 선생님이기 때문에 주말이 되어야 만날 수 있다고 했기 때문이었다. 한 주 동안 안절부절을 못하고 달력을 쳐다보는 내 모습을 보면서 정 동지는 주말이 되자 단성사로 영화나 보러 가자고 하였다. 그때 단성사에서는 「산타 빅토리아의 비밀」이라는 영화를 상영하고 있었다. 정 동지는 매표소에 가 표 두 장을 사 가지고 와서는 나에게 넘겨주었다. 표가 두 장이라 실망을 하면서 나는 정 동지와 영화를 보는 줄 알았는데 그는 씩 웃으면서 길 건너편을 가리켰다. 바로 거기에 화사한 원피스를 입은 그녀가 신호가 바뀌기를 기다리고 있었다. 이번에도 정 동지는 의미있는 눈빛만 남기고 휭하니 사라졌다.

영화 내용은 포도 농원에서 야성미 넘치는 안소니 퀸이 웃통을 벗어부치고 열연을 하는 것이었는데, 나는 딱히 할 말도 없고 안소니 퀸이 다소 오버하는 것도 같아 그냥 단정하게 앉아 화면에 열중하였다. 그러나 스크린의 흐름보다는 그녀로부터 흘러오는 은은한 향기와 머릿결 내음에 신경이 더 쓰였던 것 같다.

대충 영화를 보고 첫날처럼 나는 철 지난 웃저고리를 팔에 걸고 휘적휘적 덕수궁 쪽으로 앞서 갔다. 덕수궁의 분수대가 아주 시원한 물줄기를 뿜어내고 있었다. 분수대 옆에서는 아이들이 깔깔대며 웃고 다정한 연인들은 분수대 물줄기 위에 떠있는 무지개를 배경으로 기념사진을 찍고 있었다. 7월이었다. 고궁의 나무들은 한껏 멋을 내고 우리들의 볼을 스치는 바람도 싱그러웠다.

나는 고향 우이도에서 목포로 나오던 시절부터 시작해서 변사가 무성영화를 돌리듯 내가 자라온 이야기를 담담하게 그녀에게 들려주었다. 그런데 그녀는 지루하기 짝이 없는 내 얘기를 인내심 있게 들어주고 가끔 추임새처럼 나에게 되묻기까지 했다.

"어머, 섬에서 자라셨으면서도 배를 타면 멀미를 하셨다구요? 호호호……."

입을 가리며 얌전히 웃는 그녀의 모습에 신명이 나서 나는 서울에 올라와 아르바이트를 하던 이야기, 전라도 출신이라고 아르바이트에서 떨어진 이야기까지 계속 이어 나갔다.

어느덧 해는 지고 고궁문이 닫힐 시간이 되었다. 우리는 서둘러 북창동 중국집으로 향하였고 그때부터 나와 그녀는 '우리'라는 짝꿍이 되어 주말마다 만나고 정을 들이고 헤어지고 나면 금세 그리워져 전화통에 매달리게 되었다.

장모님을 울린 결혼식

　그녀와 만나는 횟수가 잦아지고 서로의 애정을 확인하면서 서로 편안해졌다. 그리고 나는 그녀가 외모와는 달리 의외로 알뜰하고 더없이 소박한 여성이라는 것을 확인하면서 그야말로 횡재한 기분이 들었다. 당시 나는 강동구에 있는 당원의 집에 방을 얻어 하숙을 하고 있었는데 주말이면 그녀가 찾아와 나를 기다리며 방안 청소를 말끔히 해 놓고, 노총각 때가 여러 겹 앉아 있는 내 내복을 방 구석에서 꺼내어 정갈하게 빨아 놓고, 두어 벌밖에 없는 와이셔츠도 깨끗하게 빨아 햇볕만은 풍성했던 그 황량한 하숙집 마당 끝에 얌전하게 매달아 놓았다. 떨어진 단추들도 시장에 나가 사다가 비슷한 색깔로 가지런히 달아 놓고 단이 터진 바지나 저고리의 안감도 꼼꼼하게 손을 봐 놓았다.

　그래서 나의 입성이나 외관이 나날이 번듯해지면서 사무실의 동료들도 드디어 나를 공격하기 시작하였다.

"아따, 날마다 신수가 훤해지시는구면. 구질구질했던 노총각 모습이 슬그머니 사라져 버렸는데? 이야, 폼난다. 저 빳빳한 와이셔츠 칼라 좀 봐라. 파리들이 바지 주름살 위에서 아주 베어지겠다……. 한 형, 언제 우리 국수 먹여줄 거요?"

이때쯤 나는 그녀와 정말 좋은 일을 만들어 보기로 하였다. 첫 여름이 시작되는 7월에 만나 그해 크리스마스를 함께 보내면서 나는 나이에 걸맞지 않게 그녀와 열심히 눈 속을 헤매기도 하고 둘이서만 설계하는 청사진 속에 아담한 이층집도 열심히 지었다. 햇볕이 잘 드는 식당에서 그녀가 음악을 들으며 찌개를 끓이면 나는 거실에 앉아 느긋하게 신문을 보고 그녀의 콧노래 소리를 들으며 행복해지는 꿈도 꾸었다. 그래서 다음해 가을에는 꼭 결혼을 하기로 하였다. 신부측에서는 11월 4일쯤이 길일이라고 구체적인 날짜도 잡았다.

해가 바뀌면서 동교동은 부산해졌다. 대선과 총선을 치른 김대중 총재는 1972년 2월이 되자 선진국의 정치 지도자들을 만나고 국익을 위한 의원 외교를 펼치기 위해 미국, 영국, 프랑스, 독일, 일본 등을 차례로 방문하였다. 그런 가운데 미국의 닉슨 대통령이 같은 2월에 중국을 방문하고 죽의 장막을 걷어내면서 미국과 중국은 빠른 속도로 신 데탕트 시대를 열어갔다.

이렇게 반짝 국제 정세가 호전되고 동교동에도 새로운 출발의 기운이 넘치게 되자, 나와 그녀는 연보라색 안개 속의 데이트를 끝내면서 반쯤 부부가 되어가고 있었다. 나는 처남이 될 정철기 동지와 장모님과 처제들이 있는 처가를 수시로 드나들었다. 처제들도 내가 들르면 자기들도 모르는 사이에 나를 '형부!' 라고 미리 가불해서 불러 주었는데, 그 호칭이 여간 나를 흐뭇하게 만드는 게 아니었다. 장모님(물론 그때는 아니지만)께서는 씨암탉까지는 아니지만 시장에서 사 오신 덩치 큰 암탉을 삶아 몸보신을 시켜 주셨고 정 동지는 그 닭다리를 나보다 많이 뜯으면서 분위기를 잡았다.

"이보게, 한 서방, 이제 나보고는 깍듯이 형님이라고 부르소. 친형님보다 손윗처남이 얼마나 무서운데…… 결혼식 때는 우리 야당가의 잔치마당을 만들 테니까 자네와 순애는 준비나 잘 하소."

나보다 한 살 위인 정철기 동지는 자신이 중매한 두 사람이 결혼이라는 대사 쪽으로 순항하고 있는 것을 확인한 후 '올 가을에는 노총각 한화갑이 결혼하게 된다' 는 사실을 마치 대변인이 특종기사를 흘리는 것처럼 당시 우리가 근무하던 내외문제연구회나 동교동을 찾는 사람들에게 알리기 시작하였다. 그녀도 학교에서 같이 초임으로 부임한 새내기 여선생님들이나 가까운 친구들에게 가을에 결혼한다는 사실을 알리는 것 같았다.

그러나 개인의 운명이나 민족사가 예상대로 흘러가는 것은 아니다.

그해 10월이 되자 71년 대선 때에 김대중이라는 적수 때문에 거의 정권을 내놓을 뻔했던 박정희 대통령이 아예 영구집권을 위한 계엄령을 선포하고 나섰다. 바로 10월 유신이었다. 국회는 해산되고, 언론은 검열 속으로 들어가고, 중앙청과 국회 앞에 탱크와 군인들이 배치되었다. 야당 국회의원들은 모두 군부대나 정보부로 연행되고 보좌관들이나 비서들도 무조건 체포되었다. 물론 동교동계의 현역 의원들이 가장 먼저 잡혀가고 동교동에 관련된 사람들은 무조건 정보부의 지하실로 끌려갔다. 나와 정철기 동지는 중앙청과 세종로에 탱크가 들어오는 소리를 들으면서 곧장 도망자 신세가 되고 말았다.

서울 외곽에 있는 암자나 빈집에서 눈을 붙이고, 믿을 수 있는 당원 집에 도둑처럼 들어가 허기를 달랬다. 그런 도망자 생활 속에서도 그리운 그녀의 목소리를 전화를 통해서나마 들을 수 없는 것이 가장 고통스러웠다. 학교로 전화를 해도 집으로 전화를 해도 도청될 것이 뻔하기 때문이었다. 그러다가 폭풍 뒤의 정적처럼 잠시 조용해진 11월 말쯤에 정 동지와 함께 그녀의 집 담을 넘었다. 당시 처가는 공항동과 붙어 있던 마곡동의 들판 가운데에 있었다. 그래서 우리는 마을에 들어설 때는 잠복한 형사가 없는지 충분히 살핀 뒤에 들어갈 수 있었다.

한 달을 노숙하던 우리가 험악한 몰골로 들어서자 장모님과 그녀는 소리도 못 내고 겁에 질린 모습이었다. 아마 6·25때 산사람을 맞이하던 산촌 주민들의 모습이 아니었나 싶다. 우리 두 사람은 웃방으로 건너가 우선 냄새나는 옷부터 벗어던지고 세면장에 들어가 꼬질꼬질한 몸부터 닦고 나왔다. 이런저런 말도 없었지만 그녀와 장모님은 엄청난 양의 밥상부터 챙겨 내왔다. 물론 우리도 상황 설명을 할 겨를도 없이 밥상으로 다가가 먹기부터 하였다. 그리고 수저를 놓기 무섭게 우리 둘은 방바닥에 녹아 떨어졌다.

당시 우리는 지칠 대로 지쳐서 독재정권이 우리를 잡아간다 해도 더 이상 도망다닐 기력도 없었다. 그러나 다행히 우리를 잡으러 오는 사람들은 없었다.

10월 유신으로 영구 통치의 틀을 잡은 박정희 정권은 당시 김대중 의원이 신병 치료차 일본으로 떠났다가 돌아오지 못하게 된 것을 호재로 삼으면서 체제 굳히기에 들어갔다. 그리고 동교동은 다시 재기할 여력이 없다고 생각했는지 우리를 방치했다. 나는 그때부터 처가에 눌러앉을 수밖에 없었고, 결혼은 자동으로 이듬해 봄으로 미뤄지고 말았다.

1973년 4월, 창경원의 벚꽃은 무심하게 피고 서울의 주택가에 라일락이 향기를 준비하고 있을 때 연구소와 가까운 프레스센터를 예식장으로 잡았다. 주례는 지금은 고인이 되신 우리 야당의 원로 홍익표 선생을 모셨다. 그분은 고고한 인품과 흔들림 없는 신념으로 당시 모든 당원들의 존경을 받으셨던 분이다.

그런데 정작 나는 청첩장을 보낼 만한 사람이 없었다. 당시 김대중 의원은 해외에서 망명 아닌 망명 생활을 하고 계셨고, 동교동 주변에는 24시간 감시 요원들이 서성대고 있던 때였다. 그런 상황에서 축의금을 들고 기피 인물 1호 김대중 의원의 사람인 한 아무개의 결혼식을 축하해 주기 위해 나타날 만한 사람들이 얼마나 있겠는가. 그래서 정말 위험을 무릅쓴 절친한 친구 몇이 찾아 주었을 뿐 고향에서는 아버지 어머니까지도 올라오지 못하셨다. 결국 우리 집안에서는 삼촌 한 분과 동생 하나가 올라와 신랑측 가족석에 조용히 앉아 있었다.

그러나 현직 교사였던 신부의 처지는 달랐다. 새내기 선생님으로 부임해서 정성을 다해 가르치고 공항 쪽 들판이나 덕수궁에 나가 열심히 사생대회를 열었던 그 미술 선생님의 결혼식이 아닌가. 학생들은 결혼식이 시작되기 훨씬 전부터 꽃다발과 기념품을 들고 프레스센터 주변을 맴돌고 신부가 화장을 끝내고 복도로 나오자 일제히 "와—"하는 함성을 올렸다. 축하하러 오신 선생님들과 학부모들도 축하의 박수를 보냈다. 원님 덕에 나팔 분다는 말이 있지만 나야말로 신부 덕에 결혼식장을 채우고 결혼식을 거뜬히 치른 셈이었다.

그러나 신랑측 부모도 없이, 또 신랑 쪽의 내빈석이 텅 빈 채 결혼식이 진행되자 장모님께서는 이따금씩 손수건으로 눈자위를 누르고 계셨다. 2남 4녀를 거의 혼자 힘으로 키우고 교육시켰던 장모님께서는 그래도 장녀의 혼사만은 번듯하게 치르고 싶으셨을 텐데 그렇지 못했으니 얼마나 안타까우셨겠는가…….

지금 생각해 보면 철이 없었고 염치가 없어도 한참 없었다. 그런 상황에서 무엇이 좋았는지 늙은 신랑인 나는 그저 웃기만 했고 정철기 동지는 어디서 구해왔는지 제법 번듯한 자가용에 오색 테이프까지 달고 수선을 피웠다. 나와 신부를 태운 차는 당시만 해도 신혼여행지로 손꼽히던 온양온천을 향하였다. 앞좌석에 탄 정철기 동지는 선글라스를 치켜올리면서 나에게 농을 던졌다.

"이봐, 매제, 첫날밤에 잘 해야 되네. 비록 노총각이지만 힘을 잘 써야 아들을 낳는 법이야!"

신부는 부끄러운 듯 푸른 잎사귀들이 춤추는 창밖으로 시선을 돌렸다. 그런데 이게 웬일인가! 예약도 없이 달려간 온양온천 일대는 봄철 수학여행을 온 학생들로 이미 만원이었다. 호텔 투숙은 처음부터 생각을 하지 않고 있었지만 웬만한 장급 여관은 학생들이 모두 차지하고 있었다. 할 수 없이 변두리 여관으로 밀려갔는데 그곳에도 학생들이 먼저 와 있었다. 그러자 신부가 결론을 짓듯 말했다.

"학생들이 있으면 어때요. 전 선생님이잖아요. 제가 인솔하고 온 학생들이라고 생각하면 되죠, 뭐."

역시 그녀는 선생님이었고 이때부터 그녀는 생활의 주도권을 서서히 확보해 가기 시작하였다. 학생들이 쿵쾅거리는 복도 끝 방에 여장을 풀자 따라온 정철기 동지와 친구들은 자기들끼리 한잔하고 떠난다면서 여관 밖으로 나갔다. 학생들은 무엇이 좋은지 밤 늦도록 복도에서 뛰고 구르고 우리의 신혼 첫날밤을 여지없이 짓밟으며 새벽까지 떠들어댔다. 나는 이런저런 것이 마음에 걸려 신부를 위로하였다.

"미안하오. 세상이 좋아지면 하와이라도 갑시다."

그러자 그녀는 오히려 나를 위로해 주었다.

"그럼요. 우리는 살 날이 많잖아요. 진짜 좋은 여행은 미뤄두었다가 우리 아이들하고 함께 가요. 그리스도 가고 터키와 이집트도 가고……."

그리고 그녀는 결혼식장에 오지 못한 아버지와 어머니를 생각해 냈던지 이런 말을 덧붙였다.

"참, 당신 고향으로 부모님을 뵈러 가면 정말 멋지겠네요. 목포에서 배를 타고 서해 바다 쪽으로 쭉 달리면 그게 신혼여행이죠, 뭐."

우리는 학생들이 밤새도록 떠드는 온양에서 신혼 첫날밤을 보내고 다음날 서둘러 서울로 돌아왔다.

꽃보다 아름다운 사람

상당히 오래된 영화인데 소피아 로렌이 나오던 것이었다. 기억이 정확한지 모르겠지만 얘기는 대충 이렇게 전개된다. 결혼한 지 얼마 안 되는 남편이 소련전선으로 나간다. 전쟁이 끝나도 남편이 돌아오지 않자, 부인 소피아 로렌은 전쟁 미망인이 된 줄 알고 실의의 나날을 보낸다. 그런데 어느 날, 남편이 러시아에 생존해 있다는 것을 알게 된다.

부인은 긴 여행 끝에 우크라이나의 한적한 시골에 도착한다. 남편의 주소가 적힌 종이쪽지 하나를 달랑 들고 남국의 여인 소피아 로렌은 그 인적도 없는 평원을 혼자서 걷는다. 그때, 그녀의 시야에 끝도 없이 펼쳐진 해바라기 밭이 들어온다. 어깨가 축 처진 소피아 로렌이 키 큰 해바라기꽃 밭이랑 사이로 시름없이 걷는 그 모습이 「해바라기」라는 그 영화의 백미였다. 카메라는 아무 대사 없이 샛노란 해바라기들이 그녀가 묵묵히 걸어가는 둔덕 옆에서 마치 그녀를 위로하고 환영하듯 일렁이며 손짓하는 모습을 따라간다.

나는 그 영화를 보면서 이상하게 아내를 연상하였다. 쪽지 하나를 들고 낯선 이국의 평원 속을 헤매던 그녀의 모습에서 평생 어려움을 견디며 어렵게 고난의 이랑을 헤쳐 온 아내를 생각해 보았다.

내 아내는 나와 처음 만나 데이트를 시작할 때 내가 이런저런 얘기를 하면 그저 묵묵히 듣기만 하고 무던한 자세로 따라왔다. 나는 그때 용돈을 마련해서 그녀를 데리고 시간이 나는 대로 극장에 가고 고궁을 거닐면서 제법 현학적인 내용을 늘어놓았을 것이다. 현실적으로 가진 것이 없던 나는 주로 읽은 책이라든지 대학 때 강의실에서 들은 내용으로 그녀를 압도하면서 무한한 능력을 가지고 있음을 수시로 암시하고 현재의 불우한 처지는 순전히 시국 탓으로 돌리면서 나의 무능력함을 적당히 호도해 나갔을 것이다.

그러나 나중에 안 일이지만 그녀가 나와 결혼해 준 것은 내가 유식해서 그런 것도 아니고 또 전도가 유망해서 그랬던 것도 아니었던 것 같다. 그녀가 나와 결혼을 하게 된 동기는 실로 엉뚱한 데 있었다고 한다. 첫 데이트를 하던 날 내가 무슨 옷을 입고 나갔는지, 어떤 차림이었는지 지금도 잘 기억이 나지 않는다. 그런데 의외로 그녀는 지금까지 그때 일을 생생하게 기억하고 있다.

초여름 더위가 시작되던 그때까지 나는 동복을 걸치고 있었다고 한다. 나와 지하 다방에서 만나 첫 번째 인사를 끝내고 밖으로 나올 때 그녀는 계단을 먼저 오르는 나의 뒷모습을 뒤에서 볼 수밖에 없었다. 그런데 그때 내 바지는 엉덩이 중앙이 찢어져 그것을 기웠고, 옆단이 터져 실밥이 나왔었다고 한다. 나야 일을 하다가 소개해 준 분이 데이트할 시간이라고 해서 평소대로 입던 단벌 옷을 챙겨 입고 별 생각없이 나갔지만 내 뒤에서 찢어진 바지를 훔쳐 본 그녀에게는 그때 일이 어지간히 충격적이었던 모양이다.

얼마나 남자가 주변머리가 없으면 서른네 살이 되도록 장가를 가지 못했는가, 그리고 명색이 데이트를 하는데 닳아서 해지고 옆구리 터진 옷을 그대로 걸치고 나왔을까……. 사랑이 아니라 연민과 동정을 먼저 느꼈던 모양이다.

공자님께서는 불인지심(不忍之心)이라는 말을 쓰셨는데 이 말은 '사람 마음 가운데는 차마 어쩌지 못하는 마음'이 있다는 뜻이다. 아마 내처도 첫 데이트에서 바지를 기워 입고 나온 노총각을 차마 외면하지 못해서 만나주기 시작했던 모양이다.

처가는 뼈대 있는 양반집안으로서 장인이 60년대에 성균관(成均館) 부관장까지 역임하였고, 전남 광양 지역에서 광산업으로 재력을 날렸던 집안이었다. 그녀가 나를 만날 때쯤은 장인께서 지나친 사업 확장을 꾀하다가 몰락한 형편이었지만 그래도 바지를 기워 입고 나간 내 집 처지와는 비교가 되지 않는 집안이었다. 물론 그때 장모님이 제일 앞장서서 우리의 결혼을 반대하셨다. 서울대학을 나왔다는 학벌 하나를 빼 놓고는 도무지 손에 꼽아 볼 조건이 없었기 때문이다. 서해 바닷가의 이름없는 섬에서 태어났고 그것도 12남매나 되는 가난한 집안의 장남이었다. 대학을 졸업한 후 한번도 돈벌이다운 돈벌이를 해 보지 못하고 직장다운 직장을 다녀본 일이 없는 노총각, 그것도 나이가 열 살이나 위였다. 더구나 당시에는 누구나 기피하는 호남 출신 대통령 후보의 일을 거드는 무명의 정당인이었다. 이런 나에 비해 내 처는 사범대학 미술학부를 나와 서울 시내 공립 중학교에 정식 교사로 발령받은 초임 교사였다. 그리고 키도 크고 이목구비가 큼직큼직한 미인이었다. 그녀와 내가 함께 길을 걸으면 웬 서구적 미를 갖춘 배우지망생이 시골 아저씨를 끌고 다니나 하는 오해를 할 만큼 균형이 맞지 않았다. 그런 의미에서 아내는 나에게 처음부터 우렁각시였으며 평강공주였던 셈이다.

사람의 인연이라는 것은 참으로 이상하다. 그럼에도 불구하고 아내는 줄기차게 나를 따라다녔고 불길 같은 집안의 반대를 무릅쓰고 나에게 달려와 주었다. 그리고 그렇게 무섭던 시절, 두 아들을 낳아 나 없는 바깥 세상에서 잘 키워 주었다. 나중에 안 일이지만 다니던 학교의 동료 교사들은 정순애 교사의 남편이 김대중 후보의 비서로서 징역살이에 이골이 나고 그 남편 때문에 정 교사는 주말도 없이 교도소행 버스나 기차를 타야 한다는 사실을 까맣게 몰랐다고 한다. 나를 면회하고 간 다음날 월요일에도 말끔한 차림으로 학교에 가고, 졸지 않고 수업 잘하고 선생님들끼리 회식하는 자리에서는 호호거리며 웃기도 잘하고, 노래할 순서가 되면 썩 일어나서 한 곡조 뽑는 일에도 주저하지 않았다고 한다.

이런 일들은 내가 확인한 일이 아니고 후일담으로 이런저런 분들의 대화를 통해 알 수 있었던 것이다. 특히 아내의 제자들이 증언을 해 주어서 알 수 있었다. 지금도 아내는 어려웠던 시절 제자들이 보내 준 편지들을 소중하게 간직하고 있다. 그런 편지의 행간에 나오는 단어에는 이런 것들이 있다. '언제나 싱그럽게 잘 웃으시는 우리의 스마일 선생님', '우리의 롯데 선생님' …… 스마일 선생님이야 낙천적인 아내가 잘 웃어서 붙여진 별명이겠지만, 롯데 선생님은 어떻게 해서 붙여진 별명인지 확실히는 모르겠다. 『젊은 베르테르의 슬픔』에 나오는 롯데처럼 어려운 환경을 슬기롭게 극복하며 여인의 향기를 잃지 않는 그런 여인상에서 나온 말인지…… 롯데제과의 모델처럼 예쁘다는 찬사였는지……. 그러나 내가 쉽게 유추할 수 있는 사실은, 그녀가 주말이면 칙칙한 교도소 철문을 통해 그늘뿐인 교도소 안내실로 들어서고 그 교도소 담장 안에 가득 찼던 수인들의 슬픔과 탄식과 땀냄새와 빈대 냄새까지 묻혀 나가지만, 월요일에는 어김없이 싱그러운 미소를 머금고 교단에 서고 학생들과 행복했으리라는 것을……. 사실상 그녀는 힘차게 솟아오르는 샘물처럼 항상 해맑고 새순처럼 보드라운 학생들의 웃음과 순발력 속에서 늘 자신을 재충전하고 그 분위기 속에서 그늘지고 남루했던 시간들의 기억들을 씻어냈을 것이다.

지금도 아내는 나 몰래 통장을 간직하고 아들이나 며느리들에게 체통을 잃지 않을 만큼의 노후 자금을 저축하고 있는 듯하다. 나는 지금도 그런 아내의 주도면밀한 준비성에 은근히 기대하면서 노후 걱정을 하지 않는다. 아내는 그렇게 어려웠던 시절에도 봉급의 일부를 저축했고 80년대 초반에 입주가 시작된 반포 지구의 주공아파트에 16평짜리 아파트를 마련하였다. 그때 우리 가족이 느낀 행복감은 이루 말할 수가 없다. 무엇보다도 아이들이 좋아했다. 그 기쁨의 한가운데에서도 나는 면구스러움을 떨쳐내기가 어려웠다. 왜냐하면 그 자랑스러운 내 집 마련은 거의 전적으로 아내의 알뜰함과 각고의 노력으로 이루어진 것이기 때문이었다. 그러나 아내의 진짜 아름다움은 그런 일을 이루어내는 억척스러움이나 인내심에 있는 게 아니다. 그런 일을 이루어 놓고도 결코 내 앞에서 내색하지 않고, 아이들이나 장모님께 '이런 일들은 그이가 있었기 때문에 가능했던 것이다' 라고 슬그머니 자신의 전공(戰功)을 오히려 나에게 돌려주기까지 하였다. 그녀는 남자의 자존심이라든지, 체면 같은 것에 대해서도 세심하게 배려할 줄 안다. 결혼하기 전 내가 하숙비를 못 내고 쩔쩔매고 있을 때면 나 모르게 하숙집에 찾아와 밀린 하숙비를 해결하고 돌아가기도 하였다. 그런 날은 일부러 나를 만나지 않고 갔다.

아이들의 교육도 선생님답게 티내지 않고 요란하지 않게 감당해 주었다. 작은아이가 군대에 갔을 때 병영 생활이 낯설고 어렵다는 호소를 제 엄마에게 한 모양이다. 그때 아내는 바깥일에 온통 신경을 쏟고 있는 내 형편을 헤아리면서 나름대로 아이에게 교육적 답신을 써 보냈다. 그 편지 내용을 훗날 나는 아들 우영이로부터 전해들을 수 있었다. 내용이 너무 좋아 한동안 아내 몰래 복사를 해서 다닌 일도 있는데, 그 내용을 옮겨보면 이런 것이다.

우영아, 사람에게는 누구나 견디기 힘든 시련이 있지. 너희들은 어리고 아빠가 감옥에 가 있을 때, 이 엄마가 얼마나 힘들었을까 하는 것을 성인이 된 네가 이제는 헤아릴 수 있으리라고 믿는다…… 학년이 바뀌는 3월이 되면 왜 그렇게 학교가 썰렁했던지…… 교실도 춥고, 교무실도 추웠단다. 요란한 연기와 냄새를 피우면서 교실이나 교무실 구석을 덥혀주던 조개탄으로는 그 추위를 이겨내기가 어려웠다. 특히 아빠를 면회하고 돌아온 월요일이나 감기몸살이 걸렸을 때에는 몸 하나 건사할 힘이 없어 학생들에게는 미안했지만 앉아서 조회나 종례를 했다. 자리에 앉았다 일어날 때에는 정말 기진해서 교탁 모서리를 잡고서야 겨우 운신을 할 수 있었지. 그때 나는 쉬는 시간만 되면 교무실을 피해 화단으로 나갔단다.

두툼한 외투를 걸치고 화단가에 쪼그리고 앉으면 그때서야 살 것 같았지. 봄 햇살이 어깨 위에 축복처럼 내려앉고, 화단의 부드러운 흙을 머리로 뚫으면서 작은 풀들과 꽃나무들이 열심히 솟아오르고 있었지. 그 작은 생명들이 힘들여 대지를 헤치고 나오는 모습이야말로 꼭 교탁 모서리를 잡고 일어서는 내 모습 같았어. 그래서 나는 그 봄풀들의 몸부림을 보면서 많은 것을 배웠단다.

세상에는 우리보다 훨씬 더 모진 고통을 이겨내고 더 엄청난 힘으로 큰 것을 이루어낸 분들도 많다. 그러나 나는 늘 그녀에게 감사하고 있으며, 특히 그녀의 뽐내지 않는 아름다움을 마음속 깊이 간직하며 살고 있다.

최근 내가 자주 듣고 감동하는 노래가 있다. 가수 안치환 씨가 부르는 '사람이 꽃보다 아름다워' 라는 곡이다. 노래가 너무 빠르고 어려워 따라 부르지도 못하지만, 그 가사만은 자주 음미한다.

……지독한 외로움에 쩔쩔매본 사람은 알게 되지 음, 알게 되지 / 그

슬픔에 굴하지 않고 비켜서지 않으며 / 어느 결에 반짝이는 꽃눈을 달고 / 우렁우렁 잎들을 키우는 사랑이야말로 / 짙푸른 숲이 되고 산이 되어 / 메아리로 남는다는 것을 / 누가 뭐래도 사람이 꽃보다 아름다워 ……

너무나 큰 빚

　처지를 바꿔 생각해 보는 것을 역지사지(易地思之)라고 하는데, 내 결혼을 처음부터 반대하신 장모님의 처지를 생각해 보면 백 번 수긍이 가는 일이다.

　지금 생각하니 당시의 내 처지로서 당신의 귀한 딸을 달라고 했던 일 자체가 도무지 터무니가 없다. 나이는 신부보다 꼭 열 살이 많았고, 직업도 봉급을 제때 타는 정상적인 직업도 아니었고, 게다가 결혼 전에 수배를 당하고, 쫓기는 신세이기도 하였다. 모든 악조건은 골고루 갖춘 셈인데 거기에다가 나는 12남매의 장남이었다.

　나중에 들어서 안 일이지만 아내가 나와 결혼을 한다고 하니까 다니던 학교의 교장선생님까지 조용히 부르더니 "지금 정 선생이 결혼하고자 하는 상대편은 사상이 불온하여 정보 당국이 감시하고 있고, 언젠가는 수감될 사람이니 평생 고생을 면하려면 결혼만은 단념하시오. 내 딸 같아서 알려주는 것입니다" 라고 아주 간곡하게 말렸다고 한다. 그런 정황을 장모님인들 왜 모르셨겠는가. 그래서 필사적으로 반대하셨고, 내가 찾아가면 얼음장처럼 차갑게 대하셨다.

그러나 인연과 운명이라는 것이 무엇인지, 아내는 내가 아니면 결혼을 하지 않겠다고 결사적으로 나왔고, 그녀의 진심을 알게 된 장모님께서는 결국 우리 결혼을 허락하시고 말았다. 자식 이기는 부모가 없다는 말대로.

그런데 일단 결혼을 하고 나니까 장모님께서는 전혀 딴사람이 되신 것처럼 나를 살뜰하게 대해 주셨다. 도망다니다가 초라한 몰골로 들어가면 때 묻은 옷을 빨아서 남들 눈에 띄지 않는 곳에 널었다가 다려서 입혀주시고, 홀쭉해진 내 모습이 안쓰러우셨던지 이런저런 좋다는 약과 함께 영양식을 공급해 주셨다.

나는 신혼 초부터 겉보리 세 말은커녕 내 몸 하나 건사할 수가 없어 공항 근처에 있는 마곡동 처가 신세를 지었는데, 장모님께서는 나를 꼭 아들 대하듯 하시며 정성을 쏟으셨다. 뿐만 아니라 연년생으로 아이들이 태어나자 그 아이들을 어찌나 예뻐하시고 끔찍이 챙겨 주시는지 송구할 뿐이었다. 그때도 아내는 학교에 나가느라 아이들을 돌볼 수가 없었다. 그래서 장모님은 아내가 나가고 나면 쌓인 집안 빨래와 함께 아이들 기저귀를 빨아서 너는 일이 일과였는데, 두 놈이 벗어 놓는 기저귀가 얼마나 요란했던지 그것을 말리려면 앞마당이 모자라 옆집 마당 신세까지 져야 했다. 햇볕이 잘 들던 마곡동의 그 처갓집과 이웃집 마당에 깃발처럼 나부끼던 아이들 기저귀들이 지금도 눈에 선하다.

그렇게 아이들 기저귀를 빨아 놓고 저녁때가 되면 하루 종일 뒹굴고 기어다니던 두 놈을 붙잡아다가 큰 함석 대야에 물을 받아 놓고 씻기기 시작하는데, 그 일도 여간 고된 것이 아니었다. 아이들을 말끔하게 씻기고, 여기저기 짓무른 데에 하얀 파우더를 발라 놓으면 뽀얀 살결과 함께 두 놈이 새 아이들처럼 예뻐보였다. 그때쯤 퇴근한 아내는 아이들을 번갈아 안아주면서 장모님에게 짤막한 인사를 드린다.

"아이고, 외손자들 뽀얗게 만드느라 애쓰셨어요."

그 말 한마디로 장모님은 모든 보상을 받으신 듯 이번에는 빨아 놓은 아이들의 옷을 걷으러 나가셨다.

그렇게 열심히 두 외손자를 지극 정성으로 돌보시는 모습을 보면서 이웃에서는 장모님을 은근히 꼬집기도 한 모양이다.

"아이고, 적당히 하세요. 내 씨도 아닌 외손자를 그렇게 열심히 키워서 뭐 하게요?"

그래도 장모님께서는 우리 두 아이에게 당신이 주실 수 있는 사랑을 모두 쏟아 부어 주셨다.

아이들을 웬만큼 키워놓고 나자, 이번에는 내가 빈번한 옥살이로 그분의 속을 썩이기 시작하였다. 내가 두 번째 감옥살이를 하던 70년대 말에는 영등포교도소를 거쳐 성동교도소까지 갔었는데, 장모님께서는 내가 가는 대로 옥바라지 물건들을 들고 열심히 따라 다니셨다. 한복을 지을 줄 모르는 아내 대신 밤 새워 솜바지 저고리를 만드시고, 그것을 보퉁이에 싸서 이고 새벽부터 나서야 했다. 교도소 생활을 하다 보면 친

자식이 감옥에 들어와 있는데도 누구 하나 찾아오지 않는 가정들이 허다한데, 장모님께서는 버스를 세 번씩 갈아타시면서 영등포 너머 고척동으로, 잠실 벌판을 모두 가로질러 가락동 끝에 있는 성동구치소까지 참으로 고달픈 옥바라지 길을 어렵게 다니셨다.

아이들이 자라면서도 외할머니를 끔찍이 따랐고, 나도 친부모 이상으로 정이 든 그 어른을 나름대로 모시려고 애써왔던 것…… 그 점 한 가지로 그분은 당신이 겪었던 만가지 고생을 잊으시는지도 모르겠다.

그렇게 고생을 많이 하신 탓에 지금은 무릎 관절이 불편하셔서 주로 큰처남 집에 누워계신데, 내가 워낙 바빠서 도무지 찾아뵙지를 못하고 있으니 역시 사위는 만년 과객에 지나지 않는 것 같다.

형과 아우

미국 사람들이 가장 멋진 군인으로 존경하는 맥아더 장군도 아들 사
랑만은 남달랐던 것 같다. 그의 전기를 보면, 그에게는 늦둥이 아들이
있었는데 어느 해 겨울 그 아들이 스케이트를 타다가 발목을 다쳤다. 의
사가 진단을 하기 위해서는 엑스레이를 찍어야 한다고 하니까 맥아더는
숙고 끝에 그 의사의 제의를 거절하며 이렇게 말했다.

"나는 내 아들의 발목에 방사선이 통과하는 것을 원치 않습니다. 한
참 자라고 생기발랄한 아이의 생명체에 방사선을 쐬게 하고 싶지 않습
니다."

결국 그런 이유로 맥아더는 엑스레이 검사 없이 아들의 상처 위에 깁
스를 하고 만다.

나는 그 부분을 읽으면서 대단한 충격을 받았다.

한국전쟁 때 중국군이 투입되자 만주에 원폭 투하라도 해야 된다고 강력하게 주장했던 그가 아닌가. 아마 그의 주장대로 만주 일대에 원자 폭탄을 투하해서 그 지역을 코발트 지대로 만들었다면 아마도 지금의 연변 지역에 사는 우리 동포들이 모두 희생되었을 것이고, 동북 3성의 중국 국민들도 엄청난 피해를 보았을 것이다.

어쨌든 맥아더 장군의 아들 사랑을 보면서 군인과 아버지의 차이는 엄청나다는 사실을 실감하였다. 자기 자신의 아들 발목에는 엑스레이 촬영 한 번을 못하게 하면서 수만, 수십만의 인명이 사라질 수 있는 원폭 사용에 있어서는 주저함이 없었던 이중성……. 이래서 우리 속담에도 '남의 염통 곪는 일이 내 손톱 앓는 것만 못하다' 고 했던가.

어쨌든 더글러스 맥아더 장군의 얘기가 나왔으니 그의 아들 사랑에 관한 얘기를 조금 더 해보자. 그가 필리핀 주둔군 사령관으로 나갔을 때 미국에 남겨놓고 온 아들을 위해 간절한 기도문을 지어서 부인에게 부친 일이 있다. 그 기도문은 우리나라 붓글씨 쓰는 사람들도 좋아해서 요즘도 주부 서예전이나 음식점 벽에서 가끔 볼 수가 있다. 번역문을 소개해 보면 다음과 같다.

'오, 주님! 저의 아들을 인도하여 주시옵소서 / 자신의 약함을 알 만큼 강하고 / 두려울 때 스스로를 직시할 수 있을 만큼 용기가 있고 / 정당한 패배에서 비굴하지 않고 위축되지 않으며, 이겨서 겸손하고 거칠지 않도록 하여 주옵소서……'

기도문이 다소 길기 때문에 여기쯤에서 생략하자.

나는 맥아더 장군이 군인으로서 만주에 원자탄을 투하하려고 했던 사실에 대해 논쟁하기 위해 이 글을 쓰는 것이 아니다. 전략적인 면에서는 원자탄 사용까지도 서슴지 않았던 그였지만 막상 자신의 아들에게는 엑스레이 한 번 찍는 일을 망설일 수밖에 없는 것이 부모의 마음이다, 하는 점을 말하고 싶은 것이다.

나도 하느님의 축복으로 아들 둘을 얻었다. 상투적인 말이 아니라 나와 내 아내는 이 두 아들이 정말 우리 생애를 관통하는 빛이며 기둥이었다는 것을 절감하고 있다.

감옥 생활과 끝없는 고난으로 거리를 헤매던 낭인 시절, 이 아이들을 만나고 이 아이들이 전해 주는 기쁨과 생명력을 전달받음으로써 그 시름에 겨웠던 세월들을 이겨낼 수 있었다. 내 아내는 더 확실하게 그 부분을 강조하고 있다.

"난 정말 당신만 보고는 못 살았을 것 같아요. 당신이 감옥에 갔을 때도 도망다닐 때에도 곁에서 이 아이들이 탈없이 자라 주고 재롱 피우고 신통방통한 일들을 매일매일 창조해 주었기 때문에 견딜 수 있었어요. 사실 내가 아이들에게 영양식을 먹이고 키운 게 아니라 이 아이들이 자주 아팠던 이 엄마에게 영양소도 골고루 공급해 주고 활짝 웃을 수 있는 링거 주사도 주면서 나를 일으켜 세웠을 거예요."

대개 어느 집에서나 그렇겠지만 큰아이와 작은아이는 차이가 난다. 저희 엄마가 학교로 출근하고 난 후, 갈 곳이 없는 내가 두 녀석을 데리고 공원 같은 데를 산책하다가 동네로 들어서서 어쩌다가 장난감 가게

라도 들르게 되면 두 녀석의 행동거지가 정말 대조적이었다. 큰아이 우진이는 제가 가지고 싶은 장난감이 있으면 그것을 계속 만지작거리면서 우선 내 얼굴을 살핀다. 그리고는 내가 저희 엄마한테 용돈을 타 쓰고 경제력이 없는 아빠라는 것을 충분히 아는 듯 아주 조심스럽게 묻는 것이다.

"아빠, 나 이거 가져도 돼?"

그런데 작은아이 우영이는 무조건 일을 저질러 놓고 본다. 새로 나온 마징가 제트나 로봇 태권 브이 같은 것이 보이면 불문곡직 그냥 들고 튀는 것이다. 우진이는 그런 철없는 동생의 모습을 보며 그냥 빙그레 웃고 아빠가 난처해지지 않을까, 하는 뒤처리 과정까지 생각해 주는 눈치였다. 그러나 연년생으로 한 살밖에 적지 않은 우영이는 들고 나간 장난감을 회수당할까 무서워서 그 장난감을 든 채 외할머니가 계신 안방으로 그냥 튀고 만다. 아마 이 한 가지 일이 연년생 형제의 다른 모습을 단적으로 보여 주는 예가 될 수 있을 것이다.

정치보다 큰 철학

우리 속담에 '품 안의 자식' 이라는 말이 있다. 자식도 품 안에 있을 때 이것저것 챙겨 주고 먹여 주면서 부모와 자식이라는 관계를 유지하는 것이지, 그 자식이 훌쩍 커 버리고 나면 자식이 아니라 때로는 친구도 되고 때로는 베푼 것을 되돌려 받는 후원자가 된다는 뜻일 것이다.

나도 결코 작은 키는 아닌데 아들들과 나란히 서면 우선 키에서 눌린다. 나도 모르게 훌쩍 커 버린 두 아들, 그들은 이미 각자의 반려를 얻어 일가를 이루었다. 요즘도 가끔 며느리들과 함께 온 가족이 모이면 나나 아내는 이런저런 과거 얘기를 하다가 감옥살이하던 때와 아내와 장모님이 옥바라지하던 이야기를 꺼낼 때가 있다. 그러면 며느리들은 그 얘기가 재미도 있고 일단은 호기심이 생겨 '그래서요? 어머님, 그때 무섭지 않으셨어요? 아버님은 그때 어떻게 견디셨어요?' 이런 식의 질문을 하기도 하고, 다음 이야기를 기다리며 눈빛을 빛낸다. 그러나 두 아들은 옛날 얘기가 나오면 '또 그 이야기…… 지겹지도 않으신가' 뭐 이런 표정으로 슬그머니 자리를 떠 버린다.

우리 아이들은 크면서 아버지가 캐나다로 유학을 떠난 것이 아니라 옥살이를 하고 있다는 것을 자연스럽게 알았을 것이다. 또 아버지가 돈벌이 대신 추구하고 있는 것이 무엇인가 하는 것도 정확히 알게 되었을 것이다. 그러나 그런 사실에 대해 녀석들은 내색하지 않았다. 내가 감옥에서 돌아왔을 때도 '아버지 얼마나 고생하셨습니까? 얼마나 보고 싶었다구요. 이젠 저희 곁을 떠나지 마세요.' 뭐 이렇게 곰살맞은 표현을 한 번도 하지 않았다. 그냥 빙그레 웃고 눈빛으로 말하고 내 가슴이나 무릎에 안겼다가 훌쩍 저희들 방으로 건너갔다. 그런 면에서 나는 아내와, 애교를 떨고 가슴을 녹게 하는 딸 하나쯤은 두었어야 하는 게 아닌가 하는 얘기를 나눈 때도 있었다.

그러나 아들은 듬직한 것이 멋이다. 아이들이 어렸을 때 지구당이 있는 목포로 온 가족이 내려갈 적에는 당원들이나 지역 주민들에게 나누어 줄 선물도 챙겨가야 했다. 하지만 현실적으로 값나갈 만한 기념품을 준비할 수가 없었기 때문에 나는 지역구에 내려갈 때마다 김대중 총재에게 휘호를 넉넉하게 써 주십사 하고 부탁드렸다. 그분은 내가 부탁할 때마다 마다하지 않으시고 팔이 아파 몇 번이고 멈추시면서도 한 장이라도 더 써 주려고 애쓰셨다. 그때 즐겨 써 주신 글귀는 이런 것이었다.

'행동하는 양심 / 민주회복, 조국통일 / 경천애인'

그런데 공항에 나가 탑승구로 나가려고 하면 다른 승객들은 다 통과

시키면서 꼭 나만 찍어 내 짐을 보자고 하였다. 당시 공항에 상주하던 정보계 형사 또는 군관계, 정보부 요원들이었다. 그들은 내 짐 속에 엄청난 비밀 문건이나 야당 활동에 필요한 정보물이 숨겨져 있는 것으로 알고 조사실로 나를 끌고 갔다. 내 짐을 뒤지다가 총재님의 휘호가 나오면 그야말로 엄청난 암호문이나 난수표를 발견한 것처럼 정색을 하며 압수하고 만다. 내 얼굴이 상기돼서 돌아가 보면, 아내는 그 십여 분 사이에 폭삭 늙은 모습이었고 두 녀석은 '아빠 괜찮아요?' 하며 그냥 눈으로 묻는다. 큰아이나 작은아이나 그런 일에 놀라거나 흔들리지 않았다.

아마 이런 과정 속에서 우리 아이들은 참는 것을 배웠고 놀라지 않는 것도 배웠던 것 같다. 그리고 아버지나 어머니가 고군분투하는 모습을 보면서 말하기보다는 생각하기를 좋아하고, 또 생각의 깊이를 더해가면서 조숙했던 것 같다.

큰아이 우진이는 어려서부터 책 읽기를 좋아했다. 한번은 책 한 권을 들고 화장실에 들어갔는데 영 나오지를 않으니까 제 엄마가 걱정이 돼서 불러냈다. 책 한 권을 변기에 앉아 다 보고 나온 모양인데 제 엄마는 녀석의 엉덩이와 볼기짝을 확인하면서 나를 불렀다.

"여보, 얘 좀 봐요. 책 보는 것도 좋지만 이것 좀 보세요. 아이고, 답답해. 좀 요령껏 해, 요령껏!"

아내는 '요령껏'이라는 말을 반복하면서 녀석의 벌겋게 된 엉덩이에 안티푸라민을 바르고 있었다.

고1이 되어 문과·이과를 나누게 되자, 아이는 이과를 택했다. 광대

무변한 우주를 관찰하며 천체의 운행을 살피는 천문학자가 되고 싶다고 하였다. 천문학이라고 해 봐야 갈릴레오가 망원경을 만들어 관측을 시작했다거나, 아인슈타인이 우주의 질량 문제를 생각하면서 상대성 원리를 발견했다는 정도가 그 방면에 대한 내 견문의 전부였다.

그러나 나는 우진이와 밤늦게까지 토론을 하였다. 깜깜한 밤 하늘을 혼자서 신비롭게 관찰하는 것도 좋고 연구실에 깊숙이 앉아 현미경으로 무한한 미세의 세계를 쫓아가 보는 것도 훌륭한 일이다. 그러나 그런 작업은 너무나 고독하고 힘들지 않겠느냐…… 그렇게 혼자 고독해지면 가뜩이나 말수가 없는 네가 아예 말문을 닫아 버리거나 사회와 격리가 되면 어떻게 되겠느냐…… 훌륭한 학자가 되는 것도 좋지만 많은 사람들과 만나고, 사람들 속에서 토론을 하고, 지식과 지혜를 나누어 주는 것이 어떻겠느냐…… 그렇게 하려면 일단 문과로 옮겨서 생각해 보기로 하자. 1년여에 걸친 나의 설득 끝에 우진이는 일단 고2 때 이과에서 문과로 옮겼다. 그러자 나는 내친 김에 아버지로서의 욕심을 내비치기 시작했다.

"얘야, 성적만 되면 법대에 가거라. 법관이 되어서 어려움에 처해 있는 서민을 도와주어라."

그러자 아이는 거기에 대해서는 답변을 하지 않고 며칠 후 이런 제안을 해 왔다.

"아버지, 제가 일단 법대에 갈 수 있는 성적을 올린 다음 제가 하고 싶은 학문을 하겠습니다."

사실 나는 그 아이가 하는 말에 움찔하지 않을 수 없었다. 아버지의 의견을 정면으로 반대하지 않으면서도 아주 합리적인 합의점을 제시하고, 자신의 주장을 펴 나가는 태도에 더 할 말이 없었기 때문이었다. 그리고 얼마 후, 법대에 갈 수 있는 성적을 올린 후에는 자신의 전공 방향을 제시하였다. 미학(美學)을 연구해 보고 싶다는 것이었다. 그러나 나는 이번에도 반대하지 않을 수 없었다. 아무래도 미학이란 너무 좁고 한정된 세계라는 생각 때문이었다. 한참 동안 아버지와 아들 사이에 논쟁과 냉전이 벌어졌다. 마침내 우진이는 철학을 하면 미학도 할 수 있다는 나의 제안을 받아들였다. 어정쩡한 타협이었지만 나는 일단 마음을 놓았다.

얼마 후에, 나는 그래도 미련을 버릴 수가 없어 우진이를 붙잡고 다시 한 번 설득을 해 보았다.

"얘, 판검사가 되면 보다 많은 재량권으로 사람을 선도할 수도 있고, 사회에 봉사할 수도 있지 않겠니? 성적도 충분하니까 시험이라도 한번 보자."

그러자 우진이는 나에게 카운터펀치를 날렸다.

"아버지, 아버지께서는 정치를 하시면서 감옥에 다녀오셨고, 판검사 앞에 자주 서 보셨기 때문에 아마 판검사들이 커 보였는지 모르겠습니다. 그러나 철학은 법학보다 크고 높은 학문입니다."

"얘, 그럼 너도 정치학 같은 것을 해서 정치를 해 보면 어떠냐?"

내가 정치 얘기를 꺼내자 좀처럼 호불호(好不好)에 관한 한 단정적으로 표현을 하지 않던 그 애가 아주 단호하게 자신의 진심을 나타냈다.

"정치말입니까? 아버지, 저는 정치의 '정(政)' 자도 싫습니다."

그 한마디로 그 아이가 오랫동안 숨겨왔던 복합적인 속내를 읽은 듯했고, 나는 거기쯤에서 논쟁을 끝냈다.

요즘 와서 나는 솔직히 아들이 천문학을 하겠다고 했을 때 그처럼 완강하게 반대했던 것을 후회할 때도 있다. 아들이 자신의 취미와 적성에 맞는 분야에서 기량을 마음껏 발휘할 수 있도록 해주었어야 했다는 때늦은 후회이다.

그러나 우진이는 문과에도 잘 적응하여 제가 선택한 대로 서울대 철학과에 입학했고, 대학을 우등으로 졸업한 후 대학원에서 석사학위를 받았다. 그리고 진실한 제 성격대로 성당에서 만나 오래 사귄 제 친구와 결혼을 했다. 며느리는 고등학교 국어 교사로 재직중인 아름답고 현숙한 규수였다. 지금 아들 부부는 미국에서 유학중이다. 나는 정치보다 크고 높은 철학을 선택하여 아주 행복한 마음으로 깊고 넓은 학문의 바다를 항해하고 있는 아들의 모습을 떠올릴 때마다 진실함이라는 것의 아름다움을 생각하곤 한다. 그 아름다움은 아들 옆에서 영원한 친구이자 반려로서 다소곳이 미소짓고 서있는 며느리로 해서 더욱 빛나는 느낌이다.

자주 바꾸지만 이유 있어요

　형과 연년생으로 태어난 우영이는 재미있는 아이이다. 형만한 아우가 없다는 속담이 있지만 우영이는 제 형과는 비교가 되지 않는 독톡한 개성을 가지고 있다. 제 형이 성실한 모범생인 데 비해 우영이는 자유분방한 기질의 수재이다. 유치원 시절부터 형에게 지는 법이 없었다. 형이 반장이 되면 저도 기어이 반장 선거에 나가 연설도 하고 득표 운동도 해서 반장이 된다. 또 제 형이 우등상장을 받아 오면 밤을 새서라도 공부를 해서 공부방 책상머리에 나란히 우등상장을 걸어 놓는다.

　머리가 좋은데다 형에 대한 경쟁심이 많다 보니, 그것이 발전의 동기가 되고 진취적인 기상을 키우는 좋은 동력이 되었던 것 같다. 그러나 제 형이 초등학교 때부터 시작한 플루트나 바둑, 서예 같은 것을 여지껏 꾸준히 하는 것에 비해, 우영이는 싫증이 나면 미련을 두지 않고 그만둔다. 제 형과 비슷한 시기에 시작했던 바이올린 공부를 중학교에 들어가면서 그만둔 것만 봐도 알 수 있는 일이다. 그러나 우영이는 대안 없이 싫증을 내며 그만두는 것이 아니라, 자신이 하던 것보다 더 큰 관심을 끄는 것이 있을 때 먼저 하던 것을 그만둔다.

바이올린에 매달릴 때는 선생님이 아예 음악을 전공시키면 어떻겠냐고 권할 만큼 재주나 열성을 보였는데, 아이의 관심이 야구와 컴퓨터 쪽으로 옮겨지면서 사정이 달라진 것이다.

우영이는 중학교에 들어가자 컴퓨터를 사달라고 졸랐다. 그래서 제 엄마가 금성사에서 제작한 패미콤이라는 컴퓨터를 사주었는데, 학교만 갔다오면 제 방에 틀어박혀 정신없이 컴퓨터에 몰입하였다. 뚝딱거리다 고장이 나면 자판을 바꾸고, 무언가 내용물이 부족하면 청계천이나 용산을 헤매면서 부속품을 바꿨다. 요즘 말로 하면 업그레이드를 시킨 모양인데 그런 일들을 혼자서 뚝딱거리고, 안내서를 봐 가며 의젓하게 해 냈다.

청소년 때 야구를 좋아하는 것은 흔히 있는 일이지만, 우영이는 그것에도 극성맞다 싶을 만큼 빠지면서 야구공을 날려 남의 창문을 깨기도 했다. 제 엄마가 퇴근 후에 그 집에 달려가 정중하게 사과를 하고 유리창까지 갈아드렸는데, 아이는 아랑곳하지 않고 계속 방망이를 휘둘러댔다. 그러더니 아이는 어느새 기타와 전자음악에 빠지기 시작하였다.

다행히 당시 우리집이 주공아파트 5층 꼭대기에 있었기 때문에 아이들 공부방에 나름대로 방음장치를 하고, 이웃에게 폐를 끼치지 않으려고 애를 썼지만, 밤낮없이 쿵쾅대는 그 소리에 이웃들이 어지간히 시달렸을 것이다. 그러나 제 엄마가 아이들 기를 죽이지 않으려고 앞집이나 아랫집에 수시로 들러 인사를 드리고 양해를 구했다. 큰아이의 플루트 소리야 소리 자체가 크지 않으니까 별문제가 없었지만, 작은아이의 전자기타 소리는 내가 들어도 가슴이 조마조마한 형편이었다. 그러나 이웃 분들이 오히려 민망해하는 아내를 위로해 주었다.

"애들 클 때 다 그런 것 아니겠어요. 저희들이 열심히 하는 것만도 얼마나 대단한 거예요? 아드님들 재주가 대단한 것 같아요."

아마 아내는 이런 식으로 이웃들이 견뎌 주는 것에 힘입어 아이들의 취미 활동을 뒷받침해 온 것 같다.

그런데 우영이는 중학교 1학년 때 시작한 컴퓨터 공부에는 한 번도 싫증을 내는 일이 없었다. 그리고 음악 공부 역시 악기 종류는 다양해졌지만 그만둘 눈치를 보이지 않았다. 그러더니 고등학교 3학년 때에는 작곡을 했다고 하면서 나에게도 완성된 악보 네 개를 보여주었다. 나는 오선지에 어지럽게 그려진 악보들을 바라보며 그저 딱 한마디 "허, 참!"을 내뱉었을 뿐, 달리 대꾸할 말이 없었다. 우영이가 작곡한 내용이 뛰어난 것인지 장난을 치는 것인지 알 길이 없을 뿐만 아니라, 장차 컴퓨터와 전자음악, 그리고 그의 주전공을 어떻게 잡아 나가야 할지 그 일부터가 난감했기 때문이었다.

우영이는 고등학교에서 처음부터 이과를 선택하더니 고민을 하기 시작하였다. 의과 대학에 들어가는 것은 성적으로 봐서 어려운 일이 아닌 것 같은데, 평생 동안 악기도 즐기고 컴퓨터를 끼고 살려면 전공 공부 자체가 엄청난 의과 대학은 무리라는 것이었다. 이 점은 우리 부모가 봐도 맞는 말이었다. 그래서 결국 대학에 진학할 때는 치과 대학을 선택하였다. 치과 의사가 되고 나면 손님을 예약제로 받을 수 있고, 여름이나 겨울 한철 단골 손님들에게 양해를 구하고 여가 생활을 즐길 수도 있다는 판단에서였다.

치과 대학에 들어가더니 우영이는 아예 학교 친구들과 함께 록 밴드를 만들어서 활발한 연주 활동을 펴기 시작하였다. 지방에 있는 대학으로 원정 연주도 다녀오고, 신촌 라이브 무대에 서서 젊은이들을 상대로 본격적인 연주를 하기도 하였다. 그런 공연에 제 엄마는 가끔 다녀오는 모양인데, 나는 한 번도 가 본 일이 없다. 내 정치 생활 자체가 너무 바빴기 때문이다.

그렇게 예과를 마치더니 우영이는 또 고민에 빠졌다. 본과에 진학하면 전공 과목 비중이 커지고 그 공부를 소홀히 할 수도 없는데, 자신의 음악에 대한 열정과 컴퓨터에 대한 애정이 아마추어 수준을 넘어섰기 때문이었다. 여기쯤에서 아이 엄마와 나는 우영이의 진로에 대해 함께 고민하지 않을 수 없었다. 우리 내외는 아이를 불러 앉히고 진지하게 토론으로 들어갔다.

"자, 이제는 정말 선택을 해야겠다. 치과 의사, 음악가, 컴퓨터 전문가, 이 세 개 중에서 한 가지를 선택해야 할 것이다. 세 개를 다 할 수 있으면야 오죽 좋겠냐만 현실 속에서 그 일을 다 할 수 없다는 것을 누구보다도 네 자신이 알 게 아니냐."

우리 내외가 다그치자 아이도 충분히 수긍하면서 시간을 좀 달라고 했다. 한 학기쯤 학교를 쉰 후 아이가 내린 결정은 이런 것이었다. 전공을 아무래도 컴퓨터 쪽으로 바꿔야겠다는 것……. 대신 자리가 잡히고 시간이 날 때까지는 음악을 접겠다는 것이었다. 그러더니 아이는 악기들을 치우고 거짓말처럼 사람이 바뀌면서 생경하게 대학입시 공부에 매달렸다. 그리고 다음해에 같은 연세대학교 기계전자공학부 정보산업과 (컴퓨터 전공)에 신입생으로 들어갔다.

그후 우영이는 군대를 다녀와서 복학하고, 자신이 그렇게 몰입하려고 했던 컴퓨터 세계로 들어갔다. 친구들과 함께 벤처 업계에 들어가 아르바이트를 하며 밤샘 작업을 하고 얼굴이 부석부석해져서 들어올 때가 많았다.

연전에 제 형이 아름다운 배필을 만나 결혼식을 올리는 것을 보더니, 이번에는 뜬금없이 달려와 자신도 결혼을 해야겠다고 나섰다. 그냥 말로만 하는 것이 아니라 어디에 숨겨놓았었는지 백합처럼 희고 고운 규수를 데리고 왔다. 한국화를 전공한 처녀인데 자신과는 무려 7년 간이나 사귄 사이라는 것이었다.

우영이는 커오면서 종종 우리 내외를 놀라게 하였다. 전혀 예상하지 않았던 일들을 벌이고, 우리 내외의 의표를 찌르는 사건들을 종종 저질러왔다. 그러나 단 한 가지, 그 아이는 우리를 실망시키거나 책임지지 못할 일을 벌이는 아이가 아니었다. 그렇게 하는 데는 반드시 이유가 있었고, 급하게 방향을 바꾸고 나서도 후회하지 않으며 더 나은 결과를 만들어냈기 때문에 우리 내외는 우영이를 믿어왔다. 그래서 숙고 끝에 대학 재학생 신분인 그에게 결혼을 허락하였다.

무엇보다도 아내는 7년씩이나 숨어있다 나타난 그 아름다운 규수를 마음에 들어했고, 두 사람의 사랑이 진지하다는 점을 인정하였다. 내가 우영이에게 처자식을 먹여살릴 자신이 있느냐고 물었더니, 그는 별로 힘도 들이지 않고 대답하였다.

"지금도 벌고 있지 않습니까. 컴퓨터 일자리는 많아서 걱정입니다. 그리고 제 처 될 사람도 미술학원을 내면 됩니다."

그리하여 우영이는 2001년 국회 뒤뜰 숲 속에서 조촐한 결혼식을 올리고, 제 식구와 함께 잘 살고 있다. 성격대로 가끔 제 처와 토닥거리기도 하는 모양이지만 그 애는 컴퓨터와 음악을 사랑하듯이 제 일과, 제 처와, 앞으로 태어날 제 아이들을 사랑하면서 총천연색 시네마스코프처럼 화려한 인생을 살아갈 것 같다.

여기서 한 가지 첨언할 것이 있다. 우진이 결혼식 때도 일체의 청첩장을 보내지 않았었는데 우영이도 결혼식 때 청첩장을 안 보내기로 한 나의 뜻을 흔쾌히 따라 준 것이다.

나는 어느새 건실한 청년으로 자라나 나를 깊이 이해하고 나의 든든한 울타리가 되어주고 있는 두 아들에게 깊은 신뢰와 고마움을 느끼고 있다.

한화갑 씨도!

감옥살이에서 가장 반가운 것은 두말할 것 없이 혈육이 전해주는 소식들이다. 아내가 보내주는 엽서를 받아보면 아이들이 크는 모습이나 집안일이 선명하게 보여서, 우중충한 그곳에 있으면서도 한 줄기 빛을 받는 것처럼 마음이 밝아지고 기분도 가벼워진다.

다행히 아내는 글씨도 반듯하게 쓰고, 묘사력도 뛰어나 엽서 읽는 재미를 한껏 높여주었다. 교도소 내에서 편지를 전해주는 사람은 잡일을 맡아 하는 모범수들인데, 우리는 그 사람들을 '소지' (일본말인 듯)라고 불렀다. 그 소지는 아내의 편지를 전해주면서 "한 선생 엽서가 인기요. 부인 글솜씨가 대단합디다" 라는 말을 했다. 재소자에게 오는 우편물은 검열을 받게 마련이지만, 내가 보기도 전에 다른 사람들이 아내가 쓴 엽서를 이리저리 만져보며 보는 일이 유쾌할 리가 없었다. 그러나 나중에는 이런 일에 대해서 관대해졌다. 내게 오는 엽서를 통해 다른 사람이 기분전환을 할 수 있다면 그 일 또한 공익이 되는 셈일 테니까.

어쨌든 이런 엽서 중에서 특히 둘째아이 우영이에 관한 내용이 나를 그 속에서 유쾌하게 만들고, 큰 소리로 웃게 만들기도 했다. 독자들에게 실례가 될지 모르지만 이미 감옥에서 소지나 교도관들도 보고 빙긋 웃은 엽서니까 공개해 보기로 한다.

집사람은 지금도 감옥에 있을 때 나와 주고 받은 엽서나 편지를 가보 1호라고 하면서 고이 간직하고 있다.

오늘은 모처럼 날씨가 좋아 우리 식구는 나들이를 했어요.

며칠 전부터 영화구경 시켜달라고 졸라대어 약속을 한 것이죠. 세종문화회관에서 하는 「월트 디즈니의 모험의 세계」라는 영화였는데, 그것을 보기까지 두 녀석 사이에 사연이 많았죠.

우진, 우영이는 신문 프로에 나와 있는 몇 군데 어린이 프로를 보고서 각자 선택한 게 일치가 되지 않아 그곳에 가기까지 애를 먹었어요. 우영이는 허리우드 극장의 「별나라 삼총사」를 보러 가자고 떼를 썼는데, 이왕이면 깨끗한 곳에서 유익한 것으로 보여주고 싶어 우진이가 선택한 곳으로 가자고 했더니 떼를 쓰기 시작했어요.

어찌나 맹렬하게 고집을 부리던지 결국 매를 맞게 되었는데, 우영이는 매를 무서워하면서도 끝까지 자기 주장을 내세우는 거예요. 우영이에게는 어찌할 도리가 없을 때, 저희 형한테나 엄마한테 너무하다 싶을 때 매를 들게 되는데 그때마다 난 실패감만 맛보고 매를 든 사실에 대해서도 후회하곤 합니다.

이번에도 어느 정도 지쳤을 성싶어, "우영아, 우리 세종회관으로 가자"
하고 다짐을 하면, "아니야, 거기는 극장이 아니잖아!" 하면서 막무가내
였어요. 그래서 일단 우영이가 가자는 곳으로 가자고 했더니 어찌나 좋
아하던지……. 금방 눈에서 눈물이 마르기도 전에 목청껏 노래를 하면서
뛰어다니며 흥겨워하고, 제 맘에 드는 옷을 찾아 입고, 양말을 꺼내 신고,
하며 주위를 웃겼지요.

차 안에서 우영이 기분이 좋아지자, 잘 타협이 되어 결국 세종문화회관
에서 기분 좋게 구경을 잘 했습니다. 관람 도중 우영이는 내 볼에 뽀뽀를
세 번이나 해 주고, 가끔 마음에 드는 장면이 나오면 내 얼굴을 끌어당겨
제 볼에 가까이 대면서 귀여운 표정도 짓고, 앙증맞게 웃어주곤 했지요.
무뚝뚝한 당신과 영화관람하던 때를 생각하며 혼자 웃었습니다.

이 엽서는 내가 두 번째 구치소 생활을 하던 1979년 8월 5일자에 받
은 것이다. 다음은 해를 넘겨 내가 세 번째로 서울구치소 생활을 하던
1980년 12월 7일자에 받은 편지의 일부분이다.

……오늘은 우진, 우영이와 목욕을 다녀오고 방한용 털신을 한 켤레씩
사 주었더니, '엄마, 고맙습니다' 하며 애교를 피우네요. 목욕 가던 길에
빙판 위에서 놀던 꼬마가 넘어져서 내가 일으켜 주고 달래주자 뜻밖에
우영이가 투정을 했어요.

"저 애가 엄마 아들이야?"

"왜?"

"그 애를 예뻐해 주니까 말야."

그래서 나는 우영이에게 대답해 주었죠.

"그럼 엄마는 우진이와 우영이만 예뻐해 줄까?" 했더니, 녀석은 재빨리 "한화갑 씨도요!" 라고 덧붙였어요.

비록 떨어져 지내도 아이들 마음속에는 당신이 늘 담겨져 있는 듯합니다. (후략)

우리 내외는 가끔 심각한 얘기를 나누거나 언짢은 상태에서 말을 할 때는 상대편을 깍듯이 높이면서 아예 '씨' 자까지 붙이는데, 어린 우영이가 그것을 기억하고 있었던 모양이었다. 그야말로 아이들 앞에서는 냉수도 함부로 못 마실 일인데……. 어린 우영이가 자신들의 사랑의 울타리 속에 나를 잊지 않고 넣어준 것은 미상불 고마운 일이 아닐 수 없었다. 그러나 아비보고 '한화갑 씨' 라니……. 나는 그 엽서를 안고 한바탕 너털웃음을 웃지 않을 수 없었다.

비슷한 시기에 받았던 또 다른 편지이다.

오늘은 하루 종일 비가 내리고 있군요. 가뭄 끝에 오는 비지만, 일요일인데다 이렇게 습하면 그곳에 계신 당신의 마음이 우울해질까봐 염려됩니다. (중략)

우영이는 늦잠을 즐기는데, 우진이는 아침마다 나보다 먼저 일어나 마당에서 뛰면서 운동도 하고 양치질과 세수를 어김없이 잘합니다. 그런데 우영이는 엉뚱하게 일어나자마자 "엄마, 200원만 줘" 하고 졸라댔습니다. "비도 오고, 지금은 줄 수 없어" 하자, 녀석은 계속 졸라대도 소용이 없다는 것을 느꼈던지, 나를 노려보면서 이번에는 이렇게 협박을 하는 것이었습니다.

"좋아, 엄마가 안 주면 이 다음에 내가 과학박사 되어서 엄마 우주 비행기 안 태워준다아!" (후략)

—1980년 10월 5일자, 대전구치소에서 받은 편지

이 대목 역시 감방 안에서도 녀석의 모습을 충분히 그려볼 수 있는 부분이다. 이런 편지는 내가 틈이 날 때마다 읽고 또 읽었기 때문에 다른 편지와는 달리 편지지 끝이 모두 닳아있다. 나는 이듬해인 1981년 광복절에 풀려났다. 석방되기 얼마 전에 받은 편지도 재미있다.

요즘 대전 지역 일기예보에 온 신경이 쓰이는데 오늘 서울은 34.4도라는군요. 당신의 잠자리가 얼마나 괴로울까 생각해 보면 선풍기를 켜는 것도 미안하지만, 아이들이 잠들 때까지는 선풍기를 못 끄게 합니다.
시원한 보리차를 한 모금 마시다가도 당신 생각에 목이 꽉 메어와 되도록 더위도 참고 지냅니다. 우진이와 우영이는 요즘 여름 성경학교에 즐겁게 다니고 찬송가도 곧잘 부릅니다.
며칠 전에 강촌에 물놀이를 갔었는데 아이들이 너무너무 신나 했어요. 아이들도 나도 생기가 나고, 서울에서 두 시간 정도의 거리에 그토록 아

름다운 것이 있다는 것조차 모르고 살아왔었나……. 생활고 탓만 하면서
지내온 지난날들이 아깝기만 했습니다. 역경 속에서도 노력만 한다면 얼
마든지 생활리듬을 찾을 수 있고 심신을 달랠 수 있을 것 같군요.

드넓은 강물 위엔 조용히 산그림자가 내리고 맑은 물 예쁜 돌멩이 사이
로 송사리떼가 지나가자 아이들은 튜브를 타다 말고 송사리떼를 잡느라
정신이 없었습니다. 예쁜 돌멩이를 주워서 배낭에 넣으며 아이들이 한마
디씩 했습니다.

"엄마, 집에 가지고 가서 이 돌 보고 강촌 생각하자."

"엄마, 아빠 오시면 여기 또 오자."

해질 무렵에 강변 길을 걸어서 기차역까지 오는데 물안개가 뽀얗게 수면
에 끼자 고요한 강 저쪽 산에다 대고 우영이가 갑자기 아빠를 불러댔습
니다.

"아빠아―"

하는 소리에 산 속에서도 메아리가 대답을 하고 우진이는 또 메아리를
향해 아빠를 외쳐댔습니다. 이렇게 꽤 긴 거리를 아이들은 '다리 아프
다' 라는 소리 한마디 안하고 잘도 걸었는데 정작 저는 숨이 차고 땀이 흘
러 애를 먹었습니다. 제 모습이 측은했던지 우영이가 갑자기 이렇게 한
마디 했어요.

"엄마, 늙지 마! 내가 영감될 때까지 살고 있어야 돼!"

이 아이들이 커도 제 기억 속에는 아홉 살, 여덟 살짜리의 귀여운 모습
으로 남아 있으면 싶네요. (후략)

　　　　　　　　　－1981년 7월 30일 목요일자, 대전구치소에서 받은 편지

제 엄마를 늙지 말라고 격려하는 건 좋지만, 제가 영감이 될 때까지 살아 있으라고 하는 대목은 정말 웃기는 일이다.

이처럼 의외성과 넘치는 재치로 괴로운 일이 많았던 시절 우리 내외를 웃게 만들면서 아이들 키우는 재미를 느끼게 한 아이가 바로 둘째아이 우영이이다.

제3장
성경책 갈피에 쓴 최후진술

빠삐용이 부러웠던 그 시절

1977년 말에 김대중 선생은 진주교도소에 계시다가 지병인 관절염이 도져 서울대학병원으로 옮기게 되었다. 선생은 1976년 민주구국선언 사건으로 수감되었었다. 지금 젊은이들은 그렇게 비중 있는 정치인이 감옥 생활을 하게 됐다면 어마어마한 사건이나 정치적 일들이 얽혀 그렇게 된 것이 아니냐…… 이렇게 생각하겠지만 일의 내용은 아주 간단한 것이었다.

당시 박정희 대통령은 1972년 10월에 이른바 10월 유신을 선포하고 어떤 형태의 정치적 결사, 어떤 내용의 정치적 발언…… 이런 것들을 모두 법으로 원천봉쇄를 하였고, 젊은이들이 두서너 명만 모여도 정보과 형사 또는 정보부 요원들이 즉각 달려오는 겨울공화국을 만들고 있었다. 그래서 당시 뜻있는 사람들이나 양심있는 정치인들은 일요일에

성당이나 교회를 찾아가 예배라는 형식을 빌려 간접적으로 시국을 비판하고 울분을 토로하였다. 그 중에서도 명동성당에서는 미사가 끝날 때쯤, '회중에 소식을 전하는 형식'으로 정보부나 보안사, 경찰의 대공분실에 끌려가 고문받은 사람들의 가족들이 앞에 나와서 울부짖으며 지하실에서 있었던 엄청난 인권 유린 사태를 고발하고 언론이나 신자들에게 참상을 알렸다.

요즘 같으면야 그런 일이 있으면 바로 언론사에 제보되고 인터넷 상에도 올려지고 해서 즉각 온 국민이 인권 유린의 실태를 알 수 있을 것이다. 그러나 그때는 피해자 가족들이 명동성당이라는 공공장소에서 피맺힌 호소를 하고, 젊은 사제나 목사님들이 그런 사실을 알리려고 노력하고, 정부 요로에 호소해도 돌아오는 것은 묵묵부답…… 침묵 한 가지뿐이었다. 또 기자들이나 그 어떤 언론인들도 그런 내용은 단 한 줄의 기사로도 쓸 수가 없었다.

그런 상황 속에서 1976년 3월 1일 3·1절을 기념하는 미사를 드린 후 명동성당 안에서 당시 말없는 국민들을 대신하여 구국선언문이 낭독되었다. 그 낭독문의 내용은 지금 생각하면 지극히 상식적인 내용이다. 첫째, 민주주의를 살려야 한다. 둘째, 경제 개발도 좋지만 균형 있는 국가 운영을 해야 한다. 셋째, 민족의 숙원인 통일 문제도 함께 생각해야 한다……. 정말 초등학생이 들어도 상식에 속하는 내용이었다. 그런데 당시 정부에서는 이 선언문에 서명한 윤보선 전 대통령, 김대중 전 대통령 후보, 함석헌 재야운동가, 정일형 야당지도자, 문동환, 안병무 같은 재야 신학자들이 너무나 친민중적이고 반체제적이라는 점이 우선 마음에 걸렸다. 그리고 이런 민주 지향적 선언문을 묵인했을 경우 이것을 기폭제로 해서 유신체제를 허물려고 하는 것이 아니냐는 강박관념에 시달렸던 듯싶다. 그래서 그들은 가혹하게 나온 것이다. 김대중 선생은 이 선언문에 서명을 하고 앞장을 섰다는 이유 하나로 무려 5년의 실형을 선고받았다. 그리고 유행가에도 나오듯이 서울에서 천 리도 넘는 진주교도소에 수감된 것이다.

선생이 비록 병을 치료하기 위해서 이감된 것이긴 하지만 서울 하늘 밑으로 들어오신 것이 우리들에게는 엄청난 위안으로 다가왔다. 선생님이 우리와 가까운 곳에 계시다……. 이 한 가지 사실이 밖에서 서성이는 우리들을 엄청나게 고무시켰던 것이다.

해가 바뀌었다. 모든 언론과 통신은 철저하게 차단되었지만 그럴수록 사람들의 입과 입으로 전해지는 소식통은 엄청나게 빨라졌다.

'김대중 선생이 서울대학병원에 계신다. 우리 함께 세배라도 가자.'

이렇게 해서 1978년 새해 첫날 사람들은 종로 5가에 있는 서울대학병원 복도에 모였다. 때마침 현장에 먼저 와 있었던 김옥두 비서가 앞장서서 세배객들을 병실 쪽으로 안내했다. 그러자 교도관들이 나와서 일행을 가로막았다. 복도의 막다른 곳에 김대중 선생을 수감한 병실이 있었는데 사람들은 그 병실 쪽으로 가려고 하였고, 교도관들은 저지하여 복도 가운데에서 대치 상태가 벌어졌다. 김옥두 비서가 '병실 안으로 들어가지 못한다면 총재님이 병실 유리문으로 얼굴만 보여 주시고, 사람들이 복도에서 세배만 드리게 해 달라'고 제안했으나 그것마저도 거절당하였다.

이때 나는 현장에 늦게 도착하여 교도관들과 교섭에 나섰다. 우리측의 요구가 그다지 무리한 것이 아니니, 서울구치소의 상급 책임자에게 연락을 취해 보도록 전했다. 교도관이 내 말대로 서울구치소에 연락을 취해본 후 역시 안 되겠다고 말했다. 나는 어쩔 수 없다는 판단이 들어 그곳에 있던 세배객들에게 나가자고 권유해서 다 같이 복도 밖으로 나왔다.

설날 아침 소동은 그 정도가 전부였다. 그런데 얼마 후 경찰 쪽에서 김옥두 비서와 나를 찾았다. 경찰에 가 보니 나와 김옥두 비서가 그날의 세배인파를 계획적으로 모은 것으로 되어 있었고, 교도관들을 밀친 인파들을 지휘한 것으로 되어 있었다. 뒤늦게 현장에 왔었던 김종완 (전 의원) 씨도 주모자로 몰렸다. 우리에게 씌워진 죄명은 특수공무집행방해죄였다. 그 시절은 바로 그런 때였다. 나는 참으로 황당했으나 구차한 항변을 단념하고 내가 처음으로 견학해야 할 인생대학, 구치소로 순순히 그들을 따라 나섰다.

나는 늦게 병실 앞에 도착했기 때문에 소위 주모자가 될 수가 없었다. 그러나 이 일을 김옥두 비서에게만 떠넘기는 결과가 되면 동교동 비서로서 비굴해질 것 같아서 김옥두 비서와 병실 앞으로 함께 밀고 들어갔다는 저들의 주장에 구태여 이의를 제기하지 않았다. 그 결과, 나와 비슷한 경우였던 김종완 씨는 불구속기소가 되었는데, 나는 김옥두 비서와 함께 구속되고 말았던 것이다.

요즘은 수형 생활도 여러 가지로 나아지고 있다. 아직 구상단계이긴

하지만 일부 교도소를 개방형으로 바꾸고 석방시기가 가까워진 모범수에게는 사회인들과 제한적으로 만나고 사회적응 훈련을 받는 사설 교도소 운영까지 논의되고 있다. 그러나 이십여 년 전 그 시절에는 교도소 생활이 그야말로 감옥 생활, 징역살이 그 자체였다. 운동화를 신으면 담을 넘을 가능성이 있다고 해서 발에도 맞지 않는 헐렁헐렁한 검은 고무신을 신게 하고 수인복은 흐린 겨울날씨같이 칙칙한 하늘색 한 가지였다.

목으로 넘기기 어려운 보리밥, 교도소 특유의 냄새를 풍기는 멀건 국, 계절에 관계없이 한기를 느끼게 하는 으스스한 감방…… 이런 것들과는 얼마 안 가 곧 친해졌다. 사람이야말로 가장 환경에 적응을 잘 하는 동물이라고 하지 않는가.

그런데 저녁때만 되면 나의 신경을 바늘로 찌르듯이 아프게 하는 것이 있었다. 바로 구치소 밖에서 들려오는 세상소리였다. 지금은 헐려서 공원으로 조성되었지만 그 당시 미결수들이 모두 거쳐가던 서울구치소, 그러니까 일제시대의 서대문형무소는 인가 밀집 지역과 아주 가깝다. 서울구치소 담 쪽의 옥상 2층으로 올라가면 사직터널 방향의 민가에서 틀어놓은 텔레비전 소리가 잘 들린다. 연속극이 방영될 때에는 수인들도 극의 전개 과정을 눈치챌 만큼 선명하게 소리가 들린다. 그런 바깥 사람들의 소리와 함께 하루종일 신나게 놀다 들어가는 아이들의 왁자한 소리도 바람결에 묻어온다. 바로 이때쯤에 나의 병이 도지는 것이다. 아이들이 보고 싶었다. 정말 미치도록 보고 싶었다.

1978년 1월 4일 구속되어 그해 10월 초까지 9개월이 넘는 첫 감옥 생활을 하면서 가장 고통스러웠던 점은 배고픔이나 추위, 적적함 따위가 아니었다. 우유 냄새를 풍기며 언제나 천진무구한 눈동자로 아비를 찾고 아비의 귀와 볼을 만지며 내 품속에서 잠을 자던 그 아이들에 대한 그리움과 보고픔이었다.

서른이 넘어 늦장가를 가고 서른여섯과 서른일곱에 연년생으로 얻은 아들 둘이었다. 감옥에 들어오기 전까지 나는 돈을 제대로 못 버는 가장이었기 때문에 학교에 나가는 아내를 위해 가사를 부지런히 챙겼다. 매일 학교에 나가 학생들을 가르쳐야 하는 아내를 숙면시키기 위해 밤에는 소리없이 일어나 아이들의 우유를 때맞춰 데워 먹이고, 기저귀도 내 손으로 갈아 주었다. 작은놈은 제 엄마가 잠결에 끌어안으면 소리없이 잘 자는데, 큰녀석은 꼭 내 품을 파고들었다. 내가 팔베개로 머리를 고여 주고 엉덩이를 토닥여 주면 녀석은 잠결에도 내 코나 귀를 잡아당기며 잠꼬대를 했다. 나도 녀석의 우유 냄새나 이런저런 간식 냄새를 맡으며 푸근한 잠을 잘 수 있었다. 잠결에 살이 닿으면 우리는 약속이나한 것처럼 꼭 끌어안았다. 네 살, 세 살배기였던 애들이 해를 넘겨 다섯 살, 네 살이 되었으니 놀 때는 어떻게 놀고 아빠 없이 잘 때는 어떻게 잘까……

나는 어둠이 찾아오는 밤이 싫었다. 밤이 되면 녀석들의 여린 살 냄새와 우유 냄새가 코 밑에서 살아나고 내 볼과 귓불을 만지던 녀석들의 손끝 감각이 오롯하게 살아 움직였다. 꿈을 꾸면 번번이 내가 운동화를 챙겨 신고 교도소 담장을 날렵하게 뛰어넘어 연세대 뒷산을 넘고 한달음으로 화곡동 집까지 뛰어간다. 꿈속에서 두 녀석을 끌어안고 마구 뒹

굴며 아내와 함께 눈물을 흘리다 보면 잠이 깨고 손바닥만한 창문이 빠끔히 나를 내려다보고 있었다.

그때 정말 나는 할 수만 있다면 탈옥까지 하고 싶었다. 단 한순간만이라도 녀석들을 끌어안고 원없이 뒹굴고 싶었다.

영화 「쇼생크 탈출」에서 주인공은 자기 감방의 벽을 조금씩 뚫어 그 시멘트 흙을 주머니에 담아가지고 교도소 운동장에 나가 뿌렸다. 밤마다 잠을 자지 않고 길고 긴 탈출구를 뚫어내는 것이다. 물론 그 입구는 늘씬한 여자 배우 사진으로 가리지만. 빠삐용은 절해고도로 이감을 가서도 악착같이 탈출을 시도했다. 상어떼가 우글거리는 남태평양의 파도 위로 절벽에서 힘껏 몸을 던졌다. 그렇게 목숨을 걸고 집요하게 탈옥을 시도하는 억울한 죄수들의 심정을 나는 누구보다 깊이 이해한다.

출옥 후 3개월 만에 다시 감옥으로

내가 두 번째로 감옥에 간 것은 출감한 지 3개월밖에 안 된 1978년 12월 29일이었다.

그때 유신 2기 대통령에 취임한 박정희 대통령은 완전히 굳어진 유신 체제에 대해 자신감이 생겼던지, 서울대학병실에서 투병중이던 김대중 총재를 풀어주었다. 12월 27일의 일이었다. 김대중 총재는 내외신 기자들에게 출감 소감을 피력하는 성명서를 발표하였다. 그리고 28일에는 기독교회관에서 '김대중 선생 출감 환영 기도회' 가 열릴 예정이었다.

사모님께서는 출감 성명서를 기도회에 참석하는 분들에게 나눠 주는 것이 좋겠다고 말씀하셨다. 그래서 우리 비서진들은 밤새워 성명서를 복사하고 당시 공보비서였던 나는 기도회장에 나가 배포하였다. 이 일 때문에 나는 동교동에서 집으로 오다가 길에서 체포되었다.

조사를 담당했던 경찰들은 비교적 부드러운 분위기 속에서 오히려 나를 안심시켰다.

　"대통령 취임을 경축하기 위해 김대중 선생까지 석방시켰는데, 뭐 이런 사소한 걸 문제삼겠어요? 불구속으로 품의하겠습니다."

　그러나 이러한 경찰의 분위기와는 달리 당시 시국문제를 관리하고 있던 정보부측에서는 전혀 다른 감을 가지고 있었던 것 같다. 언제든지 민주화의 구심점이 될 수 있는 김대중 총재를 석방해 놓고 '만일'에 대한 의구심을 떨쳐버리지 못하고 있으면서 내가 배포한 유인물 같은 것이 도화선이 되어 더 큰일이 벌어질 수도 있다는 강박관념에 쫓겼던 듯싶다. 그래서 나는 불구속 품의를 하려 한 경찰의 의도와는 다르게 '긴급조치 위반과 유언비어 유포'라는 터무니없는 죄목으로 구속되고 재판에 회부되었다. 선고 결과는 징역 1년 6월에 자격정지 1년 6월이었다.

　영등포 고척동 끝에 있는 영등포교도소에서 두 번째 감옥살이를 하게 되었는데, 정말 이때는 억울하다는 생각이 하루종일 머리와 가슴을 눌렀다. 길에 나가서 시위를 했다든지 엄청난 투쟁을 하다가 징역살이를 하는 거라면 감방에 앉아서도 '내가 너무 심했었나?' 뭐, 이런 자문도 해 볼 수 있었을 것이고, '좋다, 끝까지 해 보자' 이런 식의 전의를 불태울 수도 있을 것이다. 그런데 이번 경우에는 총재께서 출감하시면서 느낀 점이라든지, 그 동안 성원해 준 국민들에게 감사하다는 것, 그리고 낙심하지 말고 민주화의 길을 함께 가자는 취지의 글, 그러니까 말 그대로 출감 소감을 피력하는 성명서를 전한 것뿐이었다. 그런데 그것이 어떻게 긴급조치 위반이고 유언비어 유포죄에 해당한다는 말인가…….

물론 당시 유신정권은 최대의 정적인 김대중 선생을 추종하는 모든 사람들을 아예 사회에서 발을 못 붙이게 만들어서 김대중 선생을 고사시키려는 목표를 가지고 있었다.

따라서 김대중 선생의 비서인 나를 출옥한 지 3개월 만에 다시 감옥에 넣음으로써 기를 꺾고 절망에 빠뜨려서 김대중 선생 곁을 떠나게 하려는 것이 저들의 노림수라는 것을 모르는 바도 아니었다. 그러나 아무리 당시의 법이 이현령비현령(耳懸鈴鼻懸鈴)이라 해도 이건 너무하다는 생각이었다.

그 당시에도 헌법에는 '모든 국민은 언론·출판의 자유와 집회·결사의 자유를 가진다.'고 되어 있었다.

그런데 국민의 광범위한 지지를 받는 야당 정치인의 출감 성명을 나누어주거나 전한 것도 죄가 되고, 그것도 1년 반씩이나 사랑하는 가족과 사회로부터 격리되는 중벌로 다스려지던 것이 당시의 현실이었다. 나는 빅토르 위고의 《레미제라블》을 읽으면서 장발장에게 한없는 연민을 느끼고, 당시의 프랑스 사회의 경직성을 안타까워했다. 가난한 누이와 굶주리는 조카들을 위해 빵 한 조각을 훔친 것이 그렇게 큰 죄가 될 수 있을까······.

그러나 우리가 살았던 70년대와 80년대에는 사소한 죄에도 그렇게 과도한 징벌을 당하는 장발장이 수없이 많았고, 나보다 더 억울하고 피눈물 나는 사연을 간직한 정치범들도 얼마든지 있었다.

이제 다 지난 일이지만 한 가지 지금도 유감스러운 것은 그 당시 검사나 법관이라는 사람들은 그런 말도 안 되는 일에 대해 죄가 있다고 무자비하게 중형들을 구형하고, 또 선고를 하면서 요란한 법복을 떨쳐입고 기득권을 누렸다는 사실이다. 그때 내가 어디 하소연할 길 없는 억울한 심정과 3개월 만에 다시 투옥된 사람으로서 느끼는 절망감을 억지로 억누르며 법정에서 행한 최후 진술은 다음과 같다.

1979. 9. 14. 항소심 최후진술(긴급조치 사건)

먼저 재판장님께 이 법정에 선 피고로서 나의 소감을 얘기할 수 있는 기회를 주신 것을 감사하게 생각합니다.

저는 1978년 9월 30일 새벽에 영등포구치소에서 집으로 왔다가 1978년 12월 29일 다시 연행되어 1심을 거쳐 오늘에 이르렀습니다. 저는 3개월간의 휴가를 보내고 다시 감옥에 온 것입니다.

제가 이 사건에 관계되어 검찰청에 갔을 때 담당 검사는 이렇게 말했던 것입니다.

"한 선생, 이것은 정치적인 사건이오. 한 선생이 입건되느냐 안 되느냐, 입건이 되면 어느 정도 되느냐 하는 것은 전적으로 한 선생에게 달렸소. 한 선생이 재범을 하느냐 안 하느냐가 중요한 것이오"라고 했습니다.

이때 저는 "나도 평범한 사람이오. 그렇기 때문에 감옥에 가는 것이 싫은 것이오, 그러나 감옥에 가는 것이 고통스럽고 그곳 생활이 고달프다 해서 지금까지 쌓아온 나의 모든 것을 버리고 싶지는 않소"라고 말했던 것입니다.

존경하는 재판장님!

변 사또의 수청을 거절한 것이 죄가 되어 큰 칼을 목에 걸고 옥중고혼이 될 뻔했던 성춘향은 자기가 옥에 갇혔을 때도 이 도령이 암행어사가 되어 돌아와 자기를 살려 주리라는 확신을 가지고 정절을 지킨 것이 아니었습니다.

또 앞 못 보는 부친의 눈을 뜨게 하기 위해 삼백 석에 몸을 팔았던 심청이는 자기가 살아 돌아와 눈뜬 아버지의 모습을 보리라는 확신을 가지고 인당수에 몸을 던진 것은 아니었습니다.

우리가 비록 멸시와 천대 속에서 패배감을 느끼고 사랑하는 처자식의 남루한 옷차림 속에서 무력감을 느끼며 살아가고 있을 망정, 인간의 인간에 대한 의리는 저버릴 수는 없다는 것을 분명히 밝히는 바입니다.

영국의 처칠은 제2차 세계대전이 끝난 후 기록한 그의 회고록에서 "나는 제2차 세계대전을 승리로 이끌기 위해 모스크바, 워싱턴, 테헤란을 다니면서 스탈린과 루스벨트, 장개석을 만났다. 그때마다 나는 생각했다. 스탈린이야말로 세계적인 독재자다. 그가 하려고만 하면 그의 명령은 곧 법이 되는 것이다. 루스벨트 대통령은 비록 조약의 비준권이 상원에 있다고 하지만 그도 대통령 책임제하의 대통령으로서 전시하의 특권을 누리고 있는 것이다. 그러나 나는 무엇이냐, 나야말로 거국내각의 총리로서 내가 아무리 훌륭한 결정을 내린다고 하더라도 내각이 거부하고 국민이 반대를 한다면 아무 소용이 없는 것이다. 그러나 내가 국내에 돌아와서 내각과 타협을 하고 국민을 설득하여 그들의 지지를 얻는다면 그것이야말로 전 영국민이 나를 도와주는 것이 되기 때문에 스탈린이나 루스벨트보다 훨씬 나은 것이다"라고 말했습니다.

미국의 대통령 카터는 김수환 추기경과 함께 받은 노틀담대학에서의 명예박사학위 수락 연설에서 '미국은 풍요롭기 때문에 자유로운 것이 아니라 자유롭기 때문에 풍요로운 것'이라고 말했습니다.

중국의 공자는 『근사록』에서 자기가 하고자 할 때 남도 하게 하고, 자기가 얻고자 할 때 남도 얻도록 해 주는 것이 바로 '仁'의 한 방법이라고 말했습니다. 우리나라도 정치적인 보복이 없이 타협과 협조의 정신으로 모든 문제를 해결하는 풍토가 하루빨리 정착되기를 간절히 바라는 바입니다.

마지막으로 이 재판을 맡아 주신 재판장님과 기록을 맡아 주신 분들과 출정 때 수고해 주신 구치소 출정과 직원에게 감사를 드립니다.

또 변론을 맡아 주신 변호사님과 나 같은 사람을 위해 애쓰고 기도해 주신 국내외 모든 분들께 감사를 드리면서 저의 말씀을 마치겠습니다. 감사합니다.

얼마 후에 나는 가락동 너머 남한산성 밑에 있는 성동교도소로 이감되었다. 당시에는 강동 지역이 개발되지 않아 밤이 되면 구치소 창살 너머로 남산타워의 불빛이 보였다. 사실 남산 꼭대기에 있는 그 관망대는 올라가 본 일이 없는데, 밤에 아련한 불빛을 내뿜는 그 타워가 그처럼 매혹적이고 현란하다는 것을 그 속에서 알게 되었다. 일상 생활 속에서는 사소하게 보이고 별것 아닌 것으로 느껴지는 것들이, 자유를 빼앗기고 감옥 속에 들어가 있게 되면 모두 찬란하게 빛을 내고 보석처럼 번쩍이는 것이다. 남산타워의 불빛이 그처럼 황홀하고 현란하듯이, 자유롭게 자녀들의 손을 이끌고 동네 목욕탕에 가고, 중국집에 가서 자장면이나 탕수육을 마음껏 먹는 일상사들이 그렇게 거창하고 빛나는 인생의 멋과 맛으로 느껴지기도 한다.

아내는 그때에도 공항 근처에 있던 처가에서 아이들을 키우며 학교에 나가고 있었는데 틈이 나는 대로 면회를 와 주었다. 지금은 지하철이 있어서 서울 시내 어디를 가든 그렇게 큰 불편을 느낄 수가 없는데, 그때에는 서울 변두리로 나가는 지하철이 없어서 꼭 버스를 타야 했다. 영등포교도소로 오든 성동교도소로 오든 버스를 세 번씩이나 갈아타는 일이 제일 힘들다고 하였다. 아내가 바쁠 때에는 장모님께서 그 일을 대신해 주셨는데, 늦가을부터 시작되는 교도소 추위를 생각하면서 솜바지저고리를 보퉁이에 싸 들고 그 먼 길을 오시기도 하였다.

고등법원에서 내 항소를 기각하고 징역 1년 6월에 자격정지 1년 6월이라는 1심 판결을 확정하는 날, 공교롭게도 10·26이 터졌다. 박 대통령이 유고를 당하고 유신체제가 일단 무너진 것이다. 그래서 나는 즉시 풀려나는 줄로만 알았다. 그런데 그후 1개월을 더 감옥에 있다가 그 해 12월 3일이 되어서야 풀려났다.

요즘 우리들은 자유로움 속에서 마음껏 활보하며 살고 있다. 아마 요즘 우리의 젊은이들은 우리 사회에 너무나도 당연하게 자리잡고 있는 언론, 출판, 집회, 결사의 자유는 집의 식탁이나 텔레비전이 언제부터 그 자리에 있었듯이 처음부터 존재하고 있던 것으로 생각할 수도 있다.

그러나 지난 80년대까지만 해도 이런 자연스러운 기본권들이 박탈되고 유보되었다는 사실, 그리고 수많은 사람들이 너무나도 당연한 권리

166

를 되찾기 위해 끌려가고, 고통당하고, 눈물을 흘리고, 몸부림쳤다는 사
실을 결코 잊어서는 안 될 것이다.

'야수적(brutal)' 이라는 단어

1970년대와 80년대에는 우리나라와 남미 지역에서 공교롭게도 비슷하게 군부통치가 기승을 부렸다. 영국에서 체포되어 칠레에 압송된 피노체트 같은 인물도 그 시대의 대표적인 압제자였다.

이런 사람들이 철권통치를 할 때 우리나라나 그런 지역에서 활약하였던 외신기자들이 가장 많이 썼던 단어가 아마도 '야수적(brutal)' 이라는 단어였을 것이다. 야수적인 만행, 야수적인 폭행 등이라는 말을 쓸때 사용했던 수식어인데 이 말은 '야수적인 고문(brutal torture)' 이라는 표현에서 아주 적절하게 사용되었다.

인간이 인간에게 어떤 고통을 주었기 때문에 기자들까지도 야수적이라는 표현을 했을까……. 아마도 인간으로서 할 수 없는 일들을 했기 때문이었을 것이다.

1980년 그날 나는 무심히 동교동에서 퇴근하여 집에서 총재님의 연보를 정리하다가 안방까지 들이닥친 군인들에게 연행되었다. 끌려간 곳은 남산 지하실 중앙정보부 수사실이었다. 그곳에서 내가 만난 사람들은 사람이 아니라 야수적인 존재들이었다. 그들은 마치 노련한 연주가가 악기를 다루듯이 사람의 부위를 기막히게 건드렸는데 어떤 때는 비명을 지를 만큼, 어떤 때는 비명도 못 지르고 숨만 몰아쉬게, 그리고 드디어는 의식을 잃고 쓰러질 정도로 아주 자유자재로 사람의 몸과 영혼을 다루었다.

그나마 나는 주로 외신을 다루고 공보업무를 맡았기 때문에 나와 비슷한 시간에 잡혀온 김옥두 비서에 비해서는 살살 다루는 눈치였다. 그런데 문을 반쯤 열어 놓고 바로 옆방에서 김옥두 비서를 고문할 때 그가 쏟아 내는 단말마의 비명소리를 들어야 하는 고통은 내가 얻어맞고 비틀림을 당할 때 느끼는 고통보다 훨씬 더 컸다.

어느 날은 수사관이 야전침대 각목으로 나를 후려쳤는데 정신이 흐릿해지면서 몸을 비틀다가 그만 척추부분을 내주고 말았다. 순간 '뚝!' 하는 소리와 함께 그 단단한 각목이 부러져 나갔다. 그래도 그들은 눈썹 하나 까딱하지 않고 계속 나를 후려쳤다. 그후 나는 허리를 쓰지 못했으나 수사관들은 치료도 해 주지 않고 고문을 계속했다. 출옥 후에도 허리의 통증이 가시지 않아 엑스레이를 찍어 봤더니, 각목에 맞았던 요추 뼈 부분에 이상이 있다는 사실이 밝혀졌다. 뼈와 뼈 사이가 떨어져 부드럽게 움직여야 정상인데, 외부 충격으로 연골의 함몰이 일어나 두 마디가 한 마디처럼 붙어버렸다는 것이다. 나는 이런 고문의 후유증으로 허리를 잘 쓰지 못한다. 요즘도 아침에 일어나면 허리를 바로 펴지 못해 30분 이상 몸을 추스르는 운동을 해야 한다.

아무튼 나는 그 야수적인 고문이 행해지는 지하실에서 그 해 7월 11일까지 55일 동안을 꼬박 견뎌야 했다. 그때의 상황을 얼마 전 펴낸 김홍일 의원의 저서 『나는 천천히 그러나 쉬지 않는다』에서 인용하며 죽음과 진배없었던 그때의 기억을 접기로 한다.

1980년 5월, 중앙정보부 지하실에는 분명 사람은 없고 사람을 짐승처럼 다루는 고문 기술자들만 있었다. 그들은 고통스럽게 울부짖는 비명소리에도 미간도 찌푸리지 않고 잔혹한 매질과 고문을 계속했다. 나는 어느 순간 기절하여 정신을 잃었다. 그러다 깨어나면 지독한 고문이 다시 이어졌다.

내가 고문에 못 이겨 정신이 가물가물해졌을 때, 어느 젊은 수사관의 목소리가 들렸다.

"얼굴을 아는 홍일이를 이렇게 다룰 수는 없습니다. 절 다른 사람으로 바꾸어 주십시오."

또 나를 담당했던 수사관 중에서 아버님의 비서인 한화갑, 김옥두 씨를 심문하고 돌아온 수사관이 다른 사람들이 나간 뒤에 낮은 목소리로 말했다.

"자네 아버님은 행복한 분이야. 그렇게 충직한 비서들을 두었으니 말이야. 야, 지독하더군. 그렇게 당하고도 끝내 입을 안 열어. 아예 죽기로 작정했더구만. 그 사람들은 절대로 버려서는 안 될 거야." (중략)

그곳에서 알게 된 사실이지만 수사관들도 자신들이 담당한 피조사인들의 등급을 나름대로 매기고 있었다. 지조를 지키며 말을 하지 않는 피의자에게는 겉으로는 가혹하게 하면서도 속으로는 높은 평가를 하고 인간적인 신뢰를 보내기도 한다. 아마 그들도 동교동 비서진 중에서 함구로 일관한 한화갑, 김옥두님에게 나름대로 인간적 정리(情理)를 느끼는 듯했다.

어쨌든 그 지하실에서 김옥두 비서는 가장 가혹하게 당했다. 학구파였던 한화갑 비서는 맷집도 단단하지 못한 몸으로 고난을 겪어 결국 한쪽 귀의 청력이 약화되었고, 무릎과 어깨까지 크게 다쳤다.

대전교도소에서 만난 한 비서가 절룩거리며 걷는 모습을 보며 나는 속으로 울었다.

한화갑 의원은 아버님 일을 도우며 구속과 연행을 수없이 당했다. 그리고 정치 규제에 묶여 수년 동안 정치 활동을 하지 못했다. 지금은 우리 당의 최고위원으로 활동하시고, 나와는 지역구를 이웃하고 있는 정치 선배이시다. '김대중 내란음모사건'으로 연행된 한 비서는 아버님의 항소심 기각 소식을 듣고 이렇게 말하셨다.

"서울대 졸업 후 김대중 선생의 비서가 되어 지금껏 살아왔다. 나처럼 김대중 선생과 뜻을 같이하며 살아가는 사람들이 주변에 많았다. 우리의 삶과 김대중 선생의 삶은 같은 것이다. 우리의 삶 그 자체이며 모든 것이었다. 우리는 정신을 똑바로 차리고 하느님께 김대중 선생을 살려달라고 기도했다."

이상이 김 의원이 쓴 자전적 에세이의 일부분인데, 나에 관한 일들을 과분하게 언급해 주어 고맙기도 하고 부끄럽기도 하다. 그때 그곳에 들어갔던 사람들은 그렇게 인간으로서 감내하기 어려운 고초를 겪었다. 지금이야 제법 체면을 차리면서 이렇게 점잖게 표현을 하고 있지만 그 당시의 상황은 외신기자들의 표현대로 '야수적(brutal)'이라는 외마디로 나타내는 것이 오히려 적절할 것이다.

키스 오브 파이어

    정보부 지하실에서 55일 간의 지옥 같은 나날을 보내고 1980년 7월 11일 서울구치소로 이감되었다. 나는 정보부 지하실에 있을 때 조사관에게 이런 말을 한 적이 있다. "나에게 소원이 있다면 첫째도 서울구치소행이요, 둘째도 서울구치소행이요, 셋째도 서울구치소행이다." 그만큼 나는 하루라도 빨리 군인들 손을 떠나고 싶었던 것이다. 정보부 지하실을 빠져 나오는 날 나는 밝은 햇살을 바라보며 그 포근한 햇살 밑에서 숨진다면 크게 후회할 것도 없을 것 같다는 생각을 하였다. 맑은 바람을 쐬고 비명소리가 들리지 않는 공간 속에 있다는 것만으로도 행복하고 황홀하겠다는 생각이었다.

    그러나 막상 서울구치소에 와보니 이곳에도 헌병 1개소대가 주둔하며 우리의 일거수일투족을 감시하고 있었다. 세상은 또다시 군인들의 천하로 변해 있었던 것이다.

9월 초에야 군법 회의에서 재판을 받기 시작했는데, 함께 고난받고 수감된 동교동 식구들, 이른바 '김대중 내란음모사건'에 연루되어 끌려온 여러분들을 오며가며 만날 수 있어서 큰 위로를 받았다. 눈빛으로 서로를 격려하며 묶인 손을 들어서 반가움을 나누었다. 특히 재판정 주변에서 애타게 기다리다 마주치게 되는 아내의 눈길은 뜨거운 전류처럼 내 혈관을 자극하였다.

그러다가 해가 바뀌고 눈이 많이 오던 1981년 1월 15일에 우리 일행은 대전교도소로 이감되었다. 창문이 밀폐된 봉고차로 이동하다가 어디에선가 내려 교도관이 건네주는 커피 한 잔을 마셨는데 그때의 그 진한 커피맛을 지금도 잊을 수 없다.

대전교도소에서의 생활은 생각보다 순탄하였다. 내가 평소에 존경하던 동교동 경호책임자 고 박성철 장군을 그곳에서 만났고 김홍일 씨나 총재님의 아우이신 김대현 선생을 아침저녁으로 뵐 수 있어 기뻤다. 그때의 그곳 생활에 대해서는 다른 분들이 회고한 글이나 증언들이 남아 있을 테니까 여기에서는 그 회색의 담장 안에서 내 힘으로 이루어낸 보람되고 기뻤던 일과 지금 생각해도 미소 지을 수 있는 내용들을 전해 보기로 하자.

첫째로 나는 그곳에서 대학 때까지도 읽지 못했던 책들을 마음껏 읽었으며, 전에 읽었던 책들도 완역본으로 다시 정독하면서 생각의 깊이를 더하기도 했다. 경비를 아끼느라 비록 문고판과 헌 책을 주로 구해서 읽긴 했지만 『삼국지』, 『수호지』, 『서유기』 같은 동양의 고전에서부터 『그리스 로마 신화』, 『일리아드』, 『오딧세이』 같은 서양의 고전들, 그리고 『역사의 연구』, 『소유냐 존재냐』, 『순수이성 비판』 같은 역사와 철학 서적까지도 폭넓게 읽었다. 그리고 일본작가 야마오카 소하치의 27권짜리 대하소설 『대망』도 독파하였다. 일본 사회에서는 이 책을 읽지 않은 사람들과는 상거래를 하지 말라는 얘기가 있다고 하는데 명망만큼이나 그 책은 흥미진진하였고, 도쿠가와 이에야스의 파란만장한 개인사뿐만 아니라 그의 생애와 투쟁을 통하여 여러 가지 다양한 교훈을 얻을 수가 있었다. 특히 같이 수감되어 있던 김홍일 씨의 부인이 넣어준 셰익스피어 전집은 번역본이지만 문장이 매끄럽고 감칠맛이 나서 말 그대로 독서 삼매경을 느낄 수 있었다. 또 빅토르 위고의 『레미제라블』에 나오는 대사들은 멋진 시구처럼 가슴을 울렸다. 그 중에서 지금까지 기억하고 있는 내용은 다음과 같다.

육지보고 사람들은 넓다고 한다. 그러나 육지보다 넓은 것이 바다이고, 그 바다보다 넓은 것이 하늘이다. 그러나 그 하늘보다 더 넓은 것은 바로 인간의 마음이다. 나는 그러한 인간의 마음으로 당신을 용서한다.

이것은 장발장이 끝없이 자기를 따라다니며 괴롭혔던 형사 자베르의 목숨을 구해주고 나서 자베르가 왜 자기 목숨을 구해주느냐고 묻자 그에게 남겼던 말인데, 난 그 뜻이 좋아 재판정에서 최후진술 때 원용해서 쓰기도 하였다.

그런데 이런 나의 독서 생활 중에서 가장 인상 깊게 남았던 작품은 이탈리아 여기자 오리아나 팔라치가 쓴 『한 남자』라는 소설이다. 소설이라기보다는 자기 자신이 사랑했던 그리스의 시인이며 반체제 인사인 파나고울리스의 고난에 관한 고발이며, 그 고난에 동참하여 사랑했던 저자의 논픽션 기록인 셈이다. 어쨌든 그 책은 내 아내가 책방에서 골라 특별히 넣어준 것인데 책장을 한장한장 넘기면서 이상하게도 나는 아내의 향기와 사랑을 느꼈다.

대전교도소에서는 교도소측의 특별배려로 변호사 접견실에서 아내와 창살 없는 면회를 할 수 있었다. 서울구치소에 있을 때도 보안과장 방에서 아내와 특별면회를 한 적이 있었다. 그때는 악수만 하고 헤어졌었다. 그러나 이번에는 반드시 포옹과 키스를 해주고 싶었다. 나는 아내와 헤어질 시간이 되었을 때 내가 마음먹었던 일을 그대로 실천해버렸다. 그것은 내 생애에서 가장 애틋하고 뜨거운 포옹과 키스였던 것이다. 그러나 교도관이 곧 제지를 했고, 나는 당황하고 열적은 모습으로 얼굴을 붉힌 채 멍하니 서있는 아내를 뒤로하고 방 밖으로 밀려 나와야만 했다.

그런데 좁은 교도소 내에서는 사소한 소식도 흰 옷감에 잉크물이 번지듯이 순식간에 퍼지기 마련이다. 한 아무개가 면회 도중 아내와 뜨거운 키스까지 했다는 소문이 삽시간에 교도소 전체로 퍼져 나가고 교도소 당국은 당황하게 되었다. 1919년 도산 안창호 선생도 이곳 대전교도소에서 수감생활을 하셨는데, 이렇게 성스러운 장소에서 이런 풍기문란(?)한 사건은 있을 수 없다는 것이었다. 물론 나는 아내와의 키스가 어떻게 풍기문란에 해당되느냐며 항의했지만 결국 아내와 특별면회를 하는 권리를 박탈당했다.

그 다음번 아내가 찾아왔으나 우리 사이에 구멍 뚫린 유리벽이 가로 막혀 있자 나는 면회를 거절하고 교도관이 우물쭈물하는 사이에 그대로 혼자서 내 방으로 돌아와 버리고 말았다. 한동안 교도소측과 신경전이 이어졌다. 나는 오기 하나로 버텼다. 그런데 교도소측이 무슨 생각이었는지 쉽게 물러섰다. 일종의 편법을 사용하여 나에게 인간적인 배려를 해 주었는데, 그러니까 나와 아내가 변호사 접견실에서 면회를 할 때면 교도관이 슬그머니 고개를 돌리고 창밖을 감상하는 것이었다.

그래서 나는 아내가 올 때마다 그 동안 응축해 놓았던 사랑의 힘을 모두 모아 불보다 뜨거운 키스를 선물로 전해줄 수 있었다.

나는 그런 아내의 사랑과 헌신에 힘입어 1981년 8월 15일 광복절 특사로 풀려났다. 1년 4개월여에 걸친 세 번째 감옥생활을 마친 것이다.

그후 사회 생활을 하면서 아내와 대전의 어느 칵테일점에 우연히 들른 일이 있었다. 나는 그 옛날 대전교도소의 추억을 더듬으며 바텐더에게 달콤하고 향긋한 칵테일을 주문했다. 인상 좋은 바텐더가 붉은색의 향긋한 칵테일을 제조해서 우리 앞에 놓았다. 술에 대해 전혀 모르는 아내가 그 칵테일의 이름을 묻자 그는 큰 소리로 이렇게 외쳤다.

"키스 오브 파이어(Kiss of Fire)! 네, 불 같은 키스입니다."

성경책 갈피에 쓴 최후진술

사실 나는 글 쓰는 일에는 자신이 없다. 지금 이 책을 쓰면서도 나의 거친 문장에 대해서는 젊었을 적에 소설을 써 문단에 데뷔한 적이 있는 처남의 도움을 받을 작정이다.

그러나 내가 감옥에 있을 때는 이상하게도 머릿속에 명문장이 잘 떠올랐고 책에서 보았던 그럴듯한 구절들이 가로세로 잘도 연결되었다. 그래서 나는 재판이 끝날 때쯤이면 최후진술 내용을 꼭 미리미리 문장으로 만들어서 그것을 몇십 번씩 감방을 오가며 외고 완전히 내 것으로 만들었다. 마치 배우들이 대사를 외고 연주가들이 악보를 외어 리사이틀을 준비하듯이 나는 최후진술 내용을 수없이 뇌고 그것들을 선명하게 뇌리에 각인시켰다.

그 중에서도 80년대 초 서슬퍼런 군사법정에서 죽음까지 각오하며 외

178

웠던 최후진술 내용은 진술 후 내가 보던 성경책 여백에 깨알같이 썼다가 석방될 때 가지고 나왔다. 군사법정에 서서 내 온힘을 다해 토해냈던 그때의 최후진술을 소개하려고 한다. 독자들께서는 지루하시겠지만 내가 법정에서 비장한 마음으로 서서 아래 내용을 힘껏 외치고 있다고 상상하면서 읽어주셨으면 한다.

먼저 재판장님께 이 법정에 선 피고로서 이 시간을 허락해 주신 데 대해서 감사를 드립니다.

나는 지난 5월 17일 밤에 집에서 연행되어 중앙정보부에서 조사를 받고 1심을 거쳐 오늘에 이르렀습니다. 그 동안 내 사건과 관련되어 나를 고문했던 조사관에 대해서까지도 아무런 개인적인 원한이 없음을 분명히 밝히는 바입니다. 그것은 우리가 전생에 무슨 원수가 졌기 때문에 그렇게 된 것이 아니라 우리가 처해 있는 현실, 특히 정치적인 현실 때문에 그렇게 된 것이며 하느님을 믿는 천주교 신자로서 하느님의 가르침에 충실하기 위해서도 어떠한 사람에게도 개인적인 원한이 없음을 거듭 밝히는 바입니다.

어느 나라의 법전에서도 '정치범'이라는 용어는 없습니다. 그러나 어느 나라도 정치범을 부인하는 나라는 없습니다. 나는 김대중 선생과 인연을 맺은 이래 오늘에 이르기까지 그분 곁에서 말석을 지키고 있지만, 단 한 번도 공적이나 사적인 면에서 그분에게 실망해 본 적이 없을 뿐만 아니라 가장 훌륭한 지도자로 생각하고 있기 때문에 김대중 선생에 대한 나의 일편단심은 과거나 현재처럼 앞으로도 변함이 없을 것입니다.

1789년 프랑스 혁명이 일어났을 때 한때 실권을 잡았던 당통은 반혁명세력을 구축하기 위하여 혁명재판소를 설치했었습니다. 자코뱅당의 로베스피에르가 다시 실권을 잡게 되자 자코뱅당의 좌파를 숙청한 후 이번에는 당통의 차례가 왔습니다. 당통은 1794년 3월 31일 체포되었습니다. 이때 당통은 "내가 혁명재판소를 만들었을 때가 바로 이 계절이었다. 신과 인간에게 용서를 빈다"라고 말했습니다. 마침내 절차만 밟은 재판에서 사형이 선고되자 당통은 외쳤습니다. "이 더러운 로베스피에르야! 단두대가 너를 부르고 있다. 이 다음은 네 차례가 될 것이다!"라고 말입니다. 과연 그의 말대로 4개월도 못 되어 로베스피에르는 체포되어 단두대의 이슬로 사라졌습니다. 이와 같이 악은 언제나 악을 부르고 피는 언제나 피를 불러, 악과 피의 악순환 속에서 '자유 · 평등 · 박애'라는 프랑스 혁명정신은 산산조각이 나고 말았던 것입니다.

만약 어떤 사람이 자기의 의견은 최고의 선이고 상대방의 의견은 최악이라고 생각한다면 그 사람에게는 적과 동지의 구별밖에 없을 것이며 이러한 바탕 위에서는 민주주의가 꽃필 수 없는 것입니다.

우리는 김대중 선생을 모시고 정권을 잡으려고 했습니다. 김대중 선생은 1971년 대통령 후보로서 정권경쟁을 했을 뿐만 아니라 유신 7년 동안 누구보다도 앞장서서 민주화투쟁을 했다고 자부하고 있기 때문에 김대중 선생이 정권을 잡으려고 한다는 것은 대한민국뿐만 아니라 전세계적으로 부인할 사람은 아무도 없을 것입니다. 김대중 선생은 3월 1일 복권되어 5월 17일 연행되기까지 불과 3개월 간의 정치활동을 했습니다. 정부가 정치발전을 공약한 이후 공화 · 신민 양당은 전국을 누비면서 정권을 잡게 해 달라고 호소했던 것입니다.

더구나 모든 정치활동을 금한 것은 5월 17일 전국 계엄 이후였기 때문에 그 전까지의 정치활동은 합법적인 것이었습니다. 그럼에도 불구하고 김대중 선생의 정치활동만이 문제가 된 것은 첫째로는 우리만이 우뚝 솟았기 때문이며, 둘째로는 하느님을 믿는 천주교 신자로서 하느님이 우리들에게 보다 지혜로워지고 보다 현명해지라고 이 시련을 주었다고 여기며 감사하는 생각을 갖고 있다는 것입니다. 지금 생각해 보니 '정치발전' 이란 국민이 원하는 방향에서의 정치발전이 아니라 김대중 선생을 때려잡는 정치발전이었던 것입니다(이때 최후진술을 저지당했음).

그러나 나는 내 개인적으로 대한민국의 장래나 우리 개인의 장래에 대하여 비관하지는 않습니다. 아무리 두꺼운 먹구름이 하늘을 덮고 있다고 하더라도 밝은 태양의 미소가 언젠가는 대지를 비출 날이 찾아오고야 말 것입니다.

역사적으로 정치 재판 하면 소크라테스와 예수의 재판을 들 수 있습니다. 소크라테스는 아테네의 청년을 오도했다는 죄목으로 기소되어 사형 선고를 받고 약사발을 마시고 죽었습니다. 예수의 죄명은 유대인의 왕이 었습니다. 소크라테스는 주위의 권고를 받아들여 열심히 자기 변명을 했 습니다. 그러나 예수는 일체 자기 변명을 하지 않았습니다. 예수가 자기 변명을 하지 않은 것은 십자가에 못 박혀 죽어 3일 만에 부활함으로써 자 신이 하느님의 아들이라는 하느님의 영광을 드러내기 위해서였던 것입 니다. 나는 이 재판의 결과에 대해서 관심이 없습니다. 우리가 현실적으 로 침묵을 강요당해 엄동설한에도 독야청청하는 상록수가 되지 못하고 철따라 낙엽이 지는 단풍나무가 될망정 우리의 뿌리가 대지에 깊숙이 내 리고 있는 한 새봄이 오면 우리의 앙상한 가지에서는 푸른 잎이 무성하 게 돋아나고야 말 것입니다.

나는 구치소에 와서 많은 것을 생각해 보았습니다. 또 많은 책을 읽었습 니다. 가끔 재판장님 이하 법무사님들의 생각이 어떨까도 생각해 보았습 니다(이때 법무사가 고소를 지었음). 내가 읽은 글 중에서 우리나라 여 류시인의 수필을 생각해 봅니다. 그 수필의 제목은 「밤의 이야기」였습니 다. 나는 처음에 이 제목을 보고 에로틱한 것을 생각했습니다. 그러나 그 런 것이 아니었습니다. 여기에 그것을 소개합니다.

'새벽의 약속이 없는 밤이 있다고는 생각하지 않는다. 칠흑 같은 어둠이 폭포처럼 쏟아져도 다음 단계가 예비되어 있음을 알아야 한다. 어둠 그 것 하나만이 오는 시대도 역사도 없다. 삶의 도장에서 고난을 통한, 새로 운 신생아의 탄생이 없다면 생의 근력은 어디에서 솟는단 말인가.'

이 수필은 이렇게 시작되었습니다. 우리가 처해 있는 현실이 아무리 어둡다고 하더라도 지금이 바로 새벽의 시작이라는 확신을 갖고 담담하게 살아갈 것입니다. 이 재판을 맡아 주신 재판장님 이하 모든 분들의 무운 장구를 빕니다. 아울러 우리 대한민국 국군의 무궁한 발전을 비는 바입니다. 끝으로 변론을 맡아 주신 변호사님과 우리 같은 사람을 위해서 걱정해 주고 기도해 주신 국내외의 수많은 친지들에게 감사말씀을 드리면서 저의 말을 마치겠습니다. 감사합니다.

—1980. 12. 육군고등군법회의 최후진술

결과론이지만 동교동 비서실 출신으로는 80년대의 옥고를 포함해 감옥을 세 번씩이나 다녀온 사람은 나 혼자뿐인 셈이다. 민주화 투쟁을 하다 옥고를 치른 것이 훈장이고 별이라면 '대부분 한두 개씩만 받은 훈장을 나 혼자만 세 개나 받았으니, 이만하면 조국의 민주화를 위해 부끄러움 없이 헌신한 것 아닌가' 하며 혼자서 자위할 때도 있다.

물론 민주화 투쟁을 하다가 목숨까지 잃은 분들이 많은데 옥고를 세 번 치른 것이 그리 대단한 일은 아니다. 그러나 오늘날 민주화가 되었다고 해서 과거에 조국의 민주화를 위해 아무런 기여를 한 적도 없고, 감옥의 문턱도 밟아본 적이 없는 사람들이 우리들의 투쟁에 대해 평가 절하하고 냉소하는 것을 볼 때면, 나도 인간이기 때문에 슬며시 부아가 치밀면서 그분들에게 반문하고 싶어지기도 했다.

'우리가 조국의 민주화를 위해 지조를 지키며 감옥에서 신음할 때 당신들은 어디에 있었는가?'

감옥은 사라질 수 있을까

요즈음 신드롬을 일으키고 있는 조폭 영화를 보면 범죄에 연루되어 감옥에 다녀오는 것이 하나의 통과의례로 되어 있다. 그 세계에서 별볼일이 없던 일개 심부름꾼도 감옥문을 나서는 순간 조직의 선후배가 문밖에서 기다리고 있고, 후배가 건네 주는 두부를 입에 물고 나면 격이 달라진다. 말하자면 어깨에 별을 하나 다는 것이다.

그러나 나는 그런 장면을 보면서 청소년들이 교도소 드나드는 일을 관록을 쌓는 일쯤으로 알게 되지 않을까 정말로 걱정이 된다. 감옥문이 드르륵 열리고 수염이 자란 건장한 사나이가 나타난다. 여명을 배경으로 교도소 담장이 비껴 서 있고 "형님!" 하며 부하들이 달려간다. 뒤에 숨어 있던 묘령의 여인이 살며시 다가가 그 사나이에게 코트를 걸쳐 준다……. 이런 장면은 순전히 교도소를, 폭력세계를 미화하는 또하나의

184

소도구나 장치로 내용의 본질을 왜곡시키는 일이 아닐 수 없다.

　교도소는 죄 지은 사람이 들어가서 업보의 때를 씻고 나오는 목욕탕 같은 곳이기도 하고, 문명이나 사회의 질서에 맞지 않는 야성의 피를 가진 사람들이 들어가 순치되어 나오는 훈련소 같은 곳이기도 하다. 그러나 인류의 역사에서는 아이러니컬하게도 죄 없는 사람, 때로는 성자나 위대한 사람들이 그 속에 들어가 수난을 당하기도 하였다. 하늘을 우러러 한 점 부끄럼이 없었던 순백의 영혼의 소유자 윤동주 시인 같은 이도 사상이 불온하다는 이유 하나로 일본의 후쿠오카 감옥에서 순국하였고, 온몸을 던져 조국을 지키려 했던 안중근 의사는 춥고 낯선 만주의 여순감옥에서 순국하신 후 그 주검조차 유족이나 후손들이 수습하지 못하였다.

　간디나 네루 같은 이들이 영국 사람들이 관리하던 감옥에 들어가지 않고 밖에서만 독립을 외쳤다면 과연 인도의 독립이 이루어졌을까? 사도 바울 같은 위대한 복음의 전도자가 로마인들의 감옥을 두려워했다면 그리스도의 복음이 소아시아와 유럽에 퍼져나갈 수 있었을까?

　이런 점을 생각해 본다면 때때로 의로운 일을 도모하는 사람들에게 있어서 감옥은 벗어날 길 없는 운명의 질곡 같은 곳으로서, 사색과 독서의 기회를 제공하고 미래를 준비할 수 있는 충전소 역할을 해 주기도 한다. 또 삶과 죽음의 본질을 성찰하고, 민족과 국가의 진로를 놓고 가장 객관적인 생각을 할 수 있는 은밀한 결단의 지성소(至聖所)가 되기도 한다.

감옥에 들어가기 전까지만 해도 네루는 급진적인 사상을 가지고 있었다. 그래서 간디 선생이 비폭력 저항 운동을 펼치며 현실과 다소 떨어진 듯한 독립운동을 하자 강력하게 항의하기도 하였다.

"선생님, 현실적인 대안이 없는 이상만의 독립운동은 영국인들을 오히려 돕는 일이 됩니다. 저는 독립을 위해서라면 책 대신 총을 들겠습니다."

그러나 그는 감옥에 들어가 인내심을 기르면서 독서를 하게 되자 세계사의 흐름을 차분하게 조망하게 되었고, 인도의 독립은 결코 격렬하게 서둘러서 될 일이 아니라는 것을 깨닫게 되었다. 그리고 그 속에서 마라톤 선수처럼 독립을 향해 서서히, 그러나 조직적으로 달릴 수 있는 힘을 길렀다.

그때 그는 세계사를 읽고 생각하면서 정리된 내용을 딸 인디라 간디에게 서신 형식으로 전해 주어 유명한 책이 되기도 하였고, 옥중에서 날아온 아버지의 열정적인 서신에 감명받은 그 따님은 나중에 아버지에 이어 인도의 지도자가 된다.

이런 의미에서 김대중 대통령도 스스로 고백하셨듯이 감옥에서 가장 많은 독서를 하였고 생각을 정리할 수 있었다. 준비된 대통령 이론은 사실상 바쁜 동교동 생활이나 어려운 망명 생활 속에서 이루어진 것이 아니라 외부의 모든 소식이 끊기고 맛있는 음식과 따뜻한 보온 시설이 없는 그 차가운 독방 속에서 이루어진 것이라고 봐야 할 것이다.

사실 나도 세 번의 감옥 생활을 통하여 잃은 것보다는 얻은 것이 더 많다.

만약 내가 세 번 다 감옥 가는 것을 면하고, 밖에서 따뜻한 밥을 먹으며 처자식과 함께 있었다면, 내가 현재 가지고 있는 생각의 깊이를 유지할 수 있었을까. 또 평생을 두고 사고나 행동의 지침이 되는 독서량을 쌓을 수 있었을까. 그리고 욱 하거나 참기 어려운 상황을 당했을 때 지금처럼 참으면서 견디고 또 상대편을 설득하여 끝까지 일을 성사시키는 저력을 발휘할 수 있을까, 하는 것들을 생각하게 된다.

대단히 소박한 말이지만 '입에 쓴 약이 몸에는 좋다' 고 했듯이, 당장에는 견디기 어렵고 비참한 것이 감옥살이지만 그것도 뜻있는 이들에게는 약이 될 수 있다. 설령 반사회적인 범죄나 파렴치한 죄를 짓고 감옥에 간 사람이라 하더라도 그 속에서 거듭나고 자신의 잘못을 충분히 뉘우친 뒤에 새 길을 열어 갈 수 있다면, 감옥이야말로 잠깐 숨을 고르면서 재출발을 할 수 있는 충분한 도약대가 될 수 있을 것이다.

이런 의미에서 우리의 교도행정도 이제는 단순한 벌주기나 가둬두기에서 벗어나야 한다. 교도행정 전반이 쇄신되고 그 질도 업그레이드되어야 한다.

그럴려면 우선, 죄를 짓고 들어온 사람들은 자신의 잘못이 얼마나 큰 것인가 하는 것을 객관적으로 알 수 있게 되어야 한다. 이것은 죄 없는 사람에게 절대로 억울한 누명을 씌우지 않고 잘못만큼 정확하게 교화의 기회를 주는 검찰권과도 관계가 있다. 우리나라에서 이제는 유전무죄, 무전유죄식의 억울함이 반복되어서는 안 된다. 또 일단 교도소에 들어오면 성실한 자세로 교화활동에 참여하고, 사회로 돌아갈 때 유능한 일

꾼이 될 수 있도록 다양한 재활 프로그램도 마련되어야 할 것이다.

그리고 무엇보다도 이제는 우리나라 교도소에 정치적 이유로 억지 춘향식의 죄명을 뒤집어쓰고 가족과 헤어져 갇히는 사람이 없어야 할 것이다. 국민의 정부에 들어서서 이른바 양심수가 터무니없는 죄명을 쓰고 감옥에 들어간 예는 없을 것이다. 그만큼 우리나라도 이제는 냉전 논리의 희생자가 줄어들었고, 신념 때문에 감옥문을 들어서는 사람도 줄어들게 되었다.

감옥에 대하여 결론적인 말을 한다면, 나의 바람은 감옥이 필요없는 세상이 오기를 바라는 것이다. 스위스에서는 죄수가 한 명도 없을 때 감옥 위에 흰 깃발을 내건다는데, 우리나라에서도 그런 흰 깃발 시대를 거쳐 아예 감옥이라는 것 자체가 사라지는 그날이 오기를 기원한다. 그런데 사람 사는 세상에서 이런 얘기를 한다면 정치인으로서는 너무 현실 감각이 떨어진다는 타박을 들을 것인지……. 여하튼 감옥을 갔다 온 사람은 감옥 생활이 얼마나 비참한 것인지를 알기에 감옥 쪽을 향해 오줌도 누지 않는다고 한다. 그 말에 나 역시도 공감하는 것은 물론이다.

에큐머니즘이 보내 준 장학금

1984년 여름만 해도 아직은 5공 정권의 강고한 철권 통치가 지속되어 정국은 도무지 돌파구가 보이지 않았다. 김대중 선생은 미국에서 민주화 투쟁을 지속했으나, 국내의 민주화 세력은 아직도 동면 상태를 벗어나지 못했다. 물론 김영삼 씨의 단식투쟁으로 민주화운동이 새로운 전기를 마련했지만, 그 전망은 극히 불투명했다. 그 무렵 베를린에 살고 있던 사촌동생이 정국도 답답한데 독일로 유학올 것을 권유했다. 나는 그 말에 귀가 번쩍 뜨였다. 앞길이 꽉 막혀 있을 때는 잠시 물러서서 돌아가는 것이 인생의 지혜가 아닌가! 더욱이 독일 유학은 장학금만 잘 받으면 거의 돈이 들지 않는다. 또한 나는 일찍이 외교관이 되어 국제 무대에서 활동하는 것을 꿈꾼 적이 있었는데, 이런 때에 국제 무대로 나가 견문을 넓히는 것이 좋겠다는 생각이었다.

나는 즉시 평소 존경하던 안병무 박사를 찾아뵙고 독일 유학 주선을 부탁했다. 안병무 박사는 널리 알려진 대로 장공 김재준 박사와 함께 우리나라에 민중신학의 기초를 다진 분이다. 장공 선생과 함께 북간도 생활을 하였고, 독일에 유학하여 신학박사 학위를 취득한 정통파 신학자이다. 그러나 안 박사는 큰 교회를 세운다든지, 교단의 어른이 되어 대접을 받기보다는 민중의 바다 속으로 헤엄쳐 나가 60년대 말에 사상계에 버금가는 월간지 《현존》을 창간하였고, 70년대에는 한국신학연구소를 설립해서 《신학사상》 지를 발간하며 민중과 신학이 어떻게 만나고 그것이 우리의 일상생활 속에서 어떻게 구체적으로 실체화되어 가는가 하는 점을 실질적으로 연구한 분이다.

독일통인 안병무 박사는 부인이신 박영숙 여사와 함께 발벗고 나서서 내 일을 도와주셨다.

마침내 두 분은 독일 보쿰에 본부를 둔 에큐메니컬 장학재단으로부터 장학금과 함께 독일 대학의 초청장을 받게 해 주었다. 1년 간 16,000마르크라는 거금으로 베를린 자유대학 청강생 자격의 유학 조건이었다. 그런데 정작 출국에 필요한 여권이나 비자는 그해가 다 가도록 나오지 않았다. 한 시민의 해외여행권까지 일일이 간섭하던 당시의 안기부가 제동을 걸었기 때문이다. 외무부 창구에 달려가 어떻게 된 거냐고 물어 보면 그들은 그냥 '모른다' 라는 대답만 흘릴 뿐이었다. 나는 할 수 없이 당시 안기부에 근무하던 대학 동창에게 도움을 청하고 마냥 기다리기만 했다.

해가 바뀌자 정국이 요동쳤다. 꿈에도 그리던 김대중 선생께서 귀국을 단행했고, 양김의 협력 속에 신당 돌풍이 몰아쳐 총선에서 야당인 신민당이 대승을 거두었다. 민추협이 결성되고, 김대중 선생이 본격적으로 국내 민주화 투쟁을 재개하면서 나도 선생님을 보좌하느라 눈코 뜰 새 없이 바쁜 생활을 하였다. 그 바람에 독일 유학에 대해서는 까맣게 잊고 있었는데, 느닷없이 독일 입국 비자가 나왔다. 근 일 년 가까이 지체된 서류였다. 나는 깊은 고민에 빠졌다. 모처럼 민주화 투쟁의 불길이 타오르고 있는데 나 혼자 유학을 떠난다는 것이 내키지 않았다. 그러나 이런 기회가 다시는 없을 것 같아서 김대중 선생께 보고를 드렸더니, 선생께서는 좋은 기회를 살리라며 흔쾌히 허락을 해 주셨다. 선생께서는 나를 정책비서 대신 보좌역으로 임명해 주셨다. 유럽에서 내가 자유롭게 활동하도록 해주시는 세심한 배려였다.

　나는 틈틈이 시간을 내서 독일어 공부를 다시 하는 등 유학 준비를 했는데, 내 생애 최초의 해외여행 출구를 마련해 준 에큐메니컬 운동에 대해서도 공부를 좀 해 두기로 하였다.

　에큐메니컬 운동의 정신, 즉 에큐머니즘(Ecumenism)은 흔히 '세계교회운동' 또는 '교회일치운동'이라고 불리는 초교파 운동이다. 가톨릭에서는 '교회통합운동'이라고 부르는데, 쉬운 말로 이 운동은 교파나 교리를 떠나서 하나가 되자고 하는 종교상의 통일 운동이다.

　서양사에서 배운 것처럼 그리스도 사상을 바탕으로 하는 서양교회는 로마제국의 흥망성쇠에 따라 로만 가톨릭과 서방 정교회로 나뉘게 되었고, 17세기에 들어서서 마틴 루터가 종교의 쇄신을 외친 것까지는 좋았지만 그 후 프로테스탄트가 수많은 교파로 나뉘어진 것은 주지의 사실이다. 이렇게 되자 그리스도라는 하나의 종교를 가지고 전세계를 상대로 복음화를 하거나 종교실천을 해 나갈 때, 같은 기독교 내에서도 마치 이복형제들이 상속분을 가지고 다투듯이 어려움이 커지게 되었다. 그래서 20세기에 들어서서 급속하게 '생활과 실천(Life and Work)' 그리고 '신앙과 직제(Faith and Order)'라는 두 가지 명제에서 초교파적인 통일을 시도하였고 그 결과 '세계교회협의회(WCC : World Council of Churches)' 같은 초교파 운동체가 결성되었다. 이런 현상은 마치 불교에서 회자(會者)는 정리(定離)하고 또 거자(去者)는 필반(必反)한다는 논리와 같을 것이다.

이런 에큐메니컬 운동이 처음 시작될 때만 해도 기독교 내에서 교리나 교파를 뛰어넘기조차도 어려웠는데, 이제는 이런 통합 운동이 기독교의 울타리를 훨씬 뛰어넘어 기독교와 불교, 유교와 민족종교 같은 여러 이념이나 종파들이 하나로 어우러지고 있다. 최근에는 크리스마스 때 큰 사찰 앞에 '성탄을 축하합니다'라는 플래카드가 자연스럽게 내걸리고 있고, 초파일에 수녀님이나 뜻있는 유학자들이 사찰을 찾기도 한다.

정치나 경제에서 전세계를 하나로 이끌어가고 있는 UN이나 WTO 같은 기구가 있듯이 종교라는 이념의 세계에서 에큐메니컬 운동이 등장한 것은 너무나도 자연스럽고 또 중요한 의미를 갖는다고 봐야 할 것이다. 이런 고귀한 이념을 실천하는 단체에서 80년대 무명의 반정부 인사였던 나에게 장학금까지 주면서 유학 초청을 해 준 일은 지금 생각해 보아도 여간 고마운 일이 아니다.

　1985년 9월 7일, 나는 난생 처음 국제선 항공표를 들고 유럽을 향하는 대한항공기를 타게 되었다. 그때 우리나라 유럽행 비행기가 모두 그랬듯이 항로는 일단 앵커리지를 거쳐 북극권을 돌아 장장 스물두 시간 만에 독일 베를린 공항으로 이어졌다. 신안 앞바다의 작은 섬에서 태어나 뭍에서 달리는 기차를 보고도 놀라고 큰길을 달리는 화물차를 보고도 놀랐던 내가 비행기를 타고 대륙과 대양을 넘어 유럽의 심장부에 내렸으니, 그 감회가 어떠했으리라 하는 것은 굳이 길게 설명하지 않아도 이 책을 읽는 여러분들은 헤아릴 수 있을 것이다.

　사촌동생 집에 일단 짐을 풀고 체류허가를 받기 위해 관청을 찾아보기로 했다. 우리나라 같으면 출입국 관리소나 경찰청 외사과 같은 데를 가야 할 텐데 나를 안내한 교포는 의외로 가까운 외국인 경찰서로 향했다. 내가 담당 경찰관에게 여권과 비자를 내놓자, 그 젊은이는 먼 동양에서 천신만고 끝에 달려간 나를 길게 바라보지도 않고 여권에다 일 년 체류를 허가한다는 스탬프를 가볍게 찍어 주었다. 이렇게 가볍고 경쾌한 민원처리야말로 민주주의가 살아 숨쉬는 서독의 일상적인 모습이구나 하는 것을 깨달으면서 나의 독일 생활은 시작되었다.

콩밭으로 달려간 유럽 생활

서베를린의 자유대학에 등록 신청을 끝내고 나는 생각에 잠겼다.

5년쯤 꾹 참고 학위 받는 일에 전념을 해 보면 어떨까.

그러나 그런 학구적인 계획은 나에게 꿈 같은 일이었다. 46세의 가장이 이국 땅에서 학위를 위해 5년 이상을 머물고 50을 넘겨 귀국한다는 것은 너무나 비현실적인 구상일 뿐 아니라, 조국의 정치 현실은 나 같은 사람일지라도 한가롭게 해외에서 학업에 전념할 수 있는 형편이 못되었다.

당시 김대중 선생은 필리핀의 아키노 전 상원의원처럼 살해당할 위험이 있었는데도 귀국을 단행하여 민주화 투쟁에 혼신의 노력을 다하고 있었다. 그런 선생님을 조국 땅에 남겨두고 온 내가 나만을 위해 몇 년씩 학업에 전념한다는 것은 말이 안 되는 것이었다. 그래서 나는 학위

받는 일은 포기하고, 장학금이 나오는 일 년 동안 총력을 다해 김대중 선생의 공민권 회복을 위해 애쓰면서 노벨평화상 수상과 같은 보다 커다란 목표를 향해 노력해 보기로 결심하였다.

자유대학에 나가던 첫날 알브레히트 교수를 제일 먼저 찾아갔다. 그분은 한국에 대해 잘 알고 있었다. 담쟁이 넝쿨이 창문까지 넘어 들어오는 고색창연한 연구실에서 박사는 나에게 차 대접까지 하며 독일에 머무는 동안 활동할 방향에 대해 묻고 들어 주었다.

"제가 학위를 받는 것을 목표로 하는 것은 무리일 것 같습니다. 조국의 현실이 그렇게 쉽지가 않습니다. 할 수만 있다면 김대중 선생의 처지를 독일의 유력 인사들에게 알리고, 우선 그분이 공민권을 회복하고 한국의 민주화를 위해 전력질주할 수 있도록 노력하고 싶습니다."

그러자 박사는 고개를 끄덕이며 내 손을 잡아 주었다.

"옳은 판단인 것 같소. 김대중 선생님을 모시는 분이 그런 생각을 하는 것은 너무나도 당연합니다. 이 시점에서 한가롭게 책이나 보며 연구를 한다는 것이 가능하기나 하겠소. 나도 힘껏 도울 테니 함께 한국의 민주화를 위해 노력해 봅시다."

알브레히트 박사는 한국의 정치 상황을 너무나도 정확히 알고 있었다. 그분은 이미 70년대에 서독 교계 지도자인 샤프 감독(監督, 교회 직제상의 최고 지도자)과 함께 유신 체제 속에서 신음하고 있던 한국을 방문한 일이 있었다. 당시 강원룡 목사가 '아카데미 하우스 사건'으로 어려움을 겪고 있을 때 유신에 저항하는 한국 교회의 상황을 점검하고, 한국 국민들이 얼마나 민주화를 열망하고 있는가를 확인하고 돌아갔다.

그때 유신 체제 속에서 고통받으며 가장 강력하게 저항하고 있던 야당 지도자 김대중 선생을 만난 일이 있으며 그분의 강인한 정치적 투쟁력과 애국심에 매료되어 그분의 팬이 된 분이다.

바로 이런 인연 때문에 알브레히트 박사는 김대중 선생의 보좌역인 나를 반갑게 맞아 주었고 나에게 유럽 전역에서 마음껏 활동할 수 있는 '정치적 운전면허증(?)'을 발급해 주었다. 그분은 제일 먼저 독일의 정치 지도자 빌리 브란트 전 수상과 오스트리아의 브루노 크라이스키 전 수상에게 소개편지를 써 주었다.

나는 숙소에 돌아와 고국에서 준비해 간 선생님의 선물을 챙기기 시작했다. 총재께서는 내가 유럽으로 떠날 때 지도급 인사들을 만나면 정표로 전해 주라고 하면서 팔각 모양을 한 우리의 전통적인 목제품, 그러니까 과자와 과일을 간단히 담을 수 있는 팔각과반을 마련해 주셨다.

빌리 브란트 전 서독 수상은 내가 꼭 만나 보고 싶었던 정치인 중 한 분이었다.

그는 16세 때부터 사회민주당에 입당하여 정치활동을 하였던 정치천재였고, 2차 대전 때에는 노르웨이로 망명하여 종군 기자로 반나치 활동을 취재하였다. 전쟁이 끝나자 폐허가 된 조국에 돌아와 사민당을 재건하고 당수가 되었을 뿐만 아니라 서베를린을 폐허에서 복구한 명시장이 되었다. 그리고 냉전시대의 틀을 깨면서 이른바 '동방정책'을 입안하여 그 실천자가 되었다. 60년대 말 수상이 된 후 외면하는 동독을 끊임없이 설득하고 독일 통일을 역설하여 1971년에는 동서독의 화해와 평화 정착에 기여한 공로로 노벨평화상을 받기도 하였다.

빌리 브란트 전 수상은 알브레히트 교수의 편지를 미리 보았기 때문인지 나를 아주 따뜻하게 맞아 주고서 김대중 선생의 근황을 물었다. 그분이 아직도 공민권을 박탈당하고 정치적으로 해금되지 못한 상태에서 어렵게 지내고 있다는 사실을 파악하고는 몹시 안타까워했다. 그러면서 이런 말을 덧붙였다.

"김대중 선생이 한국의 정치지도자가 된다면 아마도 한반도 통일의 첫 장을 열 수 있을 것입니다. 내가 냉전체제 속에서 동방정책으로 얼어붙은 동독의 문을 연 것처럼 그분도 과감한 통일 정책으로 북쪽 사람들을 감동시킬 수 있을 것입니다."

나는 오래 전부터 흠모해왔던 그분을 만나고 나오면서 역시 큰 인물은 다르다는 것을 느꼈다. 자신과 김대중 선생이 깊이 사귄 일은 없지만 진취적인 성향으로 보나 깊고 적극적인 사고와 행동으로 민족 통일의 기수가 될 수 있다는 확신을 하는 것을 볼 때 큰 정치인들은 지리적으로 아무리 멀리 떨어져 있어도 정치적 직관으로 서로 통하고 동지가 된다는 것을 알게 되었다.

오스트리아에서는 부르노 크라이스키 전 총리를 대신해 나온 사회당 국제위원장을 만났는데 훌륭한 분이었다. 이런 거물들을 만나고 나서 나는 큰 용기를 얻었다. 그분들은 의외로 한국의 실정을 소상히 알고 있었고, 특히 김대중 총재에 대해서는 내가 상상했던 것 이상으로 깊이 파악하고 있었기 때문이었다.

독일의 종교 지도자였던 샤프 감독과의 만남도 인상 깊었다. 샤프 감독은 당시 베를린 시와 베를린 시 외곽 주(州)인 브란덴부르크 주의 교회들을 총괄 감독하는 독일교회의 최고 지도자였다. 샤프 감독은 김대중 총재와 안병무 박사의 안부를 먼저 물었다. 내가 두 분이 국내에서 어려운 상황을 무릅쓰고 국민과 민권의 편에 서서 싸우고 계신다는 점을 설명하자 크게 감동하면서 이렇게 결론지었다.

"김대중 선생은 소련의 사하로프 박사나 폴란드의 바웬사보다 위대한 분입니다. 그런데 사하로프 박사는 반체제 학자로 인권투쟁에 앞장서 지난 1975년에 노벨평화상을 받았습니다. 폴란드의 바웬사도 자유노조를 통해 민권 투쟁을 한 공로를 인정받아 바로 얼마 전 1983년에 노벨평화상을 받았습니다. 그런데 이런 분들보다 훨씬 더 먼저 민주활동을 시작했고 전 생애를 통해 민권 투쟁을 벌였으며 위의 두 분보다 훨씬 더 엄청난 고통을 받은 김대중 선생이 아직까지도 노벨평화상을 받지 못한 것은 정말 유감입니다. 나는 앞으로 유럽의 유력 인사들과 함께 김대중 선생의 노벨평화상 수상을 위해 노력할 것입니다. 그분은 언젠가 노벨평화상을 꼭 받게 될 것입니다."

나보다 더 열렬하게 김대중 선생을 옹호하며 노벨평화상 수상 문제까지 거론하는 샤프 감독의 사무실을 나서며 나는 어떤 어려움을 무릅쓰고라도 이런 일들을 관철시켜야겠다는 결심을 하게 되었다. 그리고 그분이 우리 선생님에 대해 '그분은 언젠가 노벨평화상을 꼭 받게 될 것'이라고 강조한 말을 가슴속에 새겼다.

그런데 그후 내가 귀국한 다음에도 샤프 감독은 이런저런 김대중 선생에 대한 자료를 많이 요청하였고 나는 그분이 요구하는 서류나 증명서들을 빠짐없이 보내 드렸다. 그리고 1987년이 되어 샤프 감독은 빌리 브란트 전 수상과 유럽의 여러 지성인들을 설득하여 김대중 총재가 노벨평화상 수상 후보에 오르도록 하였다. 국내의 언론들은 그런 사실을 가급적 보도하지 않으려고 했지만 1987년부터 외신들은 매해 노벨평화상 후보로 거명되는 김대중 총재를 집중적으로 보도하였다.

서기 2000년, 대한민국 김대중 대통령은 분단 이후 최초로 평양을 방문하고 6·15남북공동선언을 발표하였다. 같은 해 대통령은 50여 년간 지속되어 온 한반도 냉전 과정에서 상호불신과 적대관계를 청산하고 평화에의 새로운 장을 여는 데 크게 기여한 공로로 노벨평화상을 받았다. 김대중 대통령께서 노벨평화상을 받는 날, 나는 1980년대 중반에 내가 서독으로 달려가 만났던 빌리 브란트 수상과 '언젠가 노벨평화상을 꼭 받게 될 것'이라고 확언했던 샤프 감독을 맨 먼저 떠올렸다.

내가 독일에 있을 때 만났던 교계 지도자들은 크루제 감독(우리나라 NCC 총무에 해당) 그리고 WCC 회장을 지낸 헬트 박사(당시 서독 교계 외무 업무 담당) 등이었고, 가톨릭 쪽으로는 가톨릭국제구제기관의 한국 담당자 미제로 신부 등이었다.

이탈리아의 베르나 솔라 상원의원, 오스트리아의 사회당 국제 담당 야코비치 의원, 스웨덴의 극동 담당 외무차관보 등이 정치인으로서 한국의 야당지도자 김대중 총재의 현황과 한국의 인권 상황에 대해 깊은 관심을 보여 주었다.

이렇게 많은 사람들과 만나면서 틈 나는 대로 서양 문명의 본바닥인 유럽대륙을 가능한 한 많이 보기 위해 프랑스, 벨기에, 네덜란드를 누볐다. 특히 네덜란드 헤이그에 있는 이준 열사의 묘소를 참배할 때는 더욱 감회가 깊었다.

그분은 대한제국의 명운이 경각에 달렸을 때, 1907년 헤이그에서 열리는 만국평화회담에 달려와 일본이 힘으로 대한제국을 삼키려 한다는 사실을 외치고 또 외쳤다. 교통수단도 변변하지 못했던 20세기 벽두에 열사는 이상설 선생과 함께 블라디보스토크에서 철도를 타고 겨울 기운이 가시지 않은 러시아 대륙을 횡단하여 당시 러시아 황제가 머물러 있던 상트 페테르부르크(레닌그라드)까지 달려갔다. 거기서 러시아 황제에게 먼저 대한제국의 급박한 상황을 알리고 그곳에 있던 영사관 서기 이위종과 함께 헤이그로 달려왔던 것이다.

그렇게 불타는 애국심과 쓰러져가는 국운을 감지하며 사력을 다했으나 일이 뜻대로 안 되자 이준 열사는 고국으로부터 아득하게 멀리 떨어진 유럽 대륙의 헤이그에서 분사하였다.

나는 열사의 묘소에 꽃 한 다발을 바치면서 묘한 감회를 느꼈다. 70년도 훨씬 넘은 그 시절 이준 열사는 '나라를 빼앗기게 되었다' 는 통분과 참을 수 없는 안타까움을 안고 이 땅에 와서 목숨을 던졌는데, 20세기도 후반기에 들어선 시점에서 나 역시 동족의 강압통치 굴레 밑에서 신음하는 민주 시민들과 야당 총재를 위해 유럽 대륙에 건너와 동분서주하고 있다는 사실을 대비해 보면서 서글픔과 비애를 느끼지 않을 수 없었다.

이처럼 나는 1985년에서 1986년 사이 난생 처음 외유를 하였고 그 무대는 유럽 대륙이었다. 초청의 주체는 에큐메니컬 운동 본부라는 종교

단체였고 내가 등록한 대학은 서베를린의 자유대학이었지만, 나는 학생으로서 공부를 할 수 없었다. 왜냐하면 조국의 현실이 너무 암담했었고 나는 박해받던 야당 지도자의 보좌역이었다. 그래서 유럽 문명의 발상지라고 하는 그 유럽대륙에서도 문명에 대한 공부나 학술적인 연구보다는 사람을 만나고 한국의 민주화에 대해 토론하는 것이 내 일과의 대부분을 차지했다.

말하자면 몸은 풍요로운 유럽대륙 속에 있었지만 마음은 콩밭…… 그러니까 민주화의 열망이 들끓는 조국 땅에 있었던 셈이다.

워털루 브리지와 팔각과반

1985년 11월, 서독 본에 있는 주독일 영국 대사관으로부터 연락이 왔다. 런던에 체재하는 동안 모든 숙식과 교통비를 영국 정부가 부담하겠으니 한번 다녀가라는 내용이었다. 그리고 왕복 비행기표도 보내왔다.

런던으로 가는 비행기 속에서 나는 학창 시절에 보았던 「애수」라는 영화를 생각하였다. 비련의 주인공 비비안 리가 안개 낀 워털루 브리지에서 서성일 때 바바리 코트를 멋지게 차려 입은 영국군 대령 로버트 테일러가 성큼성큼 나타나던 모습이 제일 먼저 떠올랐다.

그러나 런던에서의 일정은 워털루 브리지나 템즈강을 떠올릴 수도 없을 만큼 바쁘게 진행되었다. 외무성 극동 담당자를 만나고 왕립국제문제연구소 인사들과 한국의 정치 상황에 대한 의견을 나누었다. 집권 여당인 보수당의 국제위원장도 만났는데, 당시 현역이었던 해밀턴 의원은 김대중 선생의 정치적 고난과 역경에 대하여 깊은 동정과 연민을 표하면서 한국의 민주화를 위해 자신이 할 수 있는 일은 다 하겠다고 약속했다.

대영박물관과 웨스트민스터사원도 가고 민주주의의 산실이라고 불리는 영국의회도 방문하였다. 영국의회에서는 한영의원연맹 회장과 회원들이 나를 따뜻하게 맞아주었고 한국의 정치 상황에 대해 심도 있는 질문을 하였다. 여정의 끝 무렵에는 뜻밖에도 BBC 방송사의 극동 책임자가 바쁜 일정 속에서도 나를 초청하여 점심을 샀다. BBC의 간부 역시 한국의 인권 상황과 민주주의의 산 증인인 김대중 선생에 대해 깊은 관심을 가지고 있었다. 이런 일정 속에서 런던대학의 한국학 전문가 스킬랜드 교수와 경제학자 이안 니쉬 교수를 만난 것은 또 다른 수확이었다.

영국 방문 기간 중 영국 정부측에서는 나를 위해 통역을 배정해 주는 세심함을 보여주었다. 나를 위해서 애쓰신 분은 연세대 출신의 교포였는데 내가 영국 인사들과 영어로 말하는 데 큰 어려움이 없다는 사실을 확인하고는 중요한 인사들과 만날 때는 슬그머니 자리를 피해주었다. 사정이 이랬는데도 일이 이상하게 벌어졌다. 그분이 집에 들어가면 한국 대사관측에서 전화를 걸어 오늘은 누구누구를 만났고 내가 어떤 발언을 했는가 하는 내용을 세밀하게 물었던 것이다. 이 일로 그분의 부인이 놀라 심장병까지 얻었다고 한다.

그래서 내가 한국 대사관에 전화를 걸었다.

"물어볼 말이 있으면 나한테 직접 물어보라"고 하자 얼마 후 라 공사라는 사람이 찾아왔다. 어떻게 영국 정부의 공식 초청을 받았는가, 이곳에 온 진짜 목적이 어디에 있는가 하는 식의 질문을 했다. 그러면서 그는 함께 식사라도 하자고 은근히 권하였다. 나는 그 사람이 묻는 내용에 사실대로 대답해 주었으나 식사 제안만은 거절했다. 그리고 그와 헤어지면서 이런 당부를 했다.

"내가 떠난 후에라도 절대로 통역을 해 준 분이나 나와 만난 교포들을 괴롭히지 마세요."

그러나 나의 부탁이 어떻게 되었는지는 그후 확인할 길이 없었다.

이렇게 영국 정부의 호의로 영국을 다녀온 후 나는 다시 서독에서 바쁜 일정에 파묻혔다. 당시 한국에서 대학까지 마치고 서독에 와 광부 생활을 하는 분들이 많았는데, 저녁에는 이분들과 만나 조국의 민주화에 대해 토론하는 일이 가장 보람있었다. 물론 그 자리에는 간호사로 건너온 젊은 여성들도 많았다. 이런 분들 중에는 현지에서 신학공부를 하고 조국의 민주화 운동을 교포들과 함께 돕고 성원했던 분들이 있었다. 지금 경동교회에서 시무하고 계신 박종화 목사님이 바로 그런 분이었고 광주교구에서 사목하시는 장용주 신부님도 그런 분이었다. 그분들은 교민들 앞에 서서 꿋꿋하게 민주화운동을 지도하셨고 김대중 선생을 위해 남몰래 고생하신 분들이다. 독일에 있는 동안 나는 이분들로부터 과분한 사랑과 많은 도움을 받았다. 그때 나는 이분들에게 조국에서 가져간 김대중 선생의 선물, 예의 그 팔각과반을 드렸는데, 그분들은 좋은 기념품이라고 하며 아주 기쁜 마음으로 받아 주었다.

그런데 그때 누구라고 하면 다 알 만한 우리나라 교계의 지도자가 그곳에 왔다. 그래서 나는 그 선물을 그분에게도 드렸다.

"먼 유럽에서 뵙게 되어 반갑습니다. 조국에 돌아가시면 우리 선생님을 위해 애써주십시오. 이건 우리 총재님의 선물인데 요긴한 데 써 주십시오. 이곳 바이제커 대통령께도 외무성을 통해 드린 선물입니다."

그러나 그분은 내가 준 과반 보자기를 풀다가 그 보자기에 새겨진 선생님의 휘호를 힐끗 보고는 마치 못 볼 것을 본 것처럼 고개를 돌렸다. 보자기에 쓰여진 문구는 당시 총재님께서 즐겨 쓰시던 '행동하는 양심'이라는 것이었다. 우리나라의 종교계에서 지도자로 자처하던 분이 왜 행동하는 양심이라는 말에 그처럼 놀랐는지 알 길이 없다. 그분은 자리를 떠나면서 내가 드린 선물을 놓고 갔다. 그 당시 나는 교포들 집을 방문하게 될 때 과반을 다 드릴 수가 없어서 선생님의 휘호가 쓰여진 보자기만 전할 때도 있었다. 그러면 교포들은 그 보자기를 아주 소중하게 간직하고 여유가 있는 분들은 단정하게 표구를 해서 거실 복판에 걸어 놓기도 하였다. 그러나 정작 지도층에 있다는 분들은 후환이 두려워서였는지 선생님 성함이 새겨진 기념품을 애써 외면했다. 정말 그때는 그런 시절이었다.

그때 마침《동아일보》에서 정론을 펼치던 박권상 선생이 영국에 오셨다는 소식을 들었다. 나는 반가운 마음에 선생께 근황도 알리고 이런저런 문제를 자문받기 위해 편지를 썼다. 선생께서도 반갑게 답장을 주었다. 그런데 역시 선생께서는 경험이 많은 어른답게 나에게 좋은 충고도 해 주셨다.

'한 동지가 그곳에서 우리 교민들을 만나고 격려해 주는 것은 좋지만 그곳 사람 중에는 수상한 사람도 있으니 사람을 만날 때는 각별히 주의하시오' 라는 내용이었다. 사실 독일에서는 1967년에 이른바 '동백림사건' 이 터져 수많은 유학생들과 예술인 그리고 교수들이 본국으로 연행되어 곤욕을 치른 일이 있었다. 그래서 만약 일이 잘못되면 나도 용공시비에 휘말리게 되고 동교동에 누를 끼칠 수도 있었기에 매사에 조심하고 현지 교포들을 만날 때는 당시 현지에 있던 사촌동생에게 상대편의 신분을 확인한 후 만났다.

또 독일에서는 동독과 서독이 서서히 통일을 준비하며 서로 교류하는 모습도 볼 수 있었다. 서독 사람들은 동독의 텔레비전 프로그램을 자유롭게 시청하고 원하는 사람들은 지하철을 타고 동독으로 업무 여행을 다녀오기도 한다. 또 동독의 근로자들은 서베를린의 미군 초소를 거쳐 서베를린으로 출근을 하기도 한다. 서베를린에서 동독을 거쳐 서독으로 나오는 고속도로는 서독 정부에서 돈을 대고 동독측에서 건설한 것이다. 그리고 도로 관리는 동독이 맡고 있다. 서베를린 사람들이 마음 놓고 마시는 수돗물의 수원지는 동독 깊숙한 계곡에 위치해 있으며, 서베를린 사람들이 매일 농산물센터에서 아침마다 싱싱하게 받아먹는 채소들은 그날그날 동독 농가에서 실어 오는 것들이다. 또 서베를린의 사무실과 아파트 단지에서 나오는 엄청난 쓰레기들은 동독의 쓰레기처리장으로 향한다. 서독 정부에서는 서독측 쓰레기 청소업자들이 치울 수 있는 금액의 몇 배를 주고 일부러 동독측에 그 일들을 맡기고 있는 것이다. 말하자면 동독측에 적당한 명분을 주고 체면 깎이지 않도록 해 주면서 통일 비용을 서서히 치르고 있는 셈이었다.

이처럼 서독과 동독은 베를린에 주둔하고 있는 미국, 소련, 프랑스와 같은 전후 승전국들의 눈치에도 아랑곳하지 않고 자기들끼리 돕기 연습을 하고 있었다. 나는 그런 동서독간의 눈물겨운 통일 준비 과정을 지켜보면서 한없이 부러웠고, 또 우리는 왜 그럴 수 없는가 하는 안타까움을 금할 길이 없었다.

세 가지의 나쁜 소식

영국에서 돌아오자 연말이 되고 대학가는 긴 방학으로 들어갔다. 특히 거리는 크리스마스를 준비하며 온통 축제기분에 들떠 있었다. 겨울 방학 동안 한국에서도 학교에 가지 않을 아내를 부르기로 하였다.

사랑하는 사람들끼리는 맛있는 음식을 먹을 때, 기가 막힌 경치 앞에 서 있을 때 상대편을 생각하기 마련이다. 이런 때 이곳에 그 사람이 있으면 얼마나 좋았을까……. 특히 그녀는 나와 결혼한 이후 휴가 한 번, 놀이 한 번 제대로 가보지 못했다. 변변한 옷도 사 준 일이 없고 맛있는 음식을 내 손으로 사 준 일도 없는 듯하다. 그녀는 끊임없이 계속되는 옥바라지와 감시받고 미행당하는 나의 보호를 위해 온갖 궂은일을 감당해 왔다.

교포들이 나를 초청하여 과분한 음식상을 내 줄 때, 수저를 들면서 종종 목이 막혔다. 교사 생활을 하며 노상 종종거리면서 먹을 것도 제대로 챙겨 먹지 못하는 그녀를 생각했기 때문이다. 하이델베르그의 웅장한 대학 건물이나 베를린 필하모니 본부의 석조 계단을 오르면서 그녀를 생각했다. 파리의 오르세 같은 인상파 미술관이나 몽마르트르 언덕을 오르면서 그녀를 생각했다. 미술 교사를 하는 그 사람이 나와 함께 이곳에 와서 이런 것들을 본다면 학생들 앞에 설 때 얼마나 신나게 가르칠 수 있을 것인가. 특히 로마의 유적지를 둘러 보고 바티칸 대성당을 방문할 때는 정말 그녀의 생각이 간절했다. 그래서 진작부터 초청장을 보내고 그녀가 오기만을 기다렸다.

그러나 겨울 방학이 시작되고 '언제 오느냐' 고 전화로 채근을 하자 그녀가 힘없는 목소리로 대답했다.

"나 못 가요. 비자는 고사하고 신원조회도 떨어지지 않았어요. 외무부 여권과에서는 내 서류가 어디쯤 있는지도 모른대요."

나중에 안 일이지만 누군가가 아내의 신원조회 서류를 빼돌려서 아내의 비자 수속은 원천적으로 봉쇄당하였다. 조정에 미운 털이 박히면 삼족을 위해하던 왕조 시대도 아닌데 남편이 미움받는 야당지도자의 보좌역이라는 이유 하나 때문에 내 아내는 독일 쪽에서 보내 준 초청장의 혜택도 받지 못했다.

일은 거기에서 그친 게 아니었다. 그해 3월이 되고 새 학기가 되자 아내는 난데없이 집에서 버스를 세 번씩이나 갈아타는 변두리 학교로 전근 발령을 받았다. 공립학교 교사의 전근 발령은 보통 4년 만에 한 번씩 나게 되어 있다. 그 전근의 원칙도 우선 집에서 통근하기 편리해야 하고 학군이 좋은 데서 근무했다면 그 옆 학군으로 수평 이동하는 것이 상식적인 일의 순서였다. 그런데 아내의 경우는 전근된 지 2년 만에 느닷없이 발령이 난 것이고 그것도 아무 연고가 없는 경기도 접경 지역으로 내쫓았다. 모 기관이 앞장서서 벌인 일이었는데 발령 내용을 알게 된 교장선생님이 교육구청에 달려가 강력히 항의를 했다. "아무리 야당 정치인의 부인이라고 하지만 이런 식의 인사 발령은 더 큰 부작용을 불러올 수 있다"고 설득했다고 한다.

그래서 아내는 가까스로 의정부 쪽 변두리 행을 면했지만 역시 집과는 너무 먼 곳으로 발령이 나고 말았다. 아내가 전근 준비를 할 때 교감선생님은 집에까지 찾아와 위로를 해 주었고 교장선생님은 자신의 차에 아내의 짐을 싣고 새 학교로 날라 주었다. 그리고 새 학교 교장선생님께 점심을 사면서 아내의 처지를 완곡하게 설명하였다. 이런 모든 내용을 아내는 전화로 전하면서 무엇보다 버스를 세 번씩이나 갈아타는 일이 가장 고통스럽다고 호소했다. 그리고 이번 기회에 학교를 그만두고 싶다고까지 말했다. 겨울 방학 때에는 유럽에 오지 못해 둘이서 안타까움을 나누었는데 봄이 되어서는 아내가 그렇게까지도 좋아하는 교직을 그만둘까 말까 하는 심각한 문제로까지 번진 것이다. 나는 지치고 힘들어서 포기하려고 하는 아내를 전화로 달래야 했다.

"내가 돌아가면 택시비는 댈 테니까, 우선 택시를 타고 다니시오. 어떻게 해서든지 교직은 지켜야지. 그만두면 어떻게 해……. 난 알고 있어요. 당신이 얼마나 교단에 서는 일을 사랑하고 자랑스럽게 생각하고 있는지. 우리 아이들이 다 클 때까지만이라도 당신이 교단을 지키는 게

210

좋겠소.”

　사실 나는 아이들에게 어머니가 선생님이라는 사실이 얼마나 소중한 일인가 하는 것을 잘 알고 있었다. 아이들이 아버지가 하는 일을 완전히 이해하려면 좀더 시간이 지나야 할 것이다. 당시 큰아이는 중학교를 막 들어갔을 때였고 둘째아이는 초등학교 졸업반이었으니까…….

　1986년 2월이 되면서 언론에서는 또 한 가지 나쁜 소식을 전해 주었다. 한국의 야당 지도자 김대중 선생이 가택 연금을 당하고 동교동에는 외부인의 출입이 전면적으로 금지되었으며, 김대중 선생의 자택 전화까지 불통이라는 내용이 연일 보도되었다.

　나는 독일의 숙소에서 동교동 선생 댁으로 전화를 넣어 보았다. 보도대로 불통이었다. 나는 즉시 행동에 나서 독일의 정치 지도자들, 영국에서 만났던 정치 지도자들, 이탈리아, 오스트리아, 스웨덴의 정치 지도자들, 외무성 관리, 보도진들에게 도움을 청했다. 내가 접촉한 의원들이나 정치 지도자들, 그리고 외무성 관리나 기자들은 나에게 성의있게 전화를 걸어주었고 어떻게 도와주면 되겠냐고 물어왔다. 나는 첫째로 김대중 선생의 연금이 풀리도록 국제 사회의 지도자들이 관심을 표명해 줄 것을 요구하였고, 둘째로는 한국의 민주화 일정을 앞당기기 위한 국제적 · 외교적 노력이 집중되도록 간곡히 요청을 하였다.

　미국과도 하루가 멀다 하고 연락을 취하였다. 미국에는 김 선생의 망명시절에 자연스럽게 결성된 한국인권문제연구소가 있었다. 그 연구소에는 이근팔 선생, 심기섭 씨, 정동채 씨 등이 있었고 영어에 능통한 이

영작 박사가 기획력을 발휘하고 있었다. 연구소에서도 사태를 정확히 알고 있었고 다각도로 노력하고 있는 모습이 손에 잡힐 듯이 느껴졌다.

지성이면 감천이었을까. 우리가 해외에서 일사불란하게 노력하고 힘을 쓰고 있을 때, 2월 하순이 되어 김대중 선생의 연금이 풀렸다는 소식이 독일 텔레비전을 통해 전해졌다. 나는 바로 전화통으로 달려가 동교동으로 전화를 했다. 긴 신호음이 울린 뒤 저쪽에서 걸쭉한 김옥두 씨의 목소리가 울려왔다.

"이제 겨우 풀렸소. 애들 썼어요. 여기는 다들 잘 계시니까 공부 제대로 하고 돌아오시오."

전화기를 놓고 자리에 앉자 긴장이 한꺼번에 풀리면서 갑자기 조국이 간절히 그리워졌다. 이제 조국으로 돌아가야 할 때가 되었다고 생각하였다. 다시 조국으로 돌아가 선생님을 모시고 동지들과 함께 어떤 탄압에도 굴하지 않고, 민주화 투쟁을 재개해야겠다는 다짐을 굳게 하였다.

이렇게 귀국을 서두르고 있을 때, 하늘이 무너지는 듯한 소식을 듣게 되었다. 아버지의 부음이었다.

아버지는 내가 독일에 오기 전부터 이미 병석에 계셨다. 열이 넘는 자식들을 뒤치다꺼리하시고, 추운 겨울 바다와 맞서 싸울 때에도 감기 한 번 걸리지 않으시던 분이었는데, 정작 내가 잦은 도피생활과 옥고에 시달리자 자리보전을 하셨다. 유난히 과묵하시고 기쁜 일이나 슬픈 일에 내색하지 않으셨으나 내가 독일로 떠나면서 큰절을 드리고 일어서자 내 손을 잡으며 나약한 말씀을 하셨다.

"내가 너를 다시 볼 수 있을지 모르겠다. 먼 타국이니 각별히 몸조심하거라."

그때는 당신이 편찮으신 것 때문에 심약해지신 것이라 생각하며 아버지의 쾌유를 믿고 먼 길을 떠난 것인데 당신의 예감이 적중한 것이다.

나는 하숙하던 교민댁에서 문을 안으로 걸어 잠그고, 이불을 뒤집어 쓴 채 방성대곡(放聲大哭)하였다. 태산 같았던 그 어른이 홀연히 가신 것도 슬펐지만, 무엇보다도 장자로서 돌이킬 수 없는 불효를 한 것이 괴롭고 송구스러웠다. 내가 살아온 일 자체를 후회하거나 내 신념에 충실했던 것에 대해 흔들려 본 일은 없지만, 아들에 대한 자부심이 유난히 강했던 그분에게 무엇인가를 보답해드리지 못한 점이 한없이 후회스러웠다.

아내에게 끼니를 거르며 모았던 여비 중 일부를 보내고 즉시 귀국할 뜻을 전하자 바다와 대륙을 건너 떨어져 있던 아내는 내 마음을 손거울처럼 들여다보며 이렇게 말했다.

"너무 자책하지 마세요. 우리가 돌아가신 어른께 효도하는 길이 무엇이겠어요? 당신이 지금 가는 민주화의 길을 꿋꿋이 가고, 이 땅에 민주화의 꽃을 피우는 일 아니겠어요. 오시는 길에 빠뜨리는 일 없이 다 보고, 선생님을 위해 더 많이 보고, 더 큰 꿈을 가다듬어 가지고 오세요. 뒷일은 제가 맡겠습니다."

내가 세상에 태어나 가장 크게 울어본 일이 있다면 아마 그때 독일 하숙방에서였을 것이다. 아버지에 대한 죄스러움, 자식 노릇을 하지 못하는 자신에 대한 죄책감과 통한이 함께 얽혀 통곡이 된 것이다.

그후 나는 울지 않았다. 운다는 것이 오히려 사치스럽고 때로는 남에게 보이거나 의지하고자 하는 감정의 일탈(逸脫) 행위 같았기 때문이다.

지난 1997년 정권교체가 이루어지던 날, 경남 지역을 책임지고 있었던 나는 창원의 개표소를 돌며 밤을 지샜다. 단 한 표라도 지키기 위해서였다. 밤이 깊어가면서 승리가 확실해지자 많은 동지들이 내 손목을 붙잡고 감격의 눈물을 흘렸다. 그러나 나는 그때까지 오히려 얼떨떨하기만 했다.

다음날 아침, 동지들과 작별하고 서울행 비행기에 앉아 창밖을 보다 참을 수 없는 격정에 쌓이게 되었다. 그 동안 누르고 참아서 영원히 메말라 버렸을 것 같았던 내 누선이 봇물처럼 터지면서 견딜 수 없었다. 창 쪽으로 고개를 돌린 채 옷깃이 흥건히 젖도록 하염없이 울고 또 울었다.

내 생애 중에 앞에서 말한 두 번의 통곡 외에 또 어떤 눈물이 있을지는 나도 모르는 일이다.

귀국길에서도 할 일이 많았다

1986년에 들어서자 국내 상황은 급박하게 전개되기 시작하였다. 야당인 신한민주당에서 2월부터 적극적인 개헌 운동을 시작하고 직선제 개헌을 위한 1,000만 명 서명운동에 들어갔다. 학원계에서는 서울대학교 인문대를 중심으로 이른바 민민투(반제반파쇼민족민주투쟁위원회)와 같은 단체가 결성되고 공안 당국은 이런 것을 구실로 아예 야당 활동까지 강력하게 억제하기 시작하였다. 이렇게 되자, 민추협의 공동 의장이었던 김대중 선생은 학생들에게 과격한 행동을 자제하도록 호소하고, 정치는 정치인들에게 맡겨달라고 강조하였다. 이런 국내 상황을 보면서 나는 귀국을 서둘렀다.

내가 귀국한다고 하자 나를 초청한 에큐메니컬 본부에서는 독일 사람답게 나에게 지급하기로 한 장학금의 잔액을 정확히 계산하여 내주었다. 그 동안 나를 음양으로 도와 주었던 알브레히트 박사는 나의 귀국 인사를 받으면서 '돌아가 선생님을 잘 보필하고 국제적인 연대가 필요하면 언제든지 연락해 달라' 고 하시면서 격려해 주었다.

그런데 막상 귀국하려고 하니까 나오기도 힘든데 볼 것은 보고 가야 하는 게 아닌가 하는 생각…… 말하자면 떡 본 김에 제사는 지내고 가야겠다는 오기가 발동하였다. 그래서 우선 캐나다로 향하였다.

캐나다에는 정철기 동지가 있었다. 정철기 동지는 1971년 대선 때 나와 함께 선생님을 도와 고생을 했을 뿐만 아니라 내가 낭인 시절 때 자신의 사촌 여동생을 소개해 준 분이었다. 1972년 10월 유신 이후 박정희 정권이 철권 정치를 강화하면서 선생님 근처에 있던 사람들의 공민권까지 빼앗기 시작하자 정 동지는 조국을 떠날 생각을 하게 되었다. 그때 마침 가까운 분으로부터 캐나다에서 간호사로 일하던 참한 경상도 처녀를 소개받아 결혼을 하게 되었고, 결혼 후 곧 캐나다로 떠났다.

그렇게 해서 캐나다에 정착한 정 동지는 그곳에 가서도 조국에 대한 사랑과 민주화에 대한 열정을 버리지 못해 《민중일보》라는 한글판 신문을 창간하였다. 당시 《민중일보》는 미주 지역에서 가장 정확하게 조국의 민주화 운동에 관한 소식을 전했다. 억압당하고 있던 민주 인사들의 인권 문제를 제기하였으며 정론지로 평판을 얻고 있었다.

이렇게 정 동지가 캐나다에서 활동하고 있었기 때문에, 아내는 내가 감옥에 가 있을 때마다 아이들이 아빠 어디 갔냐고 물으면 궁한 김에 "응, 아빠는 훌륭한 사람이 되기 위해 유학 가셨어. 외삼촌 계신 캐나다 있지? 거기에 가신 거야." 뭐 이렇게 대답했던 모양이었다. 물론 그 아이들도 나중에는 내가 캐나다가 아닌 감옥 속에 있다는 것을 알게 되었지만, 나는 그때 아내가 주문처럼 외웠던 캐나다를 실제로 가 보고 아내가 아이들에게 진 거짓말 빚을 아내 대신 갚고 싶었다.

1986년 4월 3일 프랑크푸르트에서 루프트한자 항공편을 이용하여 캐나다 토론토로 갔다. 공항에는 정철기 동지(그때는 이미 나의 처남이 되었지만)가 나와 있었다. 실로 15년 만의 만남이었다.

그러나 캐나다에서의 생활도 마냥 자유로운 것은 아니었다. 서독 대사를 지내고 우리 군에 태권도를 보급했던 최홍희 장군이 70년대 초 캐나다로 망명하고 북한을 자주 다녔기 때문에 캐나다에는 북한을 다녀온 교포들이 상당수 있었다. 그래서 북한을 다녀온 교포들과 잘못 만났다가는 구설수에 오를 수도 있었기 때문이었다. 따라서 나는 캐나다에 있는 동안 정철기 동지가 안내해 준 교포들만 만나고 주로 현지 언론인들과 만나면서 김대중 선생의 공민권 회복과 한국 정치의 민주화에 대한 얘기만을 나누었다.

캐나다의 언론인들과 지식인들은 한국의 정치상황에 대해 소상히 알고 있었다. 캐나다에서는 60년대에 한국에서 재야 활동을 하고 박정희 대통령의 삼선 개헌에 끝까지 반대했던 신학자 장공 김재준 선생이 활발한 목회 활동을 하셨고 내가 갔을 때는 그분의 사위인 이상철 목사가 우리 교민 사회의 지도자로 활동하고 있었다. 그래서 나는 캐나다에 있는 동안 이상철 목사와 자주 만나 조국의 민주화 운동 방향에 대해 토론하였다. 그리고 나는 김대중 선생의 보좌역으로 그분들에게 김대중 총재가 미국에 망명을 하고 있을 때 캐나다 교민들이 보여 준 성원에 대해 감사하는 것을 잊지 않았다.

사실 김대중 선생이 80년대 초 미국에 망명하고 있을 때 캐나다 교포들은 미국 내에 있던 교포들에 못지않게 김대중 총재를 성원하였다. 그때 김대중 총재는 미국 국경을 벗어날 수 없다는 신분상의 제약을 받고 있었다. 따라서 김 총재는 그의 연설을 듣고자 하는 캐나다 교민들을 위해 나이아가라 강의 최상류 지역의 국경도시인 버팔로까지 갔고, 캐나다 쪽에서는 교민들이 스무 대 이상의 버스에 나눠 타고 국경을 넘어 버팔로까지 달려왔다. 그때 버팔로대학 교정에 모인 캐나다 교민의 수는 이천 명이 넘었다. 그렇게 캐나다 교민들에게 한국의 민주화 운동을 성원하도록 하고 그 민주화의 상징인 김대중 선생을 돕도록 애쓴 분이 바로 이상철 목사였으며, 그런 민주화 운동의 실무를 담당했던 사람이 정철기 동지였다. 내가 그곳에 갔을 때는 유신시절 젊은 성공회 신부로서 반체제 운동에 앞장섰던 이재정 신부도 그곳에 와서 유학을 하고 있었다. 그래서 캐나다에 있는 동안 조국을 사랑하는 현지 유학생들과도 많은 대화를 나눌 수 있었다.

물론 틈이 나는 대로 관광도 하였다. 그 유명한 나이아가라 폭포도 구경하고 세계에서 제일 높은 인공 구조물이라고 불리는 CN 타워에도 올라가 보았다.

그런 가운데 캐나다에서 가장 유력한 신문인 《글로브 앤드 메일》 지가 나를 인터뷰하고 한국의 인권 상황에 대해 큰 지면을 할애해 주었다. 그리고 캐나다의 CBC 방송사에서는 아침 시간대에 나와 생방송으로 대담을 하자고 제의해 왔다.

4월 11일 아침에는 눈이 하얗게 내렸다. 차량 운행이 어려운 상태인데도 불구하고 방송사에서는 아침 일찍 차를 보내 주었다. 스튜디오에 들어서자 새벽부터 나온 스태프들이 모든 준비를 마치고 곧바로 생방송으로 들어갔다.

그날 방송의 타이틀은 '한국의 민주주의' 였다. 사회자는 먼저 현재와 같은 상황에서 한국의 직선제 개헌이 가능한 것인가를 묻고, 다음으로는 김대중 선생이 사면 복권을 거쳐 다시 정치적으로 부활할 수 있는가를 물었다. 나는 이에 대해 현재 민주화에 대한 열망이 수위를 넘길 만큼 최고조에 달했기 때문에 머지 않아 직선제는 이루어질 것이라고 힘주어 말하면서 이미 전두환 대통령이 직선제 개헌을 시사했다는 점을 강조하였다. 그리고 김대중 선생에 대해서는 그분을 사면 복권시키지 않고는 한국의 민주화가 회복될 수 없다는 것을 설명하고 김대중 선생이 머지 않아 사면 복권되어 한국 국민들에게 희망과 비전을 전해줄 것이라고 답변하였다. 통역이 없어서 다소 어려움이 있었지만 나는 최선을 다해 영어로 생방송 대담을 마쳤다.

귀국길에 미국 워싱턴에 있는 '한국인권문제연구소' 를 방문하였다. 그 연구소는 김대중 선생이 미국에 망명해 계실 때 세워진 사단법인체이다. 나는 미국에 있는 동안 이 연구소를 중심으로 40여 일 간 유익하고 다양한 활동을 할 수 있었다.

연구소의 주선으로 디 콘시니 상원의원, 존 케리 상원의원 등을 만나고 한국의 인권 상황을 위해 애써 온 그곳의 유력한 변호사들과 국무성 한국과(韓國課) 사람들을 부지런히 만났다. 그리고 틈이 나는 대로《뉴욕 타임스》,《뉴스 위크》,《타임스》,《볼티모어 썬》,《로스앤젤레스 타임스》 등의 기자와 논설위원들을 만나 한국의 정치 상황에 대해 솔직하고 간곡한 대화를 나누었다.

그리고 일본에도 잠깐 들러 2박 3일 간 주마간산(走馬看山) 격으로 도쿄 부근을 둘러본 후 서울행 비행기에 몸을 실었다.

이렇게 해서 1985년 9월 6일에 떠났다가 1986년 5월 23일에 돌아온 9개월 간의 내 생애 첫 외유는 끝난 셈인데 그 끝은 깔끔한 것이 아니었다.

다시 그 지하실로

도쿄에서 서울로 올 때 나는 일부러 낮에 도착하는 비행기를 탔다. 김포공항에서 아무래도 쉽게 가족을 만날 수 없을 것 같은 예감 때문이었다. 내가 끌려가더라도 낮시간이면 누군가가 나를 볼 수 있을 것이다. 공항에는 아내와 김옥두 씨, 김홍일 씨 등이 나와 있었고, 우리 아이들도 선물을 사 가지고 올 아빠를 기다리고 있었던 모양이다.

김포공항에 도착하여 입국 수속을 마치고 짐을 찾아 싣고 돌아서는데 건장한 남자가 막아섰다. 그는 짐차를 낚아채고 성큼성큼 앞서 걸었다. 나는 긴 말 하지 않고 그 사내 뒤를 따라갔다. 일반 승객들이 사용하지 않는 옆문을 통해 공항을 나서자 검은 자동차가 기다리고 있었다. 그들은 좌우에서 나를 누르며 뒷좌석에 태웠다. 차는 올림픽대로를 따라 빠르게 달렸다. 사내들은 내 목을 눌러 오랜만에 보는 서울 풍경도 보지 못하게 하고 내가 어디쯤 가고 있는지도 모르게 하였다. 육중한 철문이 열리고 지하로 끌려 내려갔다. 그곳은 1980년 5월에 잡혀 들어가 무려 60여 일 동안 곤욕을 치른 바로 그곳이었다.

지하실에 들어서자 그들은 내 옷을 벗겨 주머니 속까지 뒤지고 구두와 양말 속까지 검사했다. 그들은 내 몸에 특별히 숨겨진 것이 없자 내가 가지고 온 물건을 세밀하게 검사하면서 물품 목록을 작성하였다. 그러나 그들의 태도는 80년 때와는 달리 정중한 편이었다. 당시만 해도 안기부에서 민주인사들을 고문한다는 소문이 국내외에 퍼져 있던 때라 해외에 연고를 가지고 있는 나를 애써 신중하게 다루는 눈치였다.

그러나 밤잠을 재우지 않으면서 조사를 하는 관행은 여전했다. 내가 해외에 있는 동안 일거수일투족을 조사해 왔기 때문에 조사관들은 해외에서 보내 온 내 해외 활동 일지를 대조해 가면서 나의 진술이 맞는지 안 맞는지를 체크해 가고 있었다.

그런데 그들이 나에게 집중적으로 추궁하는 내용은 베를린 자유대학의 알브레히트 교수와 어떤 대화를 했고 그분을 통해서 어떤 활동을 펼쳤는가 하는 것이었고, 캐나다 토론토에서 만났던 이상철 목사와 어떤 일을 도모했는지가 주된 것이었다. 그들은 나를 심문하면서 알브레히트 교수가 친공산주의자이고 이상철 목사는 친북한 인사라고 단정지었다. 지금 생각하면 쓴웃음만 나올 일이다. 알브레히트 교수는 사민당의 정식 당원이고 사민당은 널리 알려진 대로 독일 통일에 앞장 선 진보적인 정당일 뿐 용공과는 거리가 먼 정당이 아닌가. 그들의 논리대로라면 동방정책을 펴며 통일독일의 기초를 다진 사민당의 당수 빌리 브란트야말로 대표적인 용공분자인 셈이다.

어쨌든 알브레히트 교수의 용공점이 드러나지 않자 이번에는 내가 그분에게 주고 그분이 한국 관련 교재로 썼던 유인물을 문제삼았다. 그 유인물은 김대중 선생이 미국에서 망명할 때 작성된 한국 민주화에 관한 여러 가지 청사진이었다. 그리고 캐나다에서 교계 지도자로 계신 이상철 목사에 대한 용의점도 허무맹랑하기 짝이 없는 것이었다. 한국 신학대학을 세운 김재준 목사의 사위가 어찌 친북인사가 될 수 있단 말인가. 문제가 있다면 김재준 목사나 이상철 목사가 일관되게 반독재 활동을 하고 억압 통치에 대한 신학적 · 양심적 저항을 했다는 점일 것이다. 이상철 목사는 80년대 후반에 캐나다 교민들의 신망과 캐나다 교계의 추대에 의해 캐나다 교회의 총책임자인 감독에 임명되었고, 그런 사실은 아시아인으로서는 최초였으며 한국인의 영예를 드높인 일이었다. 이글을 쓰는 순간까지 이상철 목사는 캐나다 교계의 원로로 존경받고 있고 최근까지 고국에 여러 차례 다녀가기도 했다.

내가 김포공항에서 연행당한 사실이 언론에 알려지고 외신에도 전해졌다. 그러자 워싱턴D.C에서는 교민들이 연 3일 간 국무성 앞에서 데모를 벌이고 국내에서는 당시 김종완 의원이 이끌던 '민주헌정연구회'에서 나의 석방을 요구하는 성명서를 발표하였다.

일이 이렇게 되자 조사하던 사람들은 일주일 만에 나를 풀어 주었다. 내 생애 최초로 떠났던 외유의 뒤풀이가 이 정도로 끝난 것은 다행이었지만, 그때 갓 중학교에 입학한 신입생과 초등학교 졸업반이었던 아이들이 선물을 사 가지고 온다던 아버지를 공항에서 세 시간 이상 기다리다 놓치고, 일주일 후에 텁수룩한 모습으로 집에서 만난 일을 어떻게 기억하고 있는지 지금까지 궁금할 뿐이다.

제4장
화합으로 하나 되어 다시 만나리

늦깍이와 5년 연속 국감 스타

1988년 노태우 정권이 출범하고 그해 4월 26일 제13대 총선이 있었다. 나는 당시 야당이었던 평화민주당의 신안군 지구당 위원장으로 임명되었고, 곧 다가올 선거의 공천도 받게 되었다.

사람이란 정말 이상한 존재여서 그 순간에만은 지난 시간까지 겪었던 모든 고난과 시름을 한꺼번에 잊을 수 있었고, 궤도를 향해 솟아오르는 위성처럼 엄청난 추진력만이 느껴졌다. 20년이 넘는 낭인 생활, 세 차례의 옥고, 견디기 힘들었던 가난, 부모님조차 찾아뵐 수 없었던 지난날의 모든 아픔이 정말 봄바람에 녹는 잔설처럼 보잘것없어 보였다.

선거구인 신안군의 바다 면적은 충청북도 넓이와 비슷하다. 4월 7일, 목포 극장에서 창당 대회를 마치고 뱃길로 연결되는 선거구로 곧장 달려갔다. 평소에는 배에만 오르면 멀미를 하던 나였지만 어쩐 일로 멀미도 없이 기운이 넘치기만 했다. 밤낮없이 동분서주 선거구민들과 악수를 나누었다. 주민들은 오랫동안 집을 나간 집안 식구가 돌아온 것처럼 내 손을 따뜻하게 잡아주었고, 나이 드신 분들은 내가 겪은 지난날들의 사연을 헤아려 주시며 눈시울까지 붉혔다.

지난 1967년 6월 8일 총선거 때 김대중 의원의 선거를 돕기 위해 정치에 입문한 후 21년째가 되어 김대중 총재의 야당 후보로 고향땅을 밟게 된 일을 감사히 생각하며 정말 기쁜 마음으로 하루하루를 보냈다. 그런데 입후보 등록 마감일인 13일이 지나고 4월 14일이 되자 방송과 신문에서 한화갑 후보의 자격에 문제가 있다는 보도가 나오기 시작하였다. 나는 그 전에 사면 복권이 되었기 때문에 전혀 문제될 것이 없다고 확신하고 계속해서 섬을 돌며 유세에 몰입하였다. 그런데 들려오는 얘기들이 점차 구체성을 띠고 심각하게 일이 돌아갔다.

내막을 알아보았더니, 내 후보 자격에 대한 사항을 거론하고 나온 쪽은 선관위가 아니라 검찰 쪽이라는 것이었다. 다분히 의도적이었고 야당을 탄압하기 위한 덫이 숨겨져 있다는 생각을 하게 되었다. 내가 치른 세 번의 옥고 중에서 첫 번째의 것, 즉 '서울대 병원 세배 사건'이 사면 복권되지 않았다는 것이다. 6 · 29 선언 이후 민주화의 물결을 타고 1987년 7월 10일 모든 정치범에 대한 일괄 사면 복권이 있었다. 그래서 그해 12월 대선에서 모든 정치인들이 자유롭게 출마한 전례가 있었다. 그런데 뒤늦게 나에 대해서만은 후보 자격 문제를 검찰이 세밀히 조사하고 중앙선관위에 통보해 줌으로써 문제가 생긴 것이다. 더욱 알 수 없는 일은 후보 등록을 하기 위해서 세 차례나 신원증명서를 발급받았는데, 그 어느 곳에서도 하자가 발견되지 않다가 뒤늦게 이런 문제가 불거진 사실이다. 결국 나는 유세 도중 나 대신 한겨레당으로 입후보했던 박형오 후보를 밀기로 하고 일단 날개를 접을 수밖에 없었다. 이런 와중에서 4월 15일, 김대중 총재가 나를 응원하기 위해 현지에 왔다. 유세장으로 가는 차 안에서 나의 결심을 말씀드리자 총재께서는 아무 말씀도 없이 창밖만 쳐다보셨다.

얼마 후 나는 모든 것은 나중에 따지기로 하고 박형오 후보를 돕기 위해 섬을 돌기 시작하였다. 주민들은 후보 자격을 상실한 내 손을 잡으며 안타까워하고, 또 눈물을 흘려주었다. 이 때 나와 함께 전국구 후보로 등록되었던 김옥두 후보 역시 자격을 박탈당하였다. 5공화국이 끝나고 보통 사람의 시대를 열겠다고 하던 노태우 정권하에서도 이런 일이 있었다. 결국 나는 13대에서는 원내 진출에 실패하고, 14대 국회에서 50대 초중반의 나이로 등원을 하게 되었다. 그러나 늦깍이로 국회의원이 된 만큼 나는 더욱 정열적으로 의정 활동을 펼쳤다. 그야말로 만학도가 불혹을 넘기고 대학에 들어가듯 그렇게 힘들고 어렵게 의사당에 들어왔으므로 일각의 시간도 헛되이 보낼 수 없었다.

나는 마치 백 미터 선수가 바로 눈앞에 보이는 결승점을 향해 최고의 힘으로 질주하듯 그렇게 달렸다. 그 때 상임위는 낙후된 지역 발전을 염두에 두면서 교통 체신 위원회(그후 '교통위', '건설교통위' 등으로 바뀌었음)를 선택했는데 관련 자료를 밤새워 찾고, 대안을 세우고 자주 질문을 해서 같은 상임위 소속 의원들이 시샘할 정도로 맹활약을 했다.

그 결과 1992년에는 초선의원으로서 언론이 뽑은 '7인의 국감 스타'

에 들어갔고, 그 다음해인 1993년에는 월간 《신동아》에서 전체 국회의원 중 '장래성'으로는 9위, 종합 성적으로는 4위에 오른 의원으로 평가했고, 《동아일보》, 《중앙일보》에서는 국감 스타로 선정하였다. 1994년에는 MBC TV에서 상임위 활동 1위, 《중앙일보》 상임위 활동 1위, 《한국일보》와 《일요서울》에서는 국감 스타로 뽑아 주었다. 1995년에는 《시사저널》, 《한겨레21》, 《주간한국》 등에서 상임위 1위. 《일요서울》, 《경향신문》 등에서 국감 스타. 1996년에는 MBC TV, 《조선일보》, 《문화일보》 등에서 상임위 1위. 《중앙일보》에서는 국감 스타로 선정되었다.

이상과 같은 내용을 종합해 보면, 나는 1992년부터 1996년까지 5년 연속 국감 스타가 된 셈이고 상임위 활동이 최상위권에 속하는 의원이었다. 그 다음해인 1997년에는 새정치국민회의 교통문제 특별위원회 위원장이 되면서 대선을 준비하였고, 경남 지역 책임자가 되어 현장을 누비면서 김대중 총재가 반세기 만에 정권 교체를 이룩하고 국민의 정부를 세우는 데 일조하였다. 국민의 정부 출범 후에는 집권 여당의 원내총무가 되어 국정을 책임지는 여당으로서 야당과 정책을 조율하였고, 그 후 총재특보단장을 거쳐 사무총장이 되어서는 여당의 살림을 꾸려가는 일을 맡았다.

이렇게 당과 운명을 같이하다 최고위원 경선에 나서게 되었는데 당시 대의원들의 투표에 의한 경선 결과 나는 영광스럽게도 최고 득표를 하였다. 이런 당원, 대의원들의 성원에 힘입어 당내 대통령 경선에 나서게 되었던 것이다.

이렇게 정신없이 달려온 정치역정 중에서도 나는 늘 공부하고 연구하는 자세로 최선을 다했다고 자부하고 있다. 1998년 10월에는 원내총무로 있으면서 정치 발전에 기여하고 연구하는 의원으로서 그 성실성을 인정받아 한양대학교로부터 겸임교수에 위촉되었다. 그리고 그해에는 내가 놀랍게도 '98년 도서관 이용 국회의원 1위'로 선정되었다. 내가 여의도와 지역구를 오가며 땀흘리고 집권 여당의 운영을 위해 애쓰는 내용을 주목하였던 한남대학교에서는 1999년 그 대학 최초의 명예정치학 박사 학위를 나에게 수여하였다.

나는 국회 건설교통위에서 활동하며 문민정부의 신공항 토지 수용 특혜 의혹을 제기하였다. 그리고 전국 공항 활주로에 대한 정밀 안전 점검이 필요하다는 점도 강조하였고, 전세계를 누비는 항공기 조종사들의 과중한 업무량에 대해서도 특별한 관심을 갖게 되었다. 결국 이런 과정을 통해 나는 항공 분야에 빠지게 되었는데, 결론은 우선 나부터 배우고 알아야겠다는 것이었다. 그래서 밤에는 항공대학교에 나가 공부를 하였다. 그런 주경야독의 노력 끝에 지난 1997년에는 한국항공대학교 항공산업대학원 항공교통학과(석사)를 졸업하게 되었다. 그후 나는 바쁜 정치 일정 때문에 학구적인 생활은 미루었고, 항공대학교에서는 항공교통에 대한 나의 일관된 정책 입안과 그 수행 능력을 평가하여 2001년 명예이학박사를 수여하였다.

또한 나는 영광스럽게도 국제사회에서도 몇 개의 중요한 명예박사 또는 명예교수직을 수여받았다. 즉 1999년에 중국 사회과학원 명예교수직을 받았고, 2000년에는 중국 요녕대학교 명예 경제학 박사를 받았다. 특히 중국 사회과학원 명예교수는 주로 국가원수급에 수여하는 것인데, 한국 정치인 중 김대중 대통령이 제1호였고, 제2호가 바로 나였다고 한다.

2001년에는 러시아 극동기술대학교의 명예교수직을 받았고, 유명한 프랑스 국제대학원의 명예교수직을 받기에 이르렀는데, 프랑스 국제대학원 명예교수 제1호는 프랑스 4공화국 대통령에게 수여되었고, 그 뒤 아무에게도 수여되지 않다가 제2호가 나에게 수여되었다는 것이다. 나로서는 과분한 영광이다.

그 동안의 나의 의정 활동을 종합해 본다면, 나는 초·재선 때는 상임위 활동에 치중하여 국감 스타 반열에 올랐으나 정권 교체 이후에는 큰 정치에 치중하느라 상임위 활동이 다소 부진했다. 내가 당과 정치의 중심에 서게 된 뒤부터는 사정이 많이 달라졌다. 가령 초선이나 재선 때에는 떼를 써서라도 활동하고 싶은 상임위를 얻어낼 수 있지만 중진이 되거나 당을 이끌고 나갈 위치에 있게 되면 다른 의원들이 기피하거나 가기 어려워하는 상임위를 맡아야 한다. 그래서 1998년 이후에는 내가 맡았던 상임위를 헤아리기조차 어렵게 되었다. 내가 그 동안 속했던 상임위를 열거해 본다면 과학기술위, 정보위, 국방위, 통일외교통상위, 정무위, 산자위, 행정자치위 등이다. 지금은 통일외교통상위에 속해 있는데 아무튼 지난 5년 동안 이렇게 많은 위원회에 속하다 보니 국감 스타가 되거나 상임위 활동이 돋보이는 의원이 되기는 힘들게 되었다.

이런 점에서 내가 최근 수년 동안 상임위 활동에서 열심히 하지 못한 기록이 나온다면 어쩔 수 없는 일일 것이다. 언제나 진인사(盡人事)하고 대천명(待天命)한다면 부끄러울 것이 없을 테니까……

바둑과의 인연

정치를 하다 보면 분에 넘치는 직책을 맡기도 하고, 사회단체나 봉사 단체와 인연을 맺게도 된다. 지난 2000년부터 나는 엉뚱하게도 재단법 인 한국기원의 총재직을 맡고 있다. 그럼 내 바둑 실력이 정말 아마추 어 몇 단이라도 된다는 것일까? 천만의 말씀! 안타깝게도 내 바둑 실력 은 후하게 쳐도 5급 정도밖에 안 된다. 그럼에도 불구하고 한국기원에 속하는 전문 기사들은 내가 한국기원의 발전에 기여할 수 있다고 생각 해서였는지 나를 한국기원의 총재로 추대해 주었다. 분에 넘치는 영광 이고 내 어깨로 감당하기 어려운 짐이 아닐 수 없다.

잘 아시다시피 우리 한국 바둑은 아시아 최고이며 세계 최상급이다. 인구의 3분의 1 이상이 바둑인이라고 하는 일본 바둑계를 제패하고 돌 아온 이들도 우리 한국 기사들이고, 우리에게 바둑을 전해 주었다고 하는 본바닥 중국 바둑을 거뜬히 누르는 이들도 바로 우리 기사들이다. 조치훈, 조훈현, 서봉수, 유창혁, 이창호 같은 인물들은 바둑계를 뛰어넘어 세계에 알려진 이름들이다. 이런 세계적 바둑 명사들과 함께 나는 앞으로 바둑을 태권도나 양궁, 사격처럼 스포츠화하고 올림픽에도 참여할 수 있도록 노력해 나갈 것이다. 그 첫 번째 목표는 오는 2008년에 베이징에서 열리는 올림픽에 아시아인들이 다 함께 좋아하는 바둑을 시범종목으로 채택하는 것이다. 이것은 바로 천만 한국 바둑인들의 열망이고 전세계 바둑 애호가들의 바람이기도 하다.

바둑은 정말 깊고 오묘한 맛을 가지고 있다. 오죽했으면 깊은 산 속 높은 바위 위에 하늘에서 내려온 신선들이 두고 갔다는 바둑의 흔적, 바둑판이 새겨져 있을까. 또 옛날 선비들은 명산의 호연지기를 즐기면서 평평한 거암(巨岩)을 만나게 되면, 아예 거기에다가 장인을 시켜 바둑판을 만들어 놓고 신선처럼 앉아 바둑 삼매경에 빠졌다. 아마 이런 것을 두고 신선놀음에 도끼자루 썩는 줄 모른다고 했는지도 모른다.

역사에도 나오듯이 바둑은 국운을 좌우하기도 하였다. 널리 알려진 얘기지만 고구려와 백제가 첨예하게 맞서고 있을 때, 고구려측에서는 백제의 개로왕(蓋鹵王)이 바둑을 유난히 즐긴다는 사실을 알아낸 후 바둑에 능한 승려 도림(道琳)을 밀파하였다. 그가 고구려의 첩자인 것을 까맣게 모르는 개로왕은 바둑을 귀신처럼 잘 두는 그에게 빠져 날마다 바둑을 두면서 그와 국가 기밀에 관한 사항까지 상의하고 총애하게 되었다. 도림은 바로 그 점을 이용하여 백제의 기밀을 빼내면서 개로왕으로 하여금 백제의 국력에 맞지 않는 대형 토목공사를 일으키게 하고,

그 일로 인해 백제의 국력이 소진케 하여, 그 틈을 타 고구려 군사들이 폭풍처럼 들이닥치도록 하였다. 이 일로 개로왕은 한수(한강) 근처에 있던 백제의 수도를 475년 고구려 장수왕에게 빼앗기고 몽진(蒙塵) 중 안타깝게 숨지게 된다.

이 일이야말로 역사에 나오는 바둑비사 중 가장 비참한 사건이고, 한 편으로는 바둑의 흡인력과 그 파급 효과가 얼마나 큰가를 역설적으로 나타내 주는 내용이다. 여인이 아름다우면 '경국지색(傾國之色)'이라고 표현하듯이 바둑이야말로 '경국지기(傾國之技)'이며, 그것이 국제 무대에 나가 경기로 승화되면 그 어떤 경기보다 재미와 멋을 한꺼번에 주면서 국가간의 지적 능력이나 기량을 겨루며 상승시킬 수 있는 미래형 경기가 될 수 있을 것이다. 바둑은 말할 수 없는 끈기와 지혜로 상대 편과 겨루면서 요즘 흔히 말하는 IQ와 EQ를 총망라해야 하고, 또 엄청난 체력을 바탕으로 하는 종합 경기이기 때문이다.

젊었을 적에는 나도 바둑에 심취하였다. 당시 고려대학교에 다니던 강경식(전 국회의원, 현 민주당 부산진구 위원장) 군과 시간 가는 줄도 모르고 대국을 하였는데, 이른바 '아다리'를 부르지 않고 대마를 들어내다가 바둑을 다 끝내지도 못하고 논쟁에 빠졌다. 그때 어느 편에서 아다리 없이 대마를 잡았는가는 기억에 없지만, 어쨌든 우리는 이 일이 옳으냐, 틀리냐를 가리다가 끝내는 우리 바둑을 총관장하는 한국기원으로 달려갔다. 그리고 거기서 바둑을 지도하던 고수에게 이 일의 유권해석을 청했더니 그분은 허허 웃으시며 이런 내용의 말씀을 해 주신 기억이 난다.

"바둑은 말없이 두는 수기(手技)이지, 떠들면서 두는 천박한 게임이 아니야. 그런 의미에서 아다리는 굳이 부를 필요는 없지만, 상대편이 불쾌하게 알리지 않고 대마를 들어냈다면 그 또한 도에 어긋난 일이지."

그야말로 이쪽도 옳고, 저쪽도 옳다는 황희 정승식 판단을 내려 우리는 무승부로 돌아왔다. 여하튼 그후 공무를 수행하는 분들이 집무실 근처에서 공무를 제쳐놓고 바둑에 빠지는 것을 보면서 나는 바둑을 자제하기도 하였다. 그러던 내가 때늦게 바둑에 빠진 적이 있었는데, 그것은 큰아이 우진이 때문이었다.

그 아이가 초등학교에 들어가기 전, 나는 아마 심심해서 양지바른 마루에 앉아 행마법 정도는 가르쳤을 것이고 호구치는 법이나 꽃패놀이로 시간끌기 정도를 가르쳤을 법하다. 그러나 자상하지 못한 내가 그 아이와 길게 앉아 바둑을 전수한 일은 없다. 그런데 이상하게도 그 아이는 초등학교 다닐 때부터 바둑에 관한 이런저런 서적을 구해 읽기도 하고, 저 혼자 바둑판을 놓고 유명한 기사들의 기보를 독습하기도 하였다. 그러다가 학교에서 유난히 늦게 오던 날 제 엄마가 왜 그렇게 늦었냐고 다그쳤더니 이렇게 대답했다.

"선생님께서 한 수만 두고 가라고 하시길래, 얼결에 제가 이겼더니 잡혀서 이렇게 됐어요."

그후 나는 시간이 나면 그 아이와 바둑판을 사이에 두고 일전을 벌이기도 했는데, 생각지도 못하는 묘수가 나오고 몇 수 앞을 내다보는 아이의 실력 때문에 도무지 이길 수가 없었다. 아들이 나보다 고수라는 점은 일단 기분 좋은 일이지만 승부를 놓고 겨룬 끝에 검은 돌을 던지면서 일어서는 내 마음이 썩 유쾌하지 못했던 것도 사실이다. 이런 큰아들과의 바둑 승부가 결국 내가 늦은 나이에 바둑과 가까워진 동기이고, 바둑 동호회는 물론 전문 기사들과 친해지는 계기가 되었다.

이런 인연들과 바둑에 얽힌 기쁨들이 한데 어우러져 내가 젊었을 적 유권해석을 받기 위해 달려갔던 그 한국기원의 총재직까지 맡게 되었다.

사람이나 일과의 인연은 참으로 오묘하고 깊은 것이다.

이제 호남선에는 비가 내리지 않는다

내가 서울에서 대학을 다닐 때 고향 가는 열차를 타면 정말 빨리 가야 열두 시간이었다. 서울에서 저녁때 열차를 타고 밤새도록 시달리다 목포역에 닿으면 희부연 아침 안개가 맞아주었다. 기차는 언제나 느리고 또 만원이었다. 그래서 호남선 열차를 타면 앉아 가는 일이 그나마 호강이었고 열 시간이 넘는 시간을 서서 견디는 일도 허다했다.

당시만 해도 호남선은 단선이어서 달리는 철로 위로 다른 열차가 올라오면 가까운 역으로 들어가 그 열차가 지나갈 때까지 하염없이 기다리며 홍익회원들이 파는 오징어나 땅콩, 삶은 달걀들을 축내야 했다.

이런 분위기 때문인지 호남선을 묘사하는 대중가요의 노랫말은 한결같이 구슬프고, 호남선이야말로 실연한 연인, 헤어진 남녀, 도시에서 밀려나 시름에 잠긴 사람들이 창가에 기대어 가는 구슬픈 완행열차로 그려지고 있다.

요즘 젊은이들도 즐겨 부르는 김수희 씨의 '남행열차' 가사는 독자 여러분들도 잘 아실 것이다.

'비 내리는 호남선 남행열차에 흔들리는 차창 너머로 / 빗물도 흐르고 내 눈물도 흐르고 잃어버린 첫사랑도 흐르네 /

비 내리는 호남선 마지막 열차 기적소리 슬피 우는데 / 빗물이 흐르고 내 눈물도 흐르고 잃어버린 첫사랑도 흐르네…….'

왜 첫사랑을 잃어버린 사람이 하필이면 호남선 남행열차를 타는지 그 이유도 알 수 없는 일이거니와 왜 거기에 빗물까지 흐르고 있는지 더더욱 모를 일이다. 기적소리도 슬피 울고 볼 위로는 내 눈물까지 흘러내린다.

우리 또래 사람들이 즐겨 부르던 그 옛날 노래 '대전 부르스'도 분위기는 비슷하다.

'잘 있거라 나는 간다 이별의 말도 없이 / 떠나가는 새벽 열차 대전발 영시 오십분 / 세상은 잠이 들어 고요한 이 밤 / 나만이 소리치며 울 줄이야 / 아 아 붙잡아도 뿌리치는 목포행 완행열차…….'

이 노래는 곡도 구슬프지만 새벽 0시 50분에 대전에서 출발하는 그 심야의 풍경도 을씨년스럽고, 역시 목포로 떠나는 그 완행열차에는 나만이 소리치며 울어야 하는 그 억울한 사람이 타고 있다. 만인이 즐겨 부르는 대중가요……. 시대상을 반영하며 대중의 정서를 가장 현실적으로 묘사하고 있는 대중가요 속에서도 호남선은 언제나 완행열차이며 자정을 넘겨 새벽에 출발하고 그 열차에는 혼자서 소리치며 우는 피해자가 타고 있는 것이다. 정말 호남선은 완행이고 그 열차에는 언제나 비가 내리는 것일까…….

2001년 12월 21일에 서해안 고속도로가 완공되었다. 서해안을 타고 남으로 내려가던 그 공사가 마지막으로 군산과 무안 사이에서 멈췄었는데 그날 깨끗하게 공사를 마무리짓고 대역사는 끝났다. 이 공사의 완공으로 인해 말 그대로 우리나라의 서해안 시대는 활짝 열리게 되었고 서해안 고속도로를 타고 달리는 운전자들의 가슴속처럼 우리나라 서해안 일대의 체증이 확 뚫리게 되었다. 그날 무안군에서는 새로 들어설 전남 도청의 기공식도 함께 있었다. 도청 기공식이 거행되던 무안군 벌판 너머에서는 오는 2003년에 완공될 무안국제공항의 공사도 한창 진행되고 있었다.

호남선은 이미 복선화공사가 마무리되어 이제는 호남선을 달리는 열차가 마주 오는 열차를 피하기 위해 간이역에 들어가 맥없이 쉬는 일도 없어졌다. 특급열차들이 고속으로 질주하고 아름다운 서해안의 낙조를 바라보며 도시 사람들이 멋과 예술의 고장인 호남을 향해 마음껏 달릴 수 있게 되었다.

앞으로 무안국제공항이 완공되면 태평양 쪽에서 날아오는 뉴욕발,

LA발 국제여객기가 곧장 무안공항에 내리게 되고 도쿄나 오사카에서 출발한 관광객들도 아주 단시간 내에 무안국제공항에 내려 그때쯤이면 무비자로 공항출구를 나서게 될 것이다. 뿐만 아니라 북경이나 상하이에서 출발한 중국의 단체관광객들도 무안공항을 통하여 서해안 관광을 하게 될 것이다.

이제 더 이상 호남선 열차에는 비가 내리지 않을 것이고 눈물에 젖은 사람들이 탄식을 하며 타지도 않을 것이다. 미래를 약속하는 젊은이들이 그 특급열차에 타게 될 것이고 우리나라의 남도 바다를 마음껏 완상할 세계의 관광객들이 국제선을 타고 날아 올 것이다.

과거 우리 무안군은 관광객들이 그곳의 특산품이 무엇인지도 모르는 이름없는 고장이었으며, 신안군은 그냥 섬이 많고 찾아가기 힘든 바닷속의 오지쯤으로 여겨져 왔다. 뱃길이 가 닿기도 어려워 왕조시대 때부터 귀양지로만 활용되고 최근에 들어서까지도 도시의 관광객들은 신안군의 그 많은 섬들 중에서 겨우 흑산도나 홍도 등을 기억할 뿐이었다.

그러나 이제 숨겨졌던 바닷속의 오지 신안군이 미래의 관광지로 빛을 발하기 시작하였다. 하루에도 수천 명의 외국 관광객을 거뜬히 실어올 수 있는 무안국제공항을 배후기지로 삼고, 통일이 되고 나면 신의주, 평양, 원산, 함흥의 관광객들까지 단숨에 실어올 수 있는 서해안고속도로를 발판으로 삼아 800개가 넘는 신안군의 유인도·무인도가 세계적 해상 관광지로 변모하게 될 것이다.

신안군은 미국이 자랑하는 태평양 중심지의 사이판이나 괌 같은 도서 관광 지역보다 훨씬 넓고, 세계적인 해상관광지 하와이나 인근 도서보다 규모가 몇 배가 크다. 뉴질랜드 인근에서 가장 빼어난 해상휴양지로 불리는 피지군도보다도 규모가 크고 경관이 수려하다. 세계인들이 모두 알고 있는 인도네시아의 발리해상공원보다 수역이 넓고 발전 가능성도 크다. 그리스와 에게 해 일대에는 세계인들이 찾아가는 키클라데스 제도와 크레타 섬이 있다. 내가 알기로는 신안군이 그런 섬들보다 더 아름답고 개발 가능성이 많으며 먹거리나 볼거리면에서 한수 위이다.

2002년 초 독일의 세계적 다국적기업인 지멘스 사의 해외개발 담당자들이 신안군을 찾아왔다. 그리고 투자규모 4억 달러에 달하는 풍력발전소 개발에 대한 양해각서를 체결하였다. 일이 순조롭게 진행되면 2002년 4월까지 타당성 조사와 부지 선정작업을 끝내고 우리나라에서 가장 큰 풍력발전소를 신안군 임자도 부근에서부터 건설하기 시작할 것이다. 1차적으로 지멘스 사는 2004년 말까지 풍력발전기 66기를 설치해서 우선 시간당 10만kW의 전력을 생산하고, 연차적으로 발전소를 증설해서 나머지 20만kW도 채워나갈 것이다.

그런데 이 풍력발전소의 계획에서 우리가 주목할 점은 발전소 지붕 위로 굴뚝이 올라가고 연료를 태우는 연기가 나지 않는다는 점이다. 흐르는 강물이나 바닷물을 막고 낙차를 이용해서 요란하게 발전을 하는 것도 아니다. 네덜란드의 풍차가 돌아가듯 신안군 섬 일대의 해송 사이에서 옛날 비행기의 프로펠러 같은 날개가 돌아가며 소리없이 전력이 생산된다는 것이다. 이런 멋진 날개들이야말로 신안군의 또 다른 관광

거리가 될 것이다.

이미 신안군에서는 섬과 섬을 잇는 다리들을 건설중인데 그 다리 역시 그냥 다리가 아니라 앞으로 관광물로 활용할 수 있는 여러 가지 모양의 해상다리를 짓고 있고 또 구상중에 있다. 샌프란시스코의 금문교형 다리도 세워질 것이고 마카오와 타이파섬을 연결하는 아름다운 곡선형 다리도 놓여지게 될 것이다. 현재 신안군은 전세계에서 가장 아름다운 다리모양을 연구하고 관찰하면서 신안군 섬 사이에 세계 다리 박물관을 건설해 나갈 예정이다.

흑산도같이 활주로를 만들 수 있는 넓은 섬에는 경비행기가 뜨고 내릴 수 있는 관광비행장도 만들고 다양한 해상공원과 국제위락 지역을 조성해 나갈 것이다. 물론 아름다운 경관과 우리나라에서 가장 섬이 많고 그 동안 사람의 발길이 뜸했던 천연의 멋을 해치지 않는 범위 내에서.

일찍이 신안군 출신으로 세계적인 화가가 된 김환기 화백은 수많은 점과 점을 화폭에 펼쳐 놓으며 그 추상화의 제목을 '어디서 무엇이 되어 다시 만나랴'로 붙였다. 나는 그분의 '점 그림'을 바라보면서 자의적인 해석을 해 보았다. 그분이 화폭 위에 수없이 올려놓은 푸른 점과 붉은 점은 그가 어려서부터 보아온 푸른 바다와 바다 위에 떠 있던 신안 앞바다의 섬들이 아닐까……. 그러면서 나는 우리 신안의 섬들이 무엇이 되어 다시 만날까하고 생각하다가 언젠가는 세계 사람들이 와 보고 싶어하는 낭만과 꿈의 일번지가 될 것이며 세계의 바다 중에서 가장 아름다운 해상관광지가 될 것이라는 상상도 해 보았다.

우리 신안군이 우리나라 사람들에게 널리 알려진 것은 지난 70년대 중반 이후부터이다. 신안군 지도읍 방축리 도덕도 앞바다와 중도 일대에서 중국 송나라와 원나라시대의 수많은 청자와 백자들이 발굴되었기 때문이다.

그러나 이제 우리 신안 앞바다에서는 과거의 보물이 아니라 미래의 보물을 건져올릴 것이다. 그리고 그 신안의 섬들이 세계관광 지도 속에서 첫 번째로 꼽히는 해상의 보물이 되도록 우리 신안군민들과 함께 노력해 나갈 것이다.

흑산도 아가씨로부터 시작되는 상상력

　신안군 중에서도 흑산도는 홍도와 함께 특이한 느낌을 주는 섬이다. 서해가 본격적으로 시작되는 큰 바다에 고고하게 떨어져 있어서 그런지 왠지 그 섬들은 더더욱 외로워 보이고 신비롭게 느껴진다.

　그런데 먹성 좋은 사람들은 흑산도 하면 우선 그곳에서 나는 특산품 홍어를 생각할 것이다. 요즘에는 서울 사람들도 진짜 흑산도 홍어를 구하기가 어렵다는 것쯤은 다 알고 있다. 흑산도 홍어에 관한 재미있는 일화가 있다. 김대중 대통령께서 지난 1992년 대선에 실패하고 공부를 하기 위해 영국으로 가셨을 때이다. 우리 신안군 출신 법조인으로 총재 비서실장을 역임했던 조승형 변호사(헌법재판소 재판관 역임)가 총재님을 위로하기 위해 영국으로 가기로 하였다. 그분은 그곳으로 떠나면서 비록 먼 유럽의 본고장에 계시지만 고향의 맛을 잊지 않고 계실 총재님을 위해 흑산도 홍어를 사가기로 하였다.

그래서 목포에 들러 홍어 파는 어물전을 찾았다. 자신이 신안 출신이라는 것과 홍어식별에 일가견이 있다는 사실을 은근히 과시하면서 진짜를 달라고 말했다. 그랬더니 그 상인은 "암만요, 고향분인디 지가 속이겠서라우…… 이거 진짜 오리지날이어라우." 이러면서 창고 밑바닥에서 숨겨둔 홍어를 내주더라는 것이었다. 그래서 조 변호사는 그 입담을 믿고 두말없이 값을 치르고 돌아서려고 하는데 그 상인이 되묻더라는 것이었다. "도대체 어디에다 쓰려고 그렇게 소중하게 싸고 또 싸서 가지고 가는 것이오?" 그래서 조 변호사는 말을 할까 말까 하다가 결국 영국에 계신 총재님께 선물로 드리려고 한다는 얘기를 하고 말았다. 그랬더니 그 상인은 조 변호사의 팔을 잡고 손에 든 홍어를 잽싸게 낚아채더라는 것이었다.

"아따, 사정이 그렇다면 진작에 말씀을 하시지 않고……. 그건 서해바다 홍어지라우…… 홍어맛은 부자간에도 속인다고 안 했소. 좀 기다리시오. 진짜 흑산도 홍어를 드릴텡께."

이러면서 그 상인은 정말로 창고 바닥 쪽을 훑어서 딱 한 마리 남은 진짜 홍어를 들고 나오더라는 것이었다. 이 일화 한토막이야말로 흑산도 홍어에 얽힌 사정을 온전히 전해주는 내용일 것이다. 요즘에는 신안군 내에서도 진짜 홍어 먹어보기가 그야말로 하늘에 별따기이다. 따라서 나는 흑산도 문제를 좀더 다른 측면에서 풀어봤으면 한다. 흑산도에서는 홍어말고도 농어, 참돔, 줄돔, 혹돔, 우럭, 불볼락, 방어 등이 아직도 많이 나오고 있다. 앞으로 흑산도를 찾는 관광객들에게 우선은 이런 바닷고기로 배를 채우게 하고 흑산도를 떠나기 전날 밤 딱 한 차례만 진짜 홍어맛을 선보이면 흑산도의 아름다운 경치와 함께 영원히 잊지 못할 맛의 추억도 선사할 수 있을 것이다. 진짜가 적다면 성가(聲價)를 높여 값도 비싸게 받고 그 대신 희귀한 것에 대한 추억 역시 보물처럼 간직하게 하는 지혜가 필요하다.

흑산도에 가보신 분은 아시겠지만 그 바닷가의 돌들은 희한하게도 물속에서 영롱한 빛을 발한다. 특히 아침해가 솟아오를 때 햇살과 조화를 이루면서 얕은 바닷물 속에서 총천연색으로 빛나는 그 돌들은 형형색색의 보석과도 같다. 이런 돌들의 축제도 열어보고, 특히 여름 피서철에 관광객들이 전국에서 모이면 해상 가요제를 열어봤으면 한다.

지난 60년대 중반에, 이제는 우리 가요계의 국보적 존재가 된 이미자 씨가 '동백 아가씨' 와 '흑산도 아가씨' 라는 노래를 들고 나왔다. '동백 아가씨' 와 '흑산도 아가씨' 는 비슷한 발상에서 시작되었을 것이다. 왜냐하면 동백꽃도 우리 남도 해안가에서 흔히 피는 꽃이고, 해당화도 우리 신안군의 상징꽃이 될 만큼 두 꽃 다 바닷가와 섬을 상징하기 때문이다. 그런데 이 두 노래 중에서도 '흑산도 아가씨' 는 아주 구체적으로 우리 군의 지명을 거론하였기 때문에 그 의미가 크다.

'남몰래 서러운 세월은 가고 / 물결은 천번 만번 밀려드는데 / 못 견디게 그리운 아득한 저 육지를 / 바라보다 검게 타버린 검게 타버린 흑산도 아가씨.'

'한없이 외로운 달빛을 안고 / 흘러온 나그넨가 귀향살인가 / 애타도록 보고픈 머나먼 그 서울을 / 그리다가 검게 타버린 검게 타버린 흑산도 아가씨.'

왜 흑산도 아가씨가 서울을 그렇게 보고파 했고, 검게 타버릴 만큼 그리움에 몸부림쳤느냐 하는 것은 작사가만이 알 수 있을 것이다. 아마도 60년대는 농촌에서나 섬에서나 아가씨들이 도시를 향해 담봇짐을 싸고 이농현상이 극심할 때라 그런 분위기를 읊은 게 아닌가 싶다. 그러나 세월이 흘러 도시화를 이룩하고 난 현시점에서 아이러니컬하게도 이 노래는 아득한 향수를 불러 일으키고, 수평선 너머 큰 바다에 고고히 서 있는 흑산도야말로 우리 정서의 시발점처럼 아득하다는 점을 부각시켜 주고 있다.

이런저런 이유로 이미자 씨의 이 노래는 이제 한 시대를 기념하는 국민가요가 되었고, 지금 흑산도 옥섬 바닷가에는 흑산도 아가씨 노래비가 바다를 향해 서 있다. 이처럼 아름다운 바다 풍경과 해송이 어우러지는 절경 근처에 공연장을 만들고, 전국에서 모여든 피서객들이 우리 가요로 한판 겨루어 보는 해상 가요제를 펼쳐보면 어떨까.

세계적으로 유명한 오스트리아의 잘츠부르크 음악제(Salzburg Festival)는 중세의 고성인 호헨잘츠부르크 성에서 열린다. 이 성은 풍광이 아름다운 것으로도 유명하다고 하는데, 전혀 그렇지 않은 곳에서 열리는 음악제도 있다. 지금은 세계의 젊은이들이 모여서 록 페스티벌을 여는 미국의 우드스탁이라고 하는 곳은 뉴욕 주에 있는 황폐하고 보잘것없는 빈 농장이라고 한다. 따라서 흑산도 아가씨 노래비가 있고, 진짜 홍어가 있고, 해수욕장과 보석 같은 바닷돌이 숨겨져 있는 흑산도에서 해상 가요제를 연다면 더없이 멋스럽고 풍요로운 잔치가 될 것이다.

또 흑산도 가까이에는 우리나라 서해안에서 제일 멀리 떨어져 나간 외딴 섬 홍도가 있다. 홍도에도 아름다운 비경과 먹거리들도 많지만, 그 섬에서 관광상품으로 개발할 수 있는 것은 우리나라 섬 중에서 가장 화려하게 볼 수 있는 낙조(落照), 즉 수평선 전체를 불덩이로 지지듯이 장엄하게 펼쳐지는 일몰 풍경일 것이다. 해가 수평선 밑으로 가라앉을 때 홍도의 바닷가에 앉아 옆에 있는 친구나 연인의 얼굴을 마주 보면 두 사람 얼굴이 꽃처럼 불타오르고, 하늘도 바다도 황홀한 원색으로 물드는 몽환적인 분위기를 맛보게 된다.

관광지는 반드시 아름답거나 화려하다고 해서 만들어지는 것은 아니다. 요즘은 테마만 분명하면 사람들이 찾아가고, 그곳을 테마파크라고 불러 준다.

일제시대에 우리나라 농촌에서 일어났던 3대 소작쟁의가 있었다. 그 첫 번째 것이 우리 신안군 암태도에서 일어났던 1922년 소작쟁의이고, 두 번째 것이 1925년 황해도 재령 집안에서 일어났던 농장쟁의였으며, 세 번째 것이 1929년 평안북도 용천 지방에서 일어났던 농장쟁의이다. 그런데 우리 암태도의 소작쟁의는 시기적으로도 가장 빨랐고, 뭍에 붙어있는 농장이 아니라 육지에서 떨어진 섬, 그것도 아주 척박하고 농사 짓기 어려웠던 섬마을에서 일어났던 소작쟁의였으며, 그 성과도 가장 규모가 큰 것이었다. 우리나라 초대 대법원장이었던 김병로 변호사가 일제시대에 이 암태도의 소작쟁의를 위해 무료 변론을 맡았고, 1923년 8월 30일에 목포경찰서 서장실에서 암태도의 소작대표와 지주가 만나 7할씩 내던 소작료를 4할로 깎아내린 역사적인 그 약정서에 서명을 하였다.

이처럼 암태도는 우리나라 최초의 농민운동 진원지였고, 또 힘없고 약했던 농민들이 최초로 승리를 거두어들인 민중운동의 시발점이기도 하다. 이런 곳에 민주적 노동운동과 농민운동의 수련장을 만들어 보는 것도 하나의 방법이 될 것이고, 그런 수련장이나 역사적 장소들을 잘 다듬어 한국의 민중운동, 그리고 노동운동의 메카로 가꾸어 보는 것도 색다른 테마파크 조성의 예가 될 것이다.

아직까지는 푸른 서해 속에서 무한한 가능성만 회임한 채 꿈꾸듯 누워있는 신안의 섬들은 머지않아 만삭의 여인이 울음소리도 낭랑한 아기를 순산하듯 미래의 꿈들을 풀어낼 것이다.

넉넉한 무안의 땅에 미래의 주춧돌이 놓이고 있다

추풍령에서 뻗어 나온 노령산맥이 서해안을 향해 달리다가 무안반도에 이르러 산세를 급속히 낮추면서 신안 앞 바다와 마주 서있는 곳이 바로 전라남도 무안군이다. 예로부터 무엇이 많으면 '무진장 많다' 고 표현했는데 이 말은 농경시대에 무주, 진안, 장수 세 곳에서 언제나 쌀과 밭곡식이 풍부하게 나왔다는 데서 유래된 것이라고 한다. 그 말대로 무안은 아직 개간되지 않은 땅이고 현대 산업을 위한 인프라 역시 전혀 깔려 있지 않은 미개척의 지역이지만 그 가능성만은 무진장한 곳이다.

무안이라는 행정구역 명칭은 고려 때부터 내려온 것인데, 구한말인 1897년에 목포항구가 개항되면서 이 바닷가의 도시는 집 나가는 아이처럼 슬그머니 어머니품인 무안군을 떠나 독립을 하였다. 그리고 언제나 멀고 먼 수평선과 교감하던 신안군 역시 지난 1969년에 남도말로

'제금'을 났다, 즉 독립적인 살림을 차린 것이다. 이렇게 따져보면 무안군이야말로 어린 자식들을 품안에서 사랑으로 키우다가 적당히 독립할 때가 되면 아무 말 없이 놓아주는 어머니와 같이 무한히 넉넉한 터전인 것이다.

그런데 지난 총선 때부터는 인구가 부족한 신안군이 다시 무안군 쪽으로 통합되어 한 선거구를 이루었는데 이때도 무안군은 아무 말 없이 집 나갔다 돌아온 아들을 받아주듯 환영해 주었다. 현재 나의 지구당 사무소는 무안군에 자리잡고 있고 신안군 연락 사무소는 신안군 쪽으로 연락선이 출발하는 목포에 있다. 이런 나의 지구당 사무소나 연락 사무소의 위치가 말해주듯이 무안, 신안, 목포는 하나의 탯줄을 가진 형제처럼 가깝고 모자관계처럼 끊을 수 없는 인연을 가지고 있는 것이다.

그런데 지난 1993년 5월 김영삼 정부는 '5·18 민주화운동의 명예회복 차원'에서 전남도청 이전문제를 제기하였다. 전남도청이 광주가 아닌 전남에 위치해야 한다는 당위론과 더불어 1980년 5·18 당시 광주를 지킨 최후의 보루였기 때문에 그 상징성을 높이 사서 도청부지를 국가가 매입하고 기념관으로 조성하겠다는 내용이었다.

그리하여 도청 이전을 위한 최적지 선정 작업이 진행되었는데 전문가들의 의견이 모아진 곳이 바로 무안군이었다. 그런데 도청 이전의 최적지가 무안으로 확정되기 전에도 많은 논란이 있더니 확정된 후에도 그 논란이 그치지 않았다. 주로 전남 도의원들을 중심으로 백가쟁명(百家爭鳴)식의 논란이 일었는데, 요컨대 각자 자기 출신 지역이나 그 인근으로 도청이 와야 한다는 것이었다. 그런 와중에 불거진 논리가 시·도

통합론이었다. 물론 도청 이전문제와 관계없이 순수하게 시·도 통합론을 제기한 분들도 많다. 그러나 시·도 통합론은 도청 이전 문제로 촉발된 소지역갈등을 우회하는 묘수로서 제기된 측면이 더 많았다. 그러나 도에서 제기한 시·도 통합 주장에 대해 광주시가 반대를 하고 말았다. 왜냐하면 재정적으로 취약하고 재정자립도가 상대적으로 낮은 전라남도가 광주직할시와 통합하게 되면 시민의 재정적 부담이 문제가 되고 여러 가지 통합에 따른 부작용이 파생될 수 있기 때문이었다.

그래서 그때부터 전라남도 측에서는 시·도 통합을 단념하고 앞서 무안 땅에서 신안과 목포가 제금나듯이 광주로부터 무안으로의 도청 이전 작업을 진행하게 되었다. 그런데 2001년 11월에 서해안 고속도로가 개통되고 보니 무안을 도청 이전지로 정한 것이 탁월한 선택이었음이 입증되었다. 서해안 시대가 열리고, 중국과의 교류를 통해 국부를 도모하는 것이 국가적 과제로 대두하고 있는 상황에서 어차피 전남의 중심은 목포 항만 주변의 무안반도가 될 수밖에 없기 때문이다. 광주·전남의 발전 전략은 이미 개발된 광주권과 광양권에 목포권이 합류하여 황금의 삼각 균형을 이루어야 하는데 서해안 고속도로와 함께 무안에 도청과 국제공항이 들어서면 그런 균형이 이루어지게 되는 것이다.

2001년 12월 21일에는 도청 신청사 기공식이 거행되었고 12월 27일 국회에서는 일부 이전사업비 450억 원이 통과되었다. 물론 무안국제공항 공사 역시 차질없이 진행되고 있고 현재 공항 주변 지역 주민 이전 사업은 완료된 상태이며 건설사업비도 순조롭게 확보되어 무안국제공항이 서해안 시대를 열고 태평양과 대륙을 연결하는 허브공항으로 자리잡을 날도 머지 않다.

그런데 현재 광주에서는 아직도 도시의 공동화현상이나 급속한 상권의 위축을 우려하여 도청 이전을 반대하는 의견이 있는 것도 사실이다. 그러나 큰일을 이루는 데에는 언제나 긍정과 부정의 이론이 부딪힐 수 있고 상반된 여론이 있을 수 있다. 하지만 이미 충분한 전문적인 논의와 의견 수렴을 거친 후 결론이 났고, 착공까지 되어 일이 상당히 진행된 상태에서 자신의 논리만을 고집하는 것은 소모적인 분쟁이 될 것이다. 더욱이 이런 일이 진행되는 가운데 일부 반대자들이 도청 이전지역이나 신공항의 입지가 대통령의 출생지와 가깝다는 이유까지 들어가면서 의혹을 제기하는 것은 안타까운 일이 아닐 수 없다. 더욱이 도청 이전을 나나 김홍일 의원이 어거지로 밀어붙인 것처럼 매도하는 것은 근거없는 일이고 사실과 다른 것이다.

이 일이 시작된 시점은 앞에서 언급한 대로 문민정부 시대인 1993년이었다는 점을 다시 한번 상기해야 할 것이다. 국회에서 예산을 심의 배정한 의원들이 그 진행과정을 누구보다도 소상히 알고 있다. 그럼에도 불구하고 아무 근거없이 특정인을 매도하는 것은 지난 시대의 유습이 아니겠는가……

자기 지역으로 도청을 이전하고 싶은 마음은 인지상정이고 도청 이전으로 집값이 떨어지거나 상권의 손상을 입는 분들이 도청 이전에 반대하고 이의를 제기하는 것은 충분히 이해가 가는 일이다. 그러나 광주·전남 전체의 발전과 공익을 위해 충분한 논의 끝에 추진되고, 이미 기공식까지 마친 일에 대해 아직도 아전인수격의 논리만으로 반대하며 실력행사까지 하는 것은 민주 시민의 모습은 아닐 것이다. 그보다는 도청 이전으로 인해 초래될 광주의 손실을 다른 각도에서 보상받을 수 있는 현실적인 대안을 마련하는 것이 합리적인 접근 아니겠는가. 나는 호남에 뿌리를 둔 정치인으로서 그런 대안을 마련하고 추진하는 일에 최선의 노력을 다하고자 한다.

이제 우리는 작은 이해관계를 초월하여 광주 · 전남의 도약을 위해 새롭게 시작되는 무안벌의 대역사를 바라보면서 서로를 축하하고 격려하며 서로 잘 되도록 의연하게 협력을 아끼지 말아야 할 것이다. 새로 조성되는 도청터나 무안의 국제공항에서 이번에 개통된 서해안 고속도로나 국도를 이용하면 광주까지 40분, 목포까지 20분이면 족히 갈 수 있다. 이 길로 모든 분들이 빠르게 달리면서 서로의 발전과 번영을 위해 축하인사를 나눌 수 있기를 간절히 염원한다.

정체성과 맏아들

요즘 우리들은 '정체성(正體性)'이라는 말을 많이 쓰고 있고, 이 문제가 TV토론시 주제로 등장하기도 한다. 이 말을 쉽게 풀어보면 이런 얘기가 될 것이다.

미국에 유학 가서 영어를 유창하게 하는 사람들도 명절때가 되면 한국 유학생들끼리만 모이게 되고 김치찌개를 끓여 먹으며 한국에서 가져온 소주를 마시는 경우가 있다. 그때 외국 사람들이 눈치채지 못하게 문을 걸어 잠그고 끓여 먹는 김치찌개와 된장찌개의 맛 그리고 '카―' 하는 소리를 내며 소주잔을 돌리는 그 분위기는 아마도 한국적 정체성, 아이덴티티에 가깝다고 할 수 있을 것이다. 한국적인 것이 무엇이라고 꼭 집어서 말할 수는 없지만 외국 사람들이 보고 냄새를 맡으면 질겁을 하는 그 소주파티의 분위기…… 그것이야말로 한국인의 정체성에 가깝다고 볼 수 있다.

그렇다면 중국인들의 정체성은 어떤 것일까…… 세계 어디에 나가도 장사를 잘 하고 차이나타운을 만들고 음력 설날인 춘절(春節)에는 가게 문을 닫아 놓고 주인과 종업원이 마주앉아 마작을 하고 자기들끼리 중국어를 사용하고 이웃 중국인이 사업에 실패하면 슬그머니 돈을 빌려주는 것이 아마도 중국인의 정체성에 가깝지 않을까. 이런 중국인의 따듯하고 은근한 정체성 때문에 지난 60년대에 중국 대륙을 휩쓸었던 차갑고 삭막한 문화혁명은 실패했을 것이다. 이웃을 모함하고 반동이라고 몰아붙이고 시골로 내쫓고 죽이고 하는 것은 애당초 중국인의 정체성과 거리가 멀기 때문이다.

이런 문화혁명에 비해 등소평이 내건 개혁개방의 논리는 훨씬 중국인의 정체성과 가까운 것이었다. 어떤 외국 사람들과도 자연스럽게 장사를 하자, 어떤 외국 자본도 중국 경제의 발전에 도움이 된다면 받아들이자……. 이런 것이 등소평의 이론이었는데 이런 장사꾼적인 발상이야말로 전세계로 화교를 내보내고 있는 중국인들의 정체성과 맞아떨어졌기 때문에 그의 개혁개방정책은 성공할 수 있었던 것이다.

이런 의미에서 나는 정치에도 정체성이 있어야 된다고 보고 있고 각 정당에는 그 정당이 내걸고 있는 브랜드에 맞게 내실면에서도 정체성을 갖추고 있어야 된다고 생각한다. 그러나 우리나라의 정당들은 그 정체성이 모호한 편이다. 워낙 정치 세력들의 이합집산이 잦은 데다가 선거만을 겨냥한 포말정당들이 많다 보니 그럴 수밖에 없겠지만 오랜 역사와 전통을 가진 우리 민주당을 제외한 다른 정당에서는 이렇다 할 정체성을 찾아 보기가 어렵다는 느낌이다. 특히 보수를 지향한다는 어느 당은 그 구성원이 극좌에서 극우까지 너무나 큰 편차를 보이고 있어 과연 그들이 이념과 정강정책을 같이하는 당 동지들인가가 의문스럽기까지 하다.

보수 정당의 경우에는 좌와 우를 가르는 이념면에서 우익적인 이념을 강조해야 할 것이고 기득권을 보호하고 기존의 체제를 유지하는 강성이 데올로기를 갖추는 것이 정상적일 것이다. 여기에 비해 진보적인 정당의 경우에는 서민과 중산층을 지지기반으로 삼고 보수적인 이념보다는 진보적이고 진취적인 미래 지향적 가치를 추구해 나가야 마땅하다.

아마 미국의 경우에는 공화당이 보수정당 쪽일 것이고 민주당이 진보적 정당이라고 봐야 할 것이다. 이런 정당의 정체성은 그 정당에서 배출한 대통령의 통치행적에도 그대로 반영되었다. 미국 공화당을 창설한 링컨 대통령은 노예 해방이라는 대의명분을 위해 남북전쟁을 수행하였다. 이런 공화당의 정체성은 현대사회에서도 나타나 60년대의 닉슨 대통령이 월남전을 수행하였고 지난 90년대 초 지금의 부시 대통령 아버지인 조지 H. W 부시 대통령은 걸프전을 치렀다. 그리고 우리가 잘 아는 대로 현재의 부시 대통령은 테러 근절이라는 대의명분을 가지고 아프가니스탄 전쟁을 끝낸 상태이다.

이에 비해 민주당 출신 미국 대통령의 면면을 살펴보면 미국 민주당이 지향하는 정체성을 유추할 수 있다. 미국 현대 정치사에서 가장 위대한 이상을 추구했던 존 F. 케네디는 미국 앞마당을 위협하는 쿠바의 미사일 수입을 보면서 해안 봉쇄라는 강수를 썼지만 문제를 평화적으로 해결하였다. 또 카터 대통령은 독자적인 핵 개발까지 고려하고 있던 박정희 대통령을 찾아와 강력한 평화의 메시지를 전달하고 핵 개발 대신 한국 인권 상황에 대해 보다 깊은 우려를 표명하고 갔다. 그리고 같은 민주당 출신 클린턴 대통령은 임기 말에 평양을 방문하기 위해 자신의 국무장관이었던 올브라이트를 그곳에 보내기까지 했다. 이처럼 정당정치를 하는 나라에서는 정당의 정체성이야말로 내치나 외교·국방정책을 수행해 나가는 기본 철학이 되는 것이다.

그러면 내가 속해있는 새천년민주당의 정체성은 무엇인가 하는 것을 말하지 않을 수 없다. 우리 당이 가지고 있는 정체성은 민주화 운동 세력과 사회 양심 세력의 결집체라는 역사적 전통에 우선적으로 뿌리를 두고 있고, 민족주의와 평화 통일을 지향하는 미래적 가치관에 또 하나의 근거를 가지고 있다고 봐야 할 것이다.

우리 당의 중심에서 일하고 있는 중요한 분들은 대부분 지난 군사독재 시절 그 체제에 맞서며 싸웠던 사람들이다. 우리 당의 동지들은 우선 군사 독재주의라는 것은 자유로움과 창조적인 가치관을 추구하는 한국 민족의 정체성에 맞지 않는다고 생각하는 분들이다. 또한 남북 분단 상황을 악용하여 군부의 힘으로 주권재민(主權在民)의 대원칙을 짓밟고 국민의 인권을 억압하며, 경제 건설이라는 미명 아래 친일파에 뿌리를 둔 기득권 수구 세력의 이익 보호에 치우친 개발 독재 세력에 반대하고 저항하는 것이 양심을 가진 사람들의 의무라고 믿는 분들인 것이다.

그리고 우리 당의 동지들은 한국적인 가치관을 가장 높이 평가하고 들판에서 모내기를 끝낸 뒤에는 논둑에 둘러앉아 막걸리를 나누며 이웃과 두레 정신을 함께하는 가장 한국적인 감각의 소유자들이고 우리의 재래적 가치를 가장 오롯이 간직하는 좋은 의미의 민족주의자들이다. 과거 어느 지도자는 어떤 이념이나 우방도 민족에 우선할 수 없다는 좁은 의미의 민족주의를 내세워 논쟁을 불러일으키고 이념적 갈등을 야기한 일이 있다. 그러나 나는 우리 당이 지향하는 민족주의는 그렇게 편협하지 않은 민족주의이며 요즘 같은 지구촌 시대에서도 오히려 자신의 훌륭한 정체성을 주체적으로 지켜가는 좋은 의미의 민족주의, 넓은 뜻의 민족주의라고 말하고 싶다.

그리고 다른 무엇보다도 차별화되는 우리 당의 정체성은 평화 통일 지향적 가치관에 있다고 본다. 이런 가치관 때문에 김대중 대통령은 햇볕정책을 창안하고 추진하여 왔다. 비록 그 정책이 실행 과정에서 어려움을 겪어 왔다 하더라도 그 기조는 앞으로도 유지되어야 할 것이고 보완이나 창조적인 노력을 통해 더욱 발전시켜 나가야 할 것이다.

이런 의미에서 나보고 '리틀 DJ' 니 현재의 대통령과 '정치적 부자관계'라고 한다면 나는 그런 애칭과 별명을 기꺼이 받아들이고자 한다. 나의 정체성이 DJ와 일맥상통한다면 내가 지난 30년의 정치수업을 헛되이 받지 않았다고 해야 할 것이다. 나는 이 점을 영광스럽게 생각하고 이런 나의 정체성에 대해 자부심을 갖게 될 것이다.

흔히 정치가들은 자신의 유리함과 불리함에 따라 이른바 차별화를 시도하며, 그 과정에서 자신의 오늘날이 있게 해준 정치적 대부를 배신하고 소속된 당의 정체성까지도 자기에게 유리하도록 왜곡하기도 한다.

그러나 정치가의 기본 덕목은 자신의 정체성을 분명히 밝히고 그것이 유리하든 불리하든 정면으로 맞서면서 정도로 달려가는 일일 것이다.

　나는 지난 30년 동안 한 번도 당을 옮겨 본 일이 없고 내가 소속된 정치집단의 정체성을 떠나본 일이 없다. 따라서 나는 내가 지닌 정치적 정체성으로 인해 또다시 어려움을 겪어야 된다면 그것을 기꺼이 받아들일 것이다. 나는 지금까지 물을 마시면서 그 물의 근본을 잊어본 일이 없다. 대만의 장개석 기념관에 이런 글귀가 걸려 있다.

　'물을 마시되 그 근원을 잊지 말라, 음수사원(飮水思源)이라.'

화합의 뿌리에 대한 고찰

1811년(순조 11년)에는 우리나라 서북 지방의 민초들이 소외감과 짓눌림을 더 이상 참지 못하고 홍경래를 중심으로 봉기하였고, 1862년(철종 13년)에는 반도의 남쪽 끝 진주땅에서 순박한 농민들이 일제히 봉기하였다. 그 뜨거운 불길은 삼남을 태우다가 가까스로 진화되었다.

양반들이 손끝에 물 한 방울 묻히지 않고 호의호식하는 사이, 민중들은 탐관오리(貪官汚吏)들의 학정, 과중한 세금, 끊임없는 노동과 노역에 시달려야 했다. 그러기에 민중의 바다 속에서 끝없이 인내하며 엎드려 있던 민초들이 그 아픔과 고통을 견디다 못해 민란이나 농민 봉기라는 형태로 저항하였다. 그때마다 시대를 이끌고 가던 정치 엘리트들이나 식자들은 그런 목마른 민중들의 외침이나 피흘림에 대해 진지하게 고민하며 대응하지 않고, 그것을 언제나 폭도들의 반란이나 왕실을 위협하는 불순분자들의 난동으로 규정하여 물리력으로 탄압한 후, 민중의 불길이 잠시 사그러들면 가슴을 쓸어내리며 안도하는 것이 고작이었다. 그래서 그런 민중의 한과 불씨는 언제나 가슴에 응어리로 남아 있게 되었고, 민중의 바다 그 심해 근저에서 숨죽이며 때를 기다려 왔다.

1864년 대구, 왕조시대에 장군들이 서서 군사를 지휘하던 장대(將臺) 위에, 머리는 산발하고 목에는 큰 칼이 채워진 남자 하나가 올라오고 그의 머리 위에는 '혹세무민(惑世誣民)하는 죄인'이라는 죄명이 쓰여 있었다. 이윽고 망나니는 춤추고, 그의 목은 베어져 망대에 걸렸다. 관원들은 껄껄 웃으며 서 있는 군중들에게 이렇게 일갈하였다.

"이런 어리석은 사교의 우두머리를 따라다니면 너희들도 이렇게 될 것이다."

그러나 웬일인지 군중들은 흩어지지 않고 흐느끼며 수군거리기만 했다. 왜냐하면 그 날 순교한 이는 동학의 교조(敎祖)인 수운(水雲) 최제우(崔濟愚) 선생이었으며, 그는 교도들의 절대적인 추앙을 받는 훌륭한 인물이었기 때문이다. 아무 죄가 없는 교조의 순교는 그를 추앙하던 수많은 교도와 민중들의 가슴에 깊은 한을 남겼고, 그 한이 훗날 우리 근세사의 가장 큰 민중 봉기였던 동학혁명의 씨앗이 되었다.

동학은 경주를 중심으로 한 영남 지방에서 시작되었다. 그 교리의 핵심은 '사람이 곧 하늘'이라는 인내천(人乃天) 사상과 '민심이 곧 천심'이라는 민주적 인본주의(人本主義)였다. 또 우리가 살고 있는 금세(今世)에서 후천개벽(後天開闢)을 이룩해내자는 대단히 현실적이고 진취적인 이상도 아울러 갖추고 있었다. 동학은 2대 교주인 해월(海月) 최시형(崔時亨) 선생을 맞아 본격적인 자리를 잡게 되었다. 관원들의 박해가 심해지자 신도들은 태백산을 중심으로 경북과 강원도, 그리고 충북 지역에 단단한 포교의 바탕을 마련하였다. 이런 동학운동은 민족 종교라는 테두리를 벗어나 평등 사상과 이웃과 더불어 협동해 나가는 화합을 강조하였다. 뿐만 아니라 적서(嫡庶)의 차별, 반상(班常)의 차별을 뛰어넘고 남녀 평등의 이념을 실천에 옮겼을 뿐만 아니라 모든 생명을 존중하는 생명 존중 사상까지도 구현해 나갔다.

동학교도들은 자신들의 교조 최제우 선생이 혹세무민하고 나라를 소란스럽게 한 인물로 오해받아 순교당한 사실을 억울하게 생각하였다. 하지 않은 행위, 잘못되지 않은 일을 억울하게 심판한 조정에 정면으로 문제삼으면서 이른바 신원(伸寃)운동을 벌이게 된다. 이렇게 억울함을 호소하며 누명을 벗고자 하는 운동은 민권운동의 시발이고 민주화운동의 모태라고 할 수 있다. 이렇게 동학운동은 일찍부터 민주화의 이념을 구현하는 일과 억울함을 끝내 풀고자 하는 해원운동을 함께 벌여 왔다.

이런 자연 발생적 민주의식은 당시 수백 년 동안 내려온 왕조 체제에서는 상상할 수도 없었던 내용이었다. 뿐만 아니라 동학운동은 민족주의에 깊은 뿌리를 두며 공동체의식을 강조하였다. 결국 이런 운동의 가장 깊은 사상의 뿌리는 인간을 중요하게 여기는 인본주의와 인간과 인간을 하나로 묶는 '화합정신'이었다고 봐야 할 것이다. 그래서 1894년 갑오농민전쟁, 즉 동학농민운동을 맞게 된다. 이 동학운동은 오백 년 조선 왕조사에서 가장 큰 민중운동이었고, 민중이 역사의 지표면에 올라서는 전혀 새로운 민중사의 이정표가 되었다.

그후 동학운동은 전봉준의 처형으로 그 맥이 끊긴 것 같았지만, 3대 교주 의암(義菴) 손병희(孫秉熙) 선생에 의해 보다 현대적인 천도교로 개칭되고 좀더 넓은 개념의 민족 공동체를 지향하게 된다. 그리고 일제 시대에 들어 천도교를 중심으로 한 민중운동은 우리 민족도 단결할 수 있고, 자존심을 나타내며 세계사에 도전하는 주체가 될 수 있음을 천명 하였는데 바로 그것이 1919년에 일어난 3·1운동이라고 할 수 있다.

3·1운동을 피상적으로 관찰하면, 민족 대표 33인이 앞장서고 33인이 이끌고 있던 기독교, 천도교, 불교 세력이 주류를 이룬 독립운동이라고 할 수 있다. 그러나 그렇게 해석하리만큼 3·1운동의 성격이 단순하지 않다. 그 운동은 우선 규모면에서 전국적이었고, 참여의 열기가 목숨을 내놓을 만큼 뜨거웠으며, 남녀노소, 빈부귀천을 초월하는 거족적 행사 가 됨으로써, 그것은 하나의 민족적 축제였으며 민중의 바다가 마침내 뭍으로 올라와 온 땅을 적신 천지개벽과 비슷한 성격을 띠고 있다.

도대체 어떻게 해서 식민지가 된 지 9년이나 흐른 시점에서 그렇게 들불같이 뜨거운 민족 민중운동이 활활 타오르게 되었고, 심지어 만주 와 시베리아까지 영향을 미치고 북경의 대학생들까지 흔들어 깨울 수 있었을까…….

그 의문의 해답은 자명하다. 갑오농민혁명 때 다 태우지 못하고 민중 의 가슴에 묻혀졌던 불씨가 식민지의 울분과 한을 타고 다시 나타나 삽 시간에 뜨거운 불길로 변한 것이다. 태극기를 들고 거리에 나와 목청껏 만세를 외쳤던 민중들은, 피압박 민중들의 한과 설움을 살풀이하면서 그 한 너머 저쪽에서 빛나고 있는 해방과 독립, 그리고 민중 모두가 평등의 지평 위에서 골고루 나누며 사는 그런 해원상생(解冤相生)의 세계를 바라보고 있었을 것이다.

　그런데 그런 와중에서도 독립선언문의 공약 3장에 나타나는 생명 존중사상과 비폭력적 운동지침이 나타났다는 사실은 참으로 경이로운 일이다. 그것은 기독교 사상이 가르치는 생명 사상과 천도교에서 강조하는 인내천 사상뿐만 아니라, 불교에서 역설하고 있는 대자대비 사상이 하나로 융합되어, 심지어는 우리 민족을 침략하고 착취하는 일본인들까지도 용서하며 끌어안는 높은 차원의 포용력과 화합의 철학을 담고 있는 것이다. 우리 민족은 3·1운동을 통해 단순한 저항운동을 떠나 보다 높은 화합의 철학을 만천하에 보여주었다고 할 수 있다. 3·1정신이 얼마나 숭고하고 차원 높은 것이었는가는 3·1운동 후 일제가 문화 정책을 쓴 것을 보아도 알 수 있다. 일제는 3·1운동에서 표출된 우리 민족의 저력과 정신력에 놀라 강압정책을 포기했던 것이다.

　같은 해 5월, 중국에서 일어난 5·4운동은 중국의 대학생들이 길고 긴 중국 왕조의 낡은 체제와 봉건 잔재에 정면으로 대항한 운동이다. 이 5·4운동이 한국의 3·1운동에서 큰 영향을 받았다는 사실을 많은 학자들이 인정하고 있다. 따라서 3·1운동은 20세기에 일어난 지구촌의 민중 운동사에 기념비를 세웠으며, 그 텍스트를 제공한 정신사적 운동이었다.

　한반도에서 일어난 3·1운동은 그후 같은 식민지였던 인도에까지 영향을 미치게 된다. 실제로 3·1운동을 지켜본 영국 당국은 같은 1919년에 식민지의 반란을 진압하기 위해 롤래트 법을 제정하고 간디를 중심으로 한 인도의 독립운동을 철저하게 탄압하였다. 간디는 이러한 영국의 정책을 '빵을 구하는 사람에게 돌을 던지는 짓'이라고 비판하고 1920년 반영 불복종 운동을 선언했다. 그 사상은 브라마파르야(순결), 아힘사(살아있는 모든 것의 불살생, 박애), 사티아그라하(진리의 힘)의 3가지였는데, 이 사상 역시 한국의 3·1운동 때 운동의 원칙으로 쓰였던 독립선언문과 공약 3장에 나타난 정정당당함, 비폭력주의, 배타주의를 뛰어넘는 진리주의와 일맥상통한다.

1930년에 간디는 영국인들의 소금세에 반대하여 순수 소금을 만들기 위해 단디 해안까지 360킬로미터를 행진했다. 이 행진으로 간디는 인도 민중들로부터 '마하트마(위대한 영혼의 소유자)'라는 존칭을 얻고, 인도 민중을 하나로 뭉치게 하는 계기를 만든다. 그런데 그 운동의 행동양식이나 전개과정이 한국의 3·1운동과 너무나 흡사하고 그 비법을 전수받은 듯하다. 즉 간디는 민중들의 가슴속에 있는 보다 높은 정신, 즉 화합과 화해를 바탕으로 적과 마주서며 그들을 감화·감동시키는 정신운동을 펼쳐나간 것이다.

이처럼 우리 근대사에 나타난 민중의 역사, 그 심해의 근저에는 놀라운 철학적 기조가 숨겨져 있다. 민중은 탄압과 착취, 부조리와 모순, 불의와 부정에 목숨 걸고 저항하고 투쟁하지만, 그 저항과 투쟁으로 해원하는 것이 목적이 아니라 모든 증오와 배타적 요소, 그리고 사소한 이해관계를 초월하면서 더 높은 가치를 지향했던 것이다. 그것은 바로 원수진 이들과 화해하고, 모두 상생의 울타리로 끌어들이면서 얼싸안고 어깨동무하는 화해와 상생의 철학이었다. 그 철학을 한마디로 줄인 말이 '화합'이다.

이 화합의 철학이야말로 우리의 민중운동이 프랑스 혁명이나 러시아 혁명과 달리 온전한 도덕성과 생명력을 지니게 되는 원천이다. 이 화합의 철학은 민중의 정신적 기조로 면면히 이어져서 현대사에서도 그 빛을 발휘했다. 4·19 학생 혁명과 5·18 광주 항쟁이 영원한 도덕성과 생명력으로 우리 가슴속에 살아있는 것도 그 지향하는 바가 단순한 저항과 투쟁을 넘어 화합으로 나아갔기 때문이다.

화합은 이처럼 우리 민족의 근저를 이루고 있는 철학으로서, 모든 국민의 마음을 움직일 수 있는 힘을 가졌을 뿐만 아니라 세계 다른 민족에게까지도 영향을 미칠 만큼 크고 위대한 철학이기 때문에 모든 것을 끌어안을 수 있는 공간적 넉넉함과 시공을 뛰어넘는 초월성을 가지고 있다. 우리는 앞으로 반드시 이 화합의 철학을 미래사의 지침으로 삼아 민족의 에너지를 하나로 모아야 한다. 그러려면 무엇보다도 동서화합부터 이루어야 한다. 학연, 지연, 모든 이해관계의 틀을 벗어나 화합이라는 새로운 광장에 모여 민족의 진로에 관한 청사진과 경건한 애국심의 촛불을 나누어 가진 뒤, 통일을 향한 행진에 나서야 할 것이다. 우리 내부의 벽과 담을 무너뜨리지 못하고 우리 서로가 상생의 합일점을 찾지 못하면서 반세기가 넘도록 이질적인 생활을 해 온 북녘 동포를 향해 하나 되기를 외치는 것은 연목구어(緣木求魚)와 같은 일이 아니겠는가!

사도 바울을 생각하며

오늘날 전세계에서 기독교가 차지하고 있는 비중에 대해서는 내가 굳이 긴 얘기를 할 필요가 없을 것이다. 그 국경 없는 영혼의 제국은 전세계 모든 이들의 가슴속에 끝없이 펼쳐져 있고, 그 광대한 규모는 아무도 정확하게 계산하거나 산출해 낼 수 없을 것이다.

그런데 이런 기독교가 처음부터 전세계에 펼쳐져 있었던 것은 아니고, 모든 이들에게 알려진 것도 아니었다. 우리가 다 아는 대로 수많은 이들의 희생과 노력과 정성에 의해서 이루어진 것이고, 순교자들의 엄청난 수난 속에서 이루어질 수 있었다. 이런 일은 우리나라에 가톨릭과 기독교가 전해지던 초기의 순교사만 보아도 쉽게 알 수 있다.

그러나 초기 기독교사에서 가장 위대한 기독교의 전파자는 사도 바울이었다는 사실을 부인하는 사람은 없을 것이다. 그는 교통 수단도 변변치 않고, 통신 수단도 거의 없던 그 시절, 에게 해를 중심으로 한 유럽은 물론이고 바다 건너 소아시아까지 복음을 전해서 오늘날의 전세계적인 기독교 왕국이 형성될 수 있도록 주춧돌을 놓은 분이다. 그리고 유럽과 아시아를 연결하는 복음의 가교를 건설하였다.

그런데 나는 성경을 보면서 그분이 기독교 신자가 된 과정과 혁명적인 변화를 맞이하게 되는 계기를 공부하며 많은 생각을 하게 되었다.

사도 바울은 기독교를 알기 전까지는 이름도 사울이었고, 대다수의 유대인이 그런 것처럼 높은 학문과 재산을 기반으로 기득권을 누렸던 분이다. 그래서 예수라는 낯선 이름 밑에 생소한 신앙을 가지고 사람들이 모이고 열광하는 일 자체를 혐오하였다. 그분의 안목으로 본다면 기독교야말로 형편없는 이단이었으며, 유대 사회의 기득권을 흔드는 천민 집단의 난동에 불과했던 것이다. 그래서 그는 기독교를 탄압하는 일에 가장 앞장을 섰고, 기독교 신자들을 보는 대로 체포하고 예루살렘으로 압송하는 일을 전담하였다. 당시 유대교에서는 대제사장이 종교 재판권을 행사했기 때문에 사울은 대제사장의 위임장을 가지고 이교도들을 색출; 체포, 압송하는 일을 맡았다. 요즘 말로 하자면 그는 특별 감찰권을 가지고 사전 영장을 손에 쥔 채, 무소불위(無所不爲)의 권한을 행사하는 검찰 겸 경찰이었던 셈이다.

그러던 어느 날 그는 '다메섹'이라는 지역에 기독교인들이 모여 열광하고 있다는 정보를 입수하고, 그들을 일망타진하기 위해 달려가고 있었다. 그러다가 길 위에서 갑자기 찬란한 빛과 조우하게 된다. 그 빛은 지금까지 한 번도 경험해보지 못한 강렬한 것이었으며, 그를 온통 사로잡는 초자연적인 것이었다. 그리고 그 빛 속에서 어떤 소리가 흘러나왔다. 그 소리는 이런 것이었다.

"사울아, 사울아, 어찌하여 너는 나를 핍박하는가? 나는 네가 그토록 증오하며 찾아 헤매는 예수이니라."

사울은 그 찬란한 빛과 증오라고는 그림자도 볼 수 없는 사랑이 가득한 음성을 들으면서 말할 수 없는 충격을 받았다. 자신이 그처럼 증오하며 끝까지 추적하여 섬멸하려고 하였던 대상이 엄청난 사랑과 따뜻함으로 다가오는 역설을 몸으로 체험하면서 그는 쓰러졌고 혼수상태에 빠졌다. 그는 그 위대한 사랑과 초월적 존재를 경험하며 자신이 형편없이 초라하다는 사실과 무지몽매했다는 것을 동시에 깨달으면서 변화하고 자기 내부의 혁신을 경험하게 된다.

이런 일을 겪고 난 후 그는 자신의 이름을 바울로 고치고, 모든 일을 새로운 차원에서 시작하였다. 모든 기득권을 포기하고, 어부들과 함께 그물짓는 일을 하면서 전도 여행에 나섰다. 그후에 그가 당한 일은 성서에 나와있다. 수없이 체포되고, 구금되고, 얻어맞고, 굶주림을 당하고, 명문 가정에서 태어난 기득권을 박탈당한 채, 천민과 같은 멸시를 받으면서 고난을 당했다. 구전에 의하면 그는 네로 황제의 대박해 때 로마에서 체포되고 장엄한 순교를 하게 된다.

그리하여 그는 '이방인(異邦人)의 사도(使徒)'라는 명예로운 별명으로 역사에 남게 되었고, 실제로 지금의 터키, 이라크, 그리스, 로마에 걸쳐 전도여행을 했으며, 그곳에 교회를 세웠다. 당시 유대인들은 이방인의 지역이라고 해서 가기조차 꺼려 했던 곳으로 달려갔고, 자신들과 신넘체제와 삶의 방식이 다른 이방인, 그러니까 요즘 말로 말하자면 외국인들과 과감히 교분을 쌓았으며 그들을 위해 선교하고 기독교의 세계화를 위해 애쓰다가 순교한 것이다.

대학 시절, 전라도 출신이라는 이유 하나로 모욕을 당하고 경상도 아주머니로부터 가정교사 자리를 거절당한 후 한동안 나는 견딜 수 없는 통분함과 울분을 느꼈고, 젊은 혈기 때문에 그런 모욕을 준 상대편에게 복수하고 싶은 마음을 가졌던 것도 사실이다. 그러나 신앙을 갖게 되고, 동서 갈등에 대한 깊은 성찰을 하게 되면서부터 차츰 변하게 되었다.

사도 바울이 경험한 위대한 변화와는 비교할 수 없겠지만, 적어도 지역감정을 해소하고 동서 갈등을 치유하는 일의 시작은 증오나 대립, 갈등이나 대결로써는 어림도 없다는 사실만은 깨닫게 되었다. 그리고 세 차례 옥살이를 한 후에는 과거를 모두 뛰어넘는 위대한 사랑과 포용성, 그리고 모든 상대방의 과오를 용서하며 그들의 증오까지도 사랑으로 승화시킬 수 있는 보다 강렬한 힘이 있어야 진정한 화합에 이를 수 있다는 사실을 깨달았다. 뿐만 아니라 미래를 향해 서로의 가슴을 활짝 여는 작업을 하고 함께 살아갈 수 있는 상생의 틀을 마련해 나가야 한다는 미래 지향적인 사고방식을 갖게 되었다. 적어도 나는 지난 20여 년간 그런 생각의 틀 위에서 일관되게 행동하여 왔다고 자부할 수 있다.

1970년 야당 대통령 후보 지명전 때, 나는 공교롭게도 경상남도 조직 책임자로 임명되었다. 당시 김영삼 후보측의 조직위원은 최형우 위원장이었다. 그 때에도 경남 지역은 김영삼 후보의 표밭이었지만, 젊은 나는 조금도 위축되지 않고 열심히 발로 뛰었다. 그 지역의 지도와 버스 노선을 손금 보듯이 외웠고, 대의원의 명단을 모두 암기하였다. 버스가 닿는 곳은 타고 가고, 버스도 들어가지 않는 곳은 걸어서 직접 방문하고 대의원의 손을 잡았다. 당시 부산·경남 지역에는 27개의 시·군이 있었고, 그 시·군에 대의원들이 있었는데, 그분들의 주소는 물론이고 가족 사항이며, 그분들이 좋아하고 싫어하는 일들을 조사하고 머릿속에 간직하였다. 그리고 빈손으로 갈 수가 없어서 당시 제일제당에서 처음으로 나온 3Kg짜리 백설탕 부대를 어깨에 메고 달려갔다. 나의 땀으로 얼룩진 그 설탕 부대와 내 짓무른 어깨를 번갈아 보면서 경남 지역 대의원들은 차츰 마음을 열어주었다.

처음에는 "전라도 사람이 예는 뭐 하러 왔습니꺼"라고 퉁명스럽게 대하던 분들도 내가 두 번, 세 번 찾아가고 진심어린 말로 마음을 두드리자 차츰 표정을 풀면서 "우리 한 동지는 꼭 경상도 사람 같데이"라고 반겨주었다. 그 당시 신민당 위원장 중에 유일하게 지프차를 가지고 있던 사람은 황낙주 위원장이었다. 그래서 나는 차가 없는 오지로 들어갈 때는 그의 지프차를 얻어 탔는데, 황 위원장은 단 한 번도 싫은 내색을 하지 않고 옆자리를 선뜻 내주었다. 또 사천 지역을 책임지고 있던 위원장은 내가 갈 때마다 침식을 제공하며 한 식구처럼 대해주었는데, 어느날 그분은 당시 중학교 교사였던 당신의 따님과 결혼을 하면 어떻겠느냐고 슬그머니 제안해 왔다. 물론 지금의 아내와 만나기 전의 일이었지만 그 당시에는 결혼 같은 데에는 생각조차 미치지 못했고, 경황이 없어 정중히 사양하였다. 지금도 지역감정을 뛰어넘어 자신의 따님까지 주시려고 했던 그분의 호의를 생각하면 고맙고 감사할 뿐이다.

이렇게 60년대 후반부터 영남 지역과 인연을 맺은 나는 역대 선거에서 영남 지역을 맡아 영·호남이 하나가 되는 일을 해 왔다. 그래서 지난 1997년 12월, 정권 교체가 이루어지던 날 밤에도 경남 창원 지역에 있었다. 그곳에서 김대중 총재가 반세기에 걸친 민주화 투쟁 끝에 한반도의 넬슨 만델라로서 수평적 정권 교체를 이루어내고, 동서 화해의 발판을 마련해내는 것을 보면서 역사의 드라마를 체험할 수 있었다.

이런 감격을 기조로 해서 나는 국민의 정부가 들어선 이후에도 동서 화합을 위한 일이라면 제일 먼저 앞장서서 해 나갔다. 심지어는 시시콜콜한 민원 사항이라도 영남 지역의 것이라면 최우선적으로 챙기도록 하였다. 특히 IMF 관리 체제에서 영남 지역의 경제 활성화를 위해 정책적 건의를 앞장서 전달하고, 그 지역의 기업인이나 지역 경제를 위해 할 수 있는 일이라면 호남일에 앞서 해 드리도록 하였다. 이는 정권 교체로 인한 영남인들의 상실감을 진정으로 위로해 주지 않으면 동서 화합이 결코 이루어지지 못하며, 동서 화합 없이는 정부의 어떤 정책도 성공할 수 없다는 생각 때문이었다.

나는 정치인들이 역지사지하는 마음으로 동서 화합의 실천에 앞장서야 국민이 따라온다는 믿음으로 작은 노력이지만 최선을 다했던 것이다.

이렇게 노력한 결과, 나는 영남 주민들로부터 분에 넘치는 사랑을 받았다. 경북 경산에서는 명예 시민 칭호를 받았고, 경남 함양에서는 군민들로부터 정감어린 감사패를 받기도 하였다. 그리고 2001년 11월에는 '국민 화합을 위한 부산 모임'에 초청을 받았는데, 부산 지역의 한복판에 있는 호텔에 1만여 명의 시민들이 모여 나를 반겨 주었다. 그 날 호텔측에서 안전을 위해 엘리베이터와 에스컬레이터의 사용을 금지할 만큼 많은 사람들이 모여들었고 '한화갑'을 연호하였다. 그렇게 뜨겁게 반겨주고 사랑해 주는 영남 주민들의 모습을 보며, 나는 젊은 시절부터 그 지역의 이름없는 간이역과 한 시간마다 버스가 올까 말까 한 오지와 지번도 없는 산골마을을 찾아다니던 고달픔을 말끔히 잊을 수 있었다. 그리고 지역간의 갈등이나 동서의 문제도 시간을 갖고 기다리고 마음과 마음을 연다면 충분히 극복할 수 있고, 종국에는 강물이 바다에서 하나로 뭉쳐 넘실댈 수 있는 것처럼 화합의 큰 바다 위에서 합일될 수 있다는 사실을 확인하였다.

과거 야당 시절 나는 이유 없이 우리를 핍박하는 분들에게 사도 바울처럼 회개하고 거듭날 것을 권고하였다. 그리고 여당이 된 후에는 내가 교만해지거나 어느 누구를 핍박하는 죄를 범하지 않을까 끊임없이 경계했으며, 나 자신도 언제나 사도 바울의 길을 걷고자 노력했다.

사도 바울이 위대한 빛을 만나 자신도 변화하고, 세계적 기독교의 발판을 마련한 것처럼 우리도 서로 껴안고 사랑을 이루어내는 '위대한 화합의 빛'을 만난다면, 한반도의 역사 속에서 새롭고 드높은 차원의 새로운 역사를 만들어 나갈 수 있을 것이다.

화합으로 하나 되어 다시 만나리

수화(樹話) 김환기(金煥基) 선생은 우리나라 최초의 추상미술가였고, 한국적인 소재를 세계적인 화법으로 소화하여 우리 미술을 한 단계 높이 끌어올린 대가로 인정받고 있다. 이분이 우리 고장 안좌도에서 태어나고 훌륭한 작가라는 것은 알고 있었지만, 미술을 전공한 아내를 통해 그분에 대해서 더 깊이 알 수가 있었다. 지금 안좌도에는 그분의 생가가 잘 보존되어 있고, 그분에 대한 미술사적 평가도 잘 되어 있기 때문에 모든 사람이 이분에 대해 알고 있다. 그렇지만 내가 젊었을 때만 해도 미술을 전공한 사람 외에는 그분의 존재를 아는 사람들이 많지 않았다.

수화 선생은 김 양식장을 하는 아버지의 후원으로 일찍이 서울로 나갔다가 일본 대학에 유학하여 시대에 가장 앞선 그림을 그렸다. 그리고

1930년대 후반에 일본 미술계에 등단하였고, 인정을 받았다. 이런 경력 때문에 해방 후에는 자연스럽게 미술의 명문인 홍익대학의 학장을 역임 하였고, 예총 부회장과 미협 이사장을 지내기도 하였다. 그러나 선생은 그런 명성이나 부에 만족하지 않고, 중년을 넘긴 나이에 미국 뉴욕으로 예술 여행을 떠났다. 물론 거기에서 세계적인 화가들과 겨루며 끊임없 이 더 높은 예술 세계를 추구하였다.

　그런 가운데 1970년 6월 초, 한국일보사에서 최초로 국전이 아닌 민 전의 문을 열고 나이에 제한없이 누구나 실력으로 겨루는 미술전을 열 자, 선생은 젊은이들과 함께 출품작을 내놓았다. 그 당시 심사를 맡았 던 심사위원들은 이미 미술계에서 국전 창설 때부터 함께 심사위원을 맡아왔고, 자기들과 똑같이, 아니 그보다 먼저 미술계의 원로가 되고 예 술원의 회원까지 된 김환기 화백이 새삼스럽게 작품을 출품한 사실을 놓고 긴 토론을 벌였다고 한다. '과연 이 작품을 신인들의 작품과 똑같 이 심사를 할 것이냐, 말 것이냐. 또 이분을 응모자로 봐야 할 것이냐, 말 것이냐.' 그러나 본인의 작품으로 심사받기를 원했고, 젊은 신인들 과 함께 기량을 겨루기를 원했기 때문에 200호짜리 그 그림을 다른 그 림과 똑같이 놓고 엄정한 심사를 했다고 한다. 그 결과, 제1회 민전의 대상(大賞) 작품은 '어디서 무엇이 되어 다시 만나랴' 라는 명제를 단 그분의 것으로 정해졌다. 이렇게 해서 그해 여름, 우리 화단은 물론이 고 일반 관람객들도 경복궁의 현대미술관에서 그 대가의 겸손한 작품을 볼 수 있었던 것이다.

　그때 김환기 선생은 자신의 작품 뒤에다 김광섭 시인의 시「저녁에」

라는 것을 적어 놓았다고 한다.

저렇게 많은 중에서 / 별 하나가 나를 내려다본다 / 이렇게 많은 사람 중
에서 / 그 별 하나를 쳐다본다 / 밤이 깊을수록 / 별은 밝음 속에 사라지
고 / 나는 어둠 속에 사라진다 / 이렇게 정다운 / 너 하나 나 하나는 / 어
디서 무엇이 되어 / 다시 만나랴.

당시 57세였던 대가 김환기 화백이 왜 젊은 화가들과 경쟁을 하려고
했던가? 이 점은 대단히 의문스러운 대목이 아닐 수 없다. 만에 하나,
심사 과정에서 탈락이라도 한다면 지금까지 자신이 쌓아올린 점잖은 이
력을 한꺼번에 잃을 수 있고, 또 그때까지 쌓아올린 명성 역시 물거품
이 될 수 있었을 것이다. 그런데도 왜 그는 연령을 초월하고, 경력도 무
시하면서 그런 모험을 감행했을까? 많은 사람들은 김환기 선생의 그런
모험에 대해 이런 해석을 하고 있다.

첫째, 그때까지 유지되어 왔던 한국 화단의 기득권을 포기하고, 또 그
당시까지만 해도 존재했던 실력 외의 관록, 작품으로 평가받지 않고 명
성으로 무임승차하려고 하는 화단의 병폐를 스스로 나서서 쇄신해 보려
고 했던 것이다.

둘째, 그때에도 팽배했던 세대간의 격차와 기성세대에 대한 젊은 세
대의 저항을 겸손하게 수용하면서 자신도 실력으로 평가받겠다는 대담
한 발상을 실천에 옮긴 것이다. 따라서 선생은 세대교체를 요구하는 젊
은 화가들에게 단순한 나이로 세대교체를 요구하지 말고, 실력으로 일

전을 겨루자는 당당한 실력대결을 제시한 것이다.

셋째, 선생은 당시 우물 안 개구리식의 국내적인 발상과 화단 상호간의 묵계를 깨면서 과감히 '지금 세계 화단의 화풍은 이런 것이다' 라는 화두를 던지며 스스로 세계화의 작업에 앞장서고, 보다 넓은 세계관을 제시하기 위해 자신의 작품을 심사 대상으로 올렸던 것이다.

무엇보다도 수화 선생은 자신의 작품 명제로 '어디서 무엇이 되어 다시 만나랴' 라는 선문(禪問)과 같은 내용을 던졌다. 아마 이런 물음 때문에 한국 화단의 후진들은 그후 무엇인가가 되어 그분과 만나기 위해 노력을 하였을 것이고, 지금도 피나는 노력을 하고 있을 것이다.

나는 나와 길이 전혀 다른 그 고향 선배가 던지고 간 화두에 대해 나름대로 생각해 보면서 나의 정치 역정에서 그분과 비슷한 결단을 내리려고 한다. 요즘 우리 집권당에서는 대통령 후보 경선을 통해 여러 가지 새로운 시도를 하고 있다. 당내 기득권이나 프리미엄을 줄이기 위해 국민 참여 경선제를 도입하고, 지역 갈등이나 단절을 중화시켜 나가면서 축제 분위기를 이끌기 위해 전국 투어식 경선을 벌이고 있다.

따라서 나도 과감히 모든 기득권적인 요소를 포기하며 겸손하게 경선에 참여했었고, 일찍이 수화 선생이 자신의 모든 관록이나 여건을 훌훌 털어버리고 자신의 실력만으로 평가받기 위해서 민전에 작품을 내 놓은 것처럼 경선 레이스에 모든 것을 던졌었다. 뿐만 아니라 수화 선생이 시도했던 것과 같이 나도 내가 가지고 있는 정치적 역량과 비전을 가지고 평가받고 싶었던 것이다. 그 정치적 역량과 비전의 요체는 '화합' 이라고 할 수 있다.

지금까지 우리는 독재를 통한 개발 연대의 시련도 겪었고, 권위주의 시대가 주는 온갖 어려움도 겪었다. 그리고 문민 시대 이후 국민의 정부에 이르기까지 '만인의, 만인을 향한 욕구 분출' 까지도 경험한 바가 있다. 그러나 우리의 짧지 않은 현대 정치사 속에서 어떤 정권도 실패했고 대통령들은 모두 불행해지고 말았다. 역대 정권이 모두 실패하고 대통령들이 불행해진 이유는 국민의 내부 갈등을 해소하지 못했기 때문이다. 특히 지역 갈등을 치유하지 못하여 국민의 에너지를 하나로 모으지 못한 것이 그러한 실패와 불행의 가장 큰 원인이다. 이런 우리의 정치사와 경험을 상고해볼 때 21세기의 초두에 서있는 우리에게 가장 시급한 일은 모든 국민의 에너지를 하나로 모으는 일이다. 지금 국민의 에너지를 하나로 모으지 못하면 우리는 세계와의 무한경쟁에서 살아남지 못한다. 반대로 국민의 에너지를 하나로 모으는 데 성공하면 우리는 가까운 장래에 세계 일류 국가의 꿈을 실현할 수 있다.

그러나 국민은 이 같은 당위론과 구호만으로는 하나가 되지 않는다. 대통령을 중심으로 정치 지도자들이 모범을 보여야 한다. 지금 이 시점에서 가장 필요한 것이 있다면 그것은 바로 정치 지도자들이 앞장서서 서로가 서로를 용서하며 지난날의 억울하고 분했던 점, 그리고 야속하고 눈물겨웠던 것, 통분하고 이 갈리는 그 모든 것을 하나로 녹이고 사그러뜨리는 해원(解冤) 작업과 화해 작업을 펼치는 일이다. 슬픔을 넘어 기쁨으로, 증오를 뛰어넘어 사랑으로 변모하는 과정이 모두 화합이고, 계층간의 격차, 남녀간의 성차별, 세대간의 갈등, 이념간의 거리, 그리고 지역감정, 즉 동서문제를 해결하는 요채 역시 '화합'인 것이다. 그 화합을 실천하는 중심에 바로 대통령이 서 있어야 한다. 따라서 나는 '차기 대통령은 진정으로 화합을 자신의 정치철학으로 삼는 사람'이어야 한다고 믿는다.

나는 지난 1970년 수화 김환기 화백이 망(望) 이순(耳順)의 언덕에서 던졌던 화두 '어디서 무엇이 되어 다시 만나랴'의 화답으로 이런 대답을 드리고자 한다.

'화합으로 하나 되어 다시 만나리!'

피해자와 가해자가 만나는 화합

여수와 순천 사이에 있는 공항 근처에는 '애양원(愛養園)' 이라는 기념관이 있다. 이 기념관은 순교자 손양원(孫良源) 목사를 기리는 기념관이다.

손양원 목사님은 20세기가 밝아오던 1902년에 태어나 목회자의 길을 걷던 중, 일제시대에 신사참배를 거부하고 끝까지 신앙 양심을 지켰다. 그리고 해방 후에는 우리 사회에서 가장 천대받으며 육체적으로도 천형(天刑)이라고 하는 한센병을 앓는 분들을 위해 기도하며 선교하였다. 그러다가 1948년 10월, 여수·순천 지방에서 여순사건이 일어나자 동포들끼리는 절대로 싸워서는 안 된다는 소신을 강력히 피력하였다.

그러나 감정이 격해진 반란군 쪽에서는 학생들까지 선동하였고, 그 와중에서 사랑하던 두 아들 동인(東印)·동신(東信)을 폭도들에게 잃었다. 여순사건이 끝나고 자신의 두 아들을 끌고 가 학살했던 주모자가 체포되었다. 바로 아들 또래의 철없는 학생이었다. 당시 군법으로 처리되던 과정에서 희생될 수밖에 없었던 그 학생을 손양원 목사는 자신의 양자로 삼고 당국과 담판하여 석방시켰다. 그리고 자신의 곁에 두고 새 사람이 되도록 감화시켰다.

우리는 여순사건이라고 하면 흔히 군인들끼리 총부리를 겨누고 이웃들끼리 우익과 좌익으로 나뉘어 싸운 현대사의 아픔으로만 기억하고 있다. 물론 그것도 사실이다. 그러나 폭풍이 휩쓸고 간 언덕에도 한떨기의 향기로운 꽃이 피어나듯이, 피비린내와 비명 소리만 가득 찼던 그 비극 속에서 손양원 목사가 보여준 그 위대한 사랑의 꽃이 피어났다. 그것은 바로 '용서와 화해'라는 기적이었다. 나는 여순사건의 뼈아픈 역사적 교훈과 함께 그 아픔과 상처 뒤에 남아있는 손 목사의 용서와 화해도 반드시 기억되어야 한다고 믿는다. 우리 전라도는 여순사건이라는 큰 비극을 겪었지만 손양원 목사의 용서와 화해라는 놀라운 기적도 동시에 경험한 것이다.

지난 80년대에 역시 전라도땅 광주에서 광주 민주화 운동이라는 또하나의 비극을 겪었다. 바로 그때 나는 그 비극의 소용돌이에서 끌려가 고초를 당하였다. 김대중 총재는 물론이고, 그분의 막내동생, 장남도 희생자였고 김옥두 비서를 포함한 동교동 식구들과 수많은 학생, 교수, 성직자들이 고난을 당하였다.

그러나 역사는 침묵하지 않았고, 또 응답을 미루지도 않았다. 90년대에 들어서서 민간 정부의 서막이 오르고 1997년에는 우리가 그렇게도 열망하였던 수평적 정권교체도 이룩하였다. 가장 큰 피해 당사자였던 김대중 총재께서는 정치 보복을 하지 않겠다는 사실을 내외에 알렸고, 그 사실은 말 그대로 지켜졌다.

비록 손양원 목사처럼 사랑하는 두 아들을 잃는 아픔을 겪지 않았다 하더라도 우리는 깜깜한 지하실에 끌려가 두 달 동안 햇볕을 보지 못하고 인간 이하의 고초를 겪었으며, 아무 죄 없이 교도소에서 일 년 이상을 고생하였다. 또 광주 현장에서는 지금의 망월동 묘역이 증명하고 있듯이 죄 없는 사람들이 목숨을 잃었고, 땅 속에 혼백을 묻었다.

그러나 우리는 오래 전부터 비극은 당한 사람으로 끝나야지, 보복이라는 수단을 빌려 반복되어서는 안 된다는 철학을 수없이 다짐하고 되뇌었다. 손양원 목사가 피해자로서 자신의 아들을 죽게 한 가해자를 끌어안았듯이 화해는 피해자로부터 시작되어야 한다는 점도 알고 있었다.

용서보다 더 큰 보복이 없다는 논리도 있지만, 우리는 정권 교체를 이룩하고 나면 그 위대한 화해의 정신을 반드시 실천해 보이겠다는 의지를 불태웠으며, 결국 실행하게 되었다.

그러나 이 화해의 과정에서 피해자가 먼저 화해를 청하면 가해자 역시 손을 내밀어야 된다는 순리가 전제되어야 한다. 얻어맞고 피흘린 피해자가 화해를 청하는데도 가해자가 고개를 돌린다는 것은 말이 되지 않기 때문이다.

어쨌든 국민의 정부가 출범하며 김대중 대통령께서는 영남 출신이면서 지난 정권의 요직에서 활동했던 사람을 대통령 비서실장으로 발탁하였다. 이런 점만 보아도 대통령께서 화해를 위해 얼마나 큰 결단을 내렸는지 알 수 있을 것이다. 또 집권 여당의 지도층 인사로 과거 대선에 나섰던 사람, 구여권의 핵심적 인물로 활약했던 사람들을 가리지 않고 받아들여 당과 국가를 위해 봉사하도록 하였다.

이런 용서와 화해의 대명제 위에서 나는 지난 1999년 5월, 부산을 방문하고 그 지역 대학생들과 지역 지도자들이 모인 자리에서 '국민 화합, 무엇이 문제인가' 라는 주제로 강연을 하였다. 그때 나는 화합과 단결을 강조하면서도 한 가지 원칙을 영남 지역의 심장부인 그곳에서 강조하였다. 그것은 다음과 같은 것이었다.

'지금까지 영남 출신 대통령이 4명이나 나왔고, 일제 통치 기간보다 긴 37년 간을 통치한 영남 사람들이 이제는 베풀어야 한다.'

그렇다. 피해자측에서는 먼저 화해의 손길을 내밀고, 가해자측도 그 손길을 마저 잡아주어야 화합이라는 대사가 이루어질 수 있다. 그것도 엄청난 것을 반대급부로 내놓으라는 것이 아니라, 계속 맺히고 얽힌 마음을 이제는 풀어서 홀홀 망각과 역사의 지평 너머로 던져 버리자는 것이다.

지난 2000년 정부에서는 광주 민주화 운동으로 희생되거나 고통받은 분들에게 얼마간의 보상을 한 일이 있었다. 그래서 그때 함께 끌려가 고초를 겪은 동교동 식구들도 보상금을 받았다. 김홍일 의원, 김옥두 의원, 설훈 의원 그리고 나는 그 보상금을 받아 어떻게 할까 하고 생각하다가 경북 지역의 명문고인 경북고등학교에 장학금으로 내놓기로 하였다. 물론 정치적인 계산은 없었다. 우리가 지하실로 끌려가 죄 없이 고문당한 대가로 받게 된 보상금을 이왕이면 화합과 화해의 종잣돈으로 쓰고 싶었던 것이다.

이런 피해 당사자의 노력과 함께 우리 사회의 전체적인 노력이 필요하다. 이제는 우리 사회가 어떤 형태의 지역 차별도 용납하는 일이 없도록 거듭나야 할 것이다. 지역 차별로 인한 모든 갈등을 이제 우리 당대에서 끝내야 한다. 이것이 반복되면 우리는 세계와의 경쟁에서 영원히 낙오하고 말 것이며, 우리 자손들이 또 몇십 년을 지역 갈등이라는 망국병에 시달리게 될 것이다. 그 누구보다도 정치인들이 자중해야 한다. '호남 배제론' 이니, '영남 포위론' 이니, '충청도 대통령론' 이니, '영남 단결론' 이니 하는 지역 대결 논리로 선거 전략을 세우고 있는 정치인들은 대오 각성해야 한다. 그들이 그리는 조국의 미래는 아무런 희망도 보이지 않는다. 아울러 지역 차별의 최대 피해자라 할 수 있는 호남인들도 '호남 대통령 불가론' 같은 자학적인 역차별 논리에서 벗어나야 한다. 도대체 일국을 대표하는 대통령을 뽑는데 그 인물만 보면 되지, 그 출신 지역이 무슨 상관인가!

화합이라는 큰 집, 그 미래를 위한 새로운 공간 속에는 정정당당함과 공평무사함만이 두 개의 우람한 기둥으로 우뚝 서 있어야 할 것이다.

광주 경선의 교훈과 삼화주의(三和主義)

　　지난 수주일 동안 우리 새천년민주당은 우리나라 헌정사상, 그리고 정당사상 유례가 없는 정치실험을 진행해 왔다. 이른바 '국민참여경선제'를 도입하여 대통령 후보를 선출하고 있는데, 이 행사가 전국을 권역별로 순회하는 방식으로 진행되면서 주말마다 당초의 예상을 뒤엎는 결과가 나오자 국민의 폭발적인 관심을 집중시키고 있다. 이제 앞으로의 일정만 잘 소화한다면 우리 당의 대선후보경선은 과거와 같은 당내 행사의 테두리를 뛰어 넘어 국민적 축제로 승화될 것으로 보인다. 우리 당이 이런 정치실험에 성공하자 야당까지도 '국민참여경선제'를 도입할 모양이다. 결국 우리나라에 정치발전의 큰 획이 그어지고 있는 셈이다.

　　물론 이 제도는 미국과 같은 선진국에서 이미 실시되고 있는 것인데,

우리 당은 그 중에서도 좋은 제도를 선별적으로 선택하여 시행하게 된 것이다.

잘 아시는 대로 우리 당 첫 경선은 3월 9일 제주에서 열렸다. 마치 미국에서 민주당과 공화당이 본선에서 양당의 대권주자가 격돌하기 전에 뉴햄프셔 주에서 온 국민이 바라보는 가운데 예비선거를 치르듯이 우리도 날씨도 화창한 한라산 밑에서 축제의 막을 올렸다.

출마한 일곱 후보 중에서는 다행스럽게도 제주에 연고를 둔 사람은 없었다. 주자들은 모두 마음을 비우고 우리나라에서 처음 실시되는 국민참여경선제에서 누가 많은 득표를 하여 마치 리트머스 시험지와 같은 그 제주 경선의 출발선에서 멋진 스타트를 할 수 있는가를 가슴 조이며 기다리게 되었다.

그런데 놀랍게도 제주에 별로 연고가 없는 내가 3월 9일 개표에서 1위를 하였다. 제주 앞바다의 바람이 유난히 싱그러웠던 그날, 나는 성원해 준 분들과 국민들에게 감사드리며 용기를 얻어 그 긴 레이스의 출발점을 가볍게 나설 수 있었다. 이어 실시된 울산의 경선에서는 예상했던 대로 뒤로 처지게 되었고, 세 번째의 경선 대회는 무등산이 내려다보고 있는 빛고을 광주에서 열리게 되었다. 광주가 어디인가……. 우리 당의 기반이요 민주화의 성지로서 5월의 함성이 아직도 들리는 듯한 곳이다. 당원 동지들은 광주를 찾은 나를 맏아들이 고향집 대문에 들어서는 것처럼 따뜻하고 열렬하게 맞아주었다. 나는 내가 1위를 하리라는 것을 추호도 의심하지 않았다.

그런데 개표 당일의 결과는 참으로 충격적인 것이었다. 1위는 노무현 후보였고, 2위는 이인제 후보, 그리고 내가 3위였다. 그 날 밤 나는 대회장을 빠져나와 대전으로 향하면서 어둠 속에 어렴풋이 드러나는 무등산을 바라보며 착잡한 상념에 빠져들었다. 무등산은 하루종일 들에 나가 열심히 일하고 돌아와 온몸에 묻은 땀과 흙을 씻어내면서 잠시 등을 구부리고 있는 아버지와 같은 모습으로 그 자리에 묵묵히 머물러 있었다. 그러나 그 산은 멀어져가고 있는 나에게 분명히 무언가를 말해주고 있었다.

과묵한 아버지와 같은 무등산이 내게 전하고 있는 메시지는 "참 안됐지만 어쩔 수 없었다. 너를 동서화합의 제단에 바칠 수밖에 없었으니 깊이 이해하고 광주의 뜻을 수용해라⋯⋯." 였다. 그러나 나도 인간인지라 이런 메시지를 그대로 수용하기는 어려웠다. 오직 '인물론' 하나에 의지하여 '호남후보불가론' 이라는 부도덕한 지역차별론을 정면돌파하려고 몸부림치는 나의 충정을 광주가 외면하고 말았으니 나의 아픔과 상실감은 이루 말할 수 없었다. 그러나 대전에서 하룻밤을 뜬눈으로 새우고 나니 마음이 많이 정리되었다.

그렇다. 무등의 무릎 밑 빛고을 아래 살면서 그 어느 고장 사람들보다 수난도 많았고 마음 고생, 몸 고생이 심했던 광주 시민들은 김대중 대통령 집권 후 기대가 큰 만큼 실망도 컸고; 아무 혜택도 본 것이 없는데 오히려 과거보다 더욱 고약한 형태로 악화되고 있는 지역갈등을 아프게 의식하면서, 결국 비장의 카드를 쓰게 된 것이었다. 즉, 지역갈등의 깊은 골을 피해자인 호남인이 솔선해서 자기 몸을 던져 메우지 않으면 앞으로 또 다시 반복될 긴긴 갈등과 증오의 악순환을 끊을 수 없다는 판단으로, 동서화합의 횃불을 봉홧불 들듯이 스스로 만들어 들고 나선 것이다. 그것이 바로 영남 출신 후보, 충청 출신 후보를 호남 출신 후보보다 앞세우고 그들에게 표를 몰아 준 것이다. 광주의 시민들은 그렇게 앞서 갔고, 그렇게 시범을 보였다.

그래서 나는 대전대회에서 비감한 마음으로 내가 느낀 광주의 교훈을 전했다. 한국의 산맥 중에서 가장 오랜 지질학적 퇴적층을 가지고 있으며 영험한 기운을 자랑하는 계룡산 자락에서 나는 나의 정치적 지향점을 분명히 하는 연설을 하였던 것이다. 당시의 경선 연설문 내용을 소개해 본다.

어제 광주에서 우리 당의 대통령 후보 경선을 위한 행사가 있었습니다. 광주 시민들은 고향 사람인 한화갑을 내쳐놓고 영남 출신인 노무현 후보를 1등으로 충청 출신인 이인제 후보를 2등으로 뽑았습니다. 이와 같이 지역감정의 벽을 뛰어넘어서 결정을 내려주신 광주 시민들에게 박수로 격려해주시기 바랍니다. 그리고 광주에서 1등과 2등을 차지한 노무현, 이인제 후보에게도 격려의 박수를 보내주시기 바랍니다.
고향에서 비록 3등을 했지만 그래도 선전을 하고 있다는 의미에서 이 한화갑에게도 박수 좀 보내주시기 바랍니다.

어제 저녁에 충청도에 와서 잤는데 계룡산이 저에게 말해주었습니다. 한화갑이 네가 광주 교훈을 그대로 살려가면 앞으로 정치인으로 성공할 것이요, 광주 교훈을 살려가지 못하면 앞으로 성장하지 못할 것이다. 이런 얘기를 했어요. 그러면서 저에게 얘길 했어요. 광주의 교훈을 살리는 길이 바로 이것이다. 세 가지를 얘기해주었습니다.

첫째는 지역감정을 해소하라는 광주 시민의 명령입니다. 광주 시민은 지금까지 지역감정의 피해자입니다. 이런 피해자들이 지역감정 해소를 위해서 먼저 신선한 모범을 보였다는 것을 본받아서 한화갑 너도 지역감정 해소에 모범적인 경종을 치라는 교훈을 주었습니다.

두 번째로 계룡산이 저에게 명령했습니다. 광주 시민의 이러한 결정은 변화를 요구하고 있는 것이다. 이런 말을 했습니다. "대통령을 배출한 고장이요, 대통령을 배출하기 위해서 수십 년 간 설움과 차별을 감내해야 했던 그 광주 시민들이 대통령이 왜 더 잘하지 못하는가, 더 잘해야 합니다" 하고 충고의 의미로 대통령의 부하인 한화갑에게 그러한 결정을 내렸다는 것을 계룡산이 저에게 말했습니다.

이러한 교훈을 꼭 받들어 저는 앞으로 우리나라에 부정부패를 없애는데 앞장서겠습니다. 어떤 사람도 부정부패로부터 자유롭지 못하도록 법테두리를 만들겠습니다. 이렇게 해서 완전히 부정부패를 해소시키겠습니다. 그리고 어떤 경우든 차별 없는 그런 세상을 만들겠습니다. 남녀간의 차별, 지역간의 차별, 가진 자와 못 가진 자의 차별을 없애는 이런 세상을 만들겠습니다. 이렇게 해가지고 모든 국민들이 대한민국에 태어난 것을 자랑스럽게 생각하고 어디에서 태어나든지 대한민국 국민이라는 자부심을 가질 수 있는 그런 정의로운 세상을 만드는 데 앞장서겠다는 것을 여러분들에게 말씀드리는 바입니다.

계룡산은 말했습니다. 광주 시민이 한화갑에게 준 세 번째 교훈은 무엇이냐? 국민 화합입니다. 어제의 결정으로 광주 시민들이 국민 화합을 실천에 옮긴 것입니다. 영남을 1등으로 하고 충청을 2등으로 하고 자기 고향사람을 3등으로 한 것은 외지에서 온 사람에 대한 예우이고 화합을 몸소 실천하는 것을 한화갑이 니가 앞장서라는 것을 저한테 가르쳐 준 것이기 때문에 저는 계룡산이 말한 대로 이 교훈을 반드시 실천하고야 말겠다는 것도 약속드리는 바입니다.

국민 여러분, 국민 화합의 세 가지를 우리가 해내야 합니다. 첫째는 동서 간의 화합입니다. 어째서 다 같은 대한민국 사람인데 동쪽과 서쪽이 다를 수 있습니까? 이렇게 해서 되겠습니까?
똑같이 대한민국의 대통령인데 동쪽의 대통령이 다르고 서쪽의 대통령이 다른 이러한 대선을 가지고는 절대로 세계와 경쟁을 해서 1등하는데 승리할 수 없기 때문에 우리는 광주 시민들이 보여준 모범에 추가시켜서 반드시 국민을 하나로 만드는 데 누구나 참여해야 한다고 강조해 마지않습니다.

두 번째로 중요한 것은 우리가 남북화해를 이룩해야 합니다. 그렇게 해야 민족의 화합이 가능합니다. 이러한 남북화합을 위해서는 김대중 대통령이 추진하고 있는 햇볕정책을 그대로 밀고 나가야 합니다. 그렇게 해서 한반도에서 절대로 전쟁위협이 없는 이러한 분위기를 만들어 내야 합니다. 그렇게 해야 우리 아들, 딸들이 군대에 가도 전쟁날 염려가 없으니까 안심하고 건강하게 보낼 수 있지 않습니까? 이러한 남북화해를 촉진해서 한반도 평화를 유지시키고 통일의 기반을 조성하는 이것이 바로 남북화합을 이루는 것입니다. 이것을 위해서 제가 지닌 모든 노력을 다하겠습니다.

세 번째는 우리나라를 둘러싼 모든 나라가 친선을 도모하고 협력을 이끌어내서 아시아의 중심 국가로 우리나라가 올라서고 세계 평화에 기여해야 하는 것입니다. 이것이 우리가 해야 될 일인 것입니다. 이것은 외교적인 역량이 필요합니다. 저는 대학에서 외교학을 전공했고 독일, 일본 수상도 만났고 미국의 많은 정치인과 회담을 하면서 한미관계도 조율하였습니다. 이러한 저의 경험을 활용해서 반드시 한국이 국제적으로 인정받고 세계 평화에 기여하는 나라로 만들겠다는 각오를 여러분에게 말씀드리는 바입니다.

이와 같이 어제 광주의 경험을 토대로 해서 오늘 충청도 계룡산의 교훈을 실천함으로써 여러분들이 뽑아주시면 대한민국을 바로세워서 부패 없고 차별 없고 희망 속에 살 수 있는 나라를 만드는 데 여러분과 동참하고 싶다는 저의 포부를 밝혀두는 바입니다.

여러분!

저는 그렇게 잘난 사람이 아닙니다. 제가 초등학교도 없는 섬에서 태어나서 낮에는 지게지고 일하다가 밤에는 서당에 다니고 나이 들어서 학교 갈 때에도 제가 대학까지 고학으로 졸업을 했습니다. 김대중 대통령과 30년 이상 함께 정치를 해왔습니다. 감옥살이도 3번이나 했고 민주화되는 과정에서 많은 고초도 당했습니다. 그후 저는 국회의원, 원내총무, 사무총장도 하고 최고의원에 1등으로 당선도 되었습니다. 이러한 저의 모든 자산을 그대로 활용하겠습니다.

사람들이 말합니다. "김대중 대통령이 인기가 없으니까 차별화를 해 야 지지가 올 거요." 맞습니다. 참으로 맞는 말입니다. 그러나 제가 수십 년 동안 모셔오던 분을 제가 유리하다고 해서 절대로 비난할 수 없기 때문에 저는 사제지간의 그 정을 갖고 김대중 대통령의 시행착오를 보완할 수 있다면 제가 반드시 방법을 찾아 여러분 앞에 '이것이 바로 정도요' 하고 보여드리고 말겠습니다…….

그러나 대전경선대회의 결과를 보고 나서 나는 현실의 두꺼운 벽을 다시 한 번 절감했고, 마침내 후보를 사퇴해버리고 말았다. 나의 사퇴 성명은 다음과 같다.

저는 오늘 새천년민주당 대통령 후보 경선에서 사퇴를 선언합니다. 오늘의 결정은 국민 화합을 바라는 위대한 광주 시민들과 당원동지들의 뜻을 겸허히 수용한 것입니다. 저는 이른바 '호남후보불가론을 정면돌파하려 했으나, 아직은 제가 나설 때가 아니라는 것을 확인했습니다. 그동안 저 한화갑을 열성적으로 지원해주신 국민 여러분과 당원동지들에게 진심으로 감사드립니다.

그렇게 나는 사퇴를 했다. 끝까지 가자는 의견도 있었지만 무의미하다는 판단이었다. 나는 광주 시민들이 나에게 던져 준 화두(話頭)를 가슴속에 안은 채, 영광도 치욕도 다 털어버렸던 것이다.

중국 무술에는 외공을 중시하는 외가권(外家拳)과 내공을 중시하는 내가권(內家拳)이 있다고 한다. 하늘을 날고 현란한 무술을 자랑하는 소림사의 무술 같은 것이 외가권이라 할 수 있고, 산등성이에 앉아 내공을 쌓으며 명상에 잠기고 먼저 자신을 제압한 후에 남에게까지 감동을 주는 선술(仙術) 같은 것이 내가권의 무술이라고 한다. 나는 그동안 겉으로 드러나는 외공에 치우친 편이고 나 자신을 돌이켜보는 내공에 소홀한 것 같았다.

그래서 나는 모든 것을 훌훌 털고 초심으로 돌아가 나를 맨처음 뜨겁게 환영해 주었던 제주도를 찾았다. 그리고 그곳에서 머리와 가슴을 비우고 짧은 기간이나마 깊은 묵상에 잠겼다. 생각이 깊어질수록 더욱 분명해지는 것은 광주 시민들이 나에게 안겨준 화합이라는 화두를 풀어야 할 숙명을 지니고 있다는 사실이었다. 나는 이미 화합의 제단에 제물로 바쳐진 사람이며, 앞으로도 화합의 도구로 쓰일 사람이라는 운명적 예감이 가슴속에 절절히 맺혀들었다. 나는 내가 그·동안 이런저런 기회에 펼쳐왔던 화합론을 다시 깊이 생각해 보았다. 그것은 이미 대전연설에서 밝힌 바대로 동서화합, 남북화합, 세계화합이라는 세 가지로 요약되었다. 그렇다. 나는 이 세 가지의 화합을 이루는 것이 나에게 주어진 역사적 사명이라는 소신으로 정치를 해 왔는데, 그것이 광주의 교훈으로 더욱 분명해지고 있었다. 그리고 오늘의 나의 좌절도 화합의 큰 밑거름이 된 것이니, 결코 나의 도전이 실패한 것만은 아니었다. 그렇게 생각을 정리하자 마음이 가벼워졌다. 나는 내가 추구하는 세 가지의 화합을 삼화주의(三和主義)라고 표현하고 싶었다. 그리고 이 삼화주의를 앞으로 평생 동안 나의 정치노선으로 삼겠다고 굳게 다짐했다.

그렇다. 나는 경선에서 사퇴한 후 아름다운 제주를 찾아 한라산과 바다를 오가며 납덩이처럼 무거운 광주경선의 교훈을 가슴에 안고 반성과 묵상과 성찰을 거듭한 끝에 정치인으로서 나에게 주어진 역사적 사명에 대해 보다 분명한 자각을 하게 되었으며, 보다 구체적인 정치노선을 정립했던 것이다. 그리하여 앞으로 나는 동서화합, 남북화합, 세계화합을 추구하는 삼화주의를 나의 깃발로 높이 세우고 새 역사의 지평을 향해 다시 한 번 힘차게 전진해 나갈 것을 다짐했다.

광주는 그렇게 나를 거듭나게 했다!

제5장
2002년 현실과 2010년의 비전

외교는 또하나의 전쟁이다

2001년 말, 일본의 아키히토 일왕은 아무도 예상하지 못했던 내용을 발표하였다. 그것은 일본 사람들도 신성시하는 일본 왕실의 내밀한 뿌리, 특히 왕실의 혈통에 관한 것이었다.

"나 자신은 간무천황(桓武天皇, 781~806 재위) 생모가 백제 무령왕(武寧王, 501~523 재위)의 자손이기 때문에 한국과의 연고를 느낀다."

이런 언급을 학자들이 논문 속에서 한 것도 아니고, 비공식적인 자리에서 이루어진 것도 아니었다. 바로 일왕 자신이 육성으로 언급한 것이었기 때문에 한·일 두 나라뿐만 아니라 세계인들이 관심을 갖고 또 놀라게 된 것이다.

이런 일이 있고 나자 그 동안 한·일 관계를 연구해 온 학자들도 현지를 다녀왔고, 언론인들도 일왕이 언급한 백제 무령왕의 자손, 즉 일본 왕실의 왕비릉을 찾아갔다. 그 결과 일왕이 언급한 간무일왕의 생모는 백제 여성 화씨 부인(和氏夫人, 생년 미상~789)이라는 것이 확인되었고, 그분의 존함이 뒷날 일본식인 다카노노 니가사(高野新笠)로 바뀐 내용도 알게 되었다. 이런 사실은 이미 언론에 보도된 내용이고, 현재 그 왕비릉은 일본 교토 교외에 잘 보존되어 있다고 한다.

이처럼 우리 고대사의 한·일 관계는 천 이백여 년의 세월이 흐른 뒤에도 생생하게 되살아나고 있고, 한·중 교류가 활발해짐에 따라 한·일 관계보다 훨씬 더 관계가 깊었던 대륙과의 교류 내용이 서서히 베일을 벗고 있다.

고대사를 연구하는 분들은 중국 고대사 중에서 가장 훌륭했던 황제로 평가받는 당태종 이세민(李世民)이 어떻게 해서 중원을 통일하고도 그와 맞서는 작은 동이(東夷)의 나라 고구려를 정복하지 못했으며, 그 작은 동방의 끝을 막아서는 연개소문(淵蓋蘇文)을 격파하지 못했을까 하는 점을 연구하고 있다.

또 중국의 동북 삼성과 한반도 일대에서 고구려, 백제, 신라가 정립하여 있을 때, 왜 당(唐)이라고 하는 중원의 패자가 신라의 편을 들어 가장 찬란한 문화를 자랑하고 있던 백제를 힘겹게 쓰러뜨리고 고구려를 무너뜨린 후 한반도에서 영향력을 행사하려다가 그것마저 여의치 못하자 철수하고 말았는가, 하는 거대한 미스터리를 추적하고 있다.

바로 이런 사실 때문에 백제는 나·당 연합군에게 패망을 당하고도 위대한 존재로 남아있는 것이며, 오늘날 일본의 왕실 자신이 고백을 하고 있듯이 일본 열도에는 아직도 백제의 혼과 숨결이 남아있는 것이다.

뿐만 아니라, 우리가 중·고등학교에서 배웠듯이 수적으로나 물량적인 면에서 압도적으로 우위를 자랑하던 대륙의 힘을 만주 벌판과 안시성에서 끝까지 막아내고 한민족의 자존심과 생존의 터를 함께 지켜낸 위대한 고구려인들의 상무정신에 대해서도 숙연한 마음을 갖게 된다.

그런데 이런 고대사 속에서 마지막으로 통일 국가를 이뤄내고 승자로 남은 것은 신라였다. 물론 그 고대의 삼국통일에 대해서 단재(丹齋) 신채호(申采浩) 선생이나 재야 사학자 함석헌(咸錫憲) 같은 이는 이의를 제기하고 있다. 외국 원군을 빌려 같은 민족(고대사에서 민족이라는 개념이 정립되었느냐 하는 점은 접어두고)을 친 점이라든지, 통일 후 강역이 대동강과 원산만 이남으로 축소된 점을 들어 삼국 통일은 웅혼(雄渾)한 고구려의 기상을 꺾고, 한민족의 활동 범위를 한반도의 일부 지역으로 축소시킨 안타까운 일이었다는 논지다.

그러나 내가 말하고자 하는 내용은 역사적 사실에 대한 시시비비를 가리자는 것이 아니다. 그렇게 아득한 고대사 속에서도 외교는 군사력이나 국력에 버금가는 또 하나의 수단이며 전쟁이었다는 점을 강조하고 싶은 것이다. 당시 백제나 고구려에 비해 상대적으로 힘이 약했던 신라는 김춘추를 중심으로 한 외교팀을 당에 보내 수십만의 원군을 얻어 오는 일을 성취시켰다. 당시 김춘추는 당의 원군을 요청하기 위해 자신의 친아들까지 데리고 당의 수도 서안(西安, 당시 장안長安)까지 달려갔다. 그리고 그들은 결과적으로 한반도를 경략할 물리적인 수단, 즉 원병을 바로 외교라는 보이지 않는 수완으로 얻어낸 것이다. 바로 그 신라의 외교력 때문에 막강한 고구려와 백제가 무릎을 꿇을 수밖에 없었다는 사실을 재삼 강조하고 싶다.

최근 드라마를 통해서도 보듯이 우리 근세사의 문제들도 외교력의 부재에 있었다. 조선 왕국 최후를 지키고자 애썼던 대원군이나 고종, 그리고 명성황후에게 보다 많은 외교적 정보와 외교력이 있었다면 우리의 국권이 그렇게 휘둘리고, 종국에 가서는 그 국권 자체를 빼앗겼겠느냐…… 하는 점을 통렬하게 반성할 수밖에 없다.

구한말에도 열강의 이해관계는 한반도에서 얽혔다. 바로 그 점을 우리 권력의 핵심부에서는 제대로 파악하지 못했을 뿐만 아니라, 내부적으로도 대원군파, 명성황후파, 보수 기득권파, 급진 개혁파가 얽히면서 국운개척의 타이밍을 놓친 것이다. 그리고 무엇보다도 복잡하게 얽힌 한반도의 외교 상황을 돌파해 나갈 힘이 없었기 때문에 일을 당하고 말았다.

구한말의 중요한 역사적 분기점 속에서 실권자였던 대원군이 청나라에 납치되어 가고, 힘의 균형을 잡아보려고 애썼던 명성황후는 아예 일본의 낭인족에 의해 무참히 시해되었다. 그리고 우리 국권의 상징인 국왕 자신은 러시아 공관으로 몸을 피하는 세계 왕실사상 유례를 찾기 힘든 아관파천(俄館播遷)까지 하게 된 것이다.

이처럼 우리 한반도의 역사는 외침에 맞서는 투쟁사이기도 하고, 그 엄청난 역사의 파고 속에서 우리 민족이 살아남고자 했던 안타까운 외교사(外交史)였다고 단언할 수 있다. 사실 이런 내용은 한번 더 뒤집어 생각하면 우리 민족이야말로 슬기로운 외교를 해왔기 때문에 세계 역사에서도 드물게 신라 천 년, 고려 오백 년, 조선조 오백 년이라는 기록적인 주권의 확립과 그 계승과 번영이 가능했다고 봐야 할 것이다.

해방 후 건국사에서도 미·소의 정면 충돌 양상 속에서 대한민국이 존립할 수 있었던 것은 우리 외교사의 승리라고 해야 할 것이고, 한국전의 참상 속에서 재건과 부흥을 이룩할 수 있었던 일 역시 우리 외교의 노력과 힘에 의존한 바가 크다.

마찬가지로 우리의 현재와 미래 속에서도 외교는 그 무엇보다도 중요하다. 유럽 대륙에 가장 오랫동안 남아있던 분단국 독일이 그 분단의 사슬을 끊고 현재 EU의 중심 국가로 우뚝 선 것은, 그들의 막강한 군사력이나 경제력도 중요했지만 외교력의 승리라고 봐야 할 것이다.

널리 알려진 대로 독일 통일을 위해 그 밑그림을 그린 사람은 진취적인 브란트 수상이었지만, 그 브란트의 통일에 대한 열망을 현실로 옮길 수 있도록 일관되게 실무작업을 해 온 사람은 겐셔 장관이었다. 그는 독일이 통일되기 위해서는 이해 당사 국가인 미국과 소련, 그리고 동독과 서독이 이해를 같이해야 한다는 점을 누누이 강조하면서 슈미트 수상과 콜 수상 때까지 계속 외무장관을 역임하였다. 그리하여 주변 강대국들을 끊임없이 설득하였으며 독일이 내부적으로 통일을 이룩할 때 외부에서 반대하는 역풍이 불어오지 않도록 외교적 바람막이를 충분히 해왔다. 또한 동독 주둔 소련군들이 소리 없이 철수할 수 있도록 여건을 마련하고 동독 사람들이 헝가리나 폴란드, 체코 쪽으로 통일 전에 빠져나올 수 있도록 치밀한 외교적 영향력을 행사하였다. 겐셔는 이런 외교력을 인정받아 통일 이후에도 외무장관의 자리를 지킬 수 있었다.

우리도 앞으로 통일을 이룩하고 선진국의 반열에 서서 미래를 운영해 나가려면 튼튼한 경제력과 함께 뛰어난 외교력을 갖춰야 한다. 왜냐하면 외교는 군사력보다 더 튼튼한 국가안보의 수단이고 민족 생존을 위한 비방(秘方)임과 동시에 번영을 유지해 나갈 수 있는 고기술, 고난도의 국가 운영력이기 때문이다.

주변 강대국보다 물리적으로 약하고 외형적으로 보잘것없는 스위스나 벨기에 같은 나라가 그 어느 국가보다 잘 살며 안전한 국가 운영을 해 나가는 것을 생각해 보면 충분히 알 수 있는 일이다.

콴시(關係)는 서양 외교에서도 중요하다

　중국에서 사업을 하거나 공무를 보면서 가장 중요하게 느끼는 것은 아마도 '콴시(關係)'일 것이다. 중국 사람들은 아무리 중요한 계약이나 협약을 맺을 때에도 이익이나 그 일의 중요성에 앞서 이것을 따진다. 이 일을 주선한 사람이 믿을 만한 사람인가, 나와 언제부터 사귀었던 사람인가, 나와 어떤 관계에 있는 사람인가……. 사무적이고 계량적인 관계를 뚝 떠나서 그 사람과의 인연 또는 친분부터 따져 보는 것이 '콴시'라는 것이다. 그래서 중국에서 큰일을 추진하거나 사업을 하는 사람들은 돈도 중요하고 추진력도 중요하지만 무엇보다도 상대편을 일단 사귀고 콴시를 만들어 가는 것이 중요하다는 것을 알게 된다. 마찬가지로 냉혹한 외교 무대에서도 가장 중요한 것은 콴시이고 가장 합리적인 것을 추구하는 서양 사람들도 이 콴시라는 것을 절대로 무시하지 않는다.

미국에서 민주당 정권이 물러나고 공화당 정권이 들어서자 우리 모두가 염려했던 것이 사실이다. 우리의 대북기조라고 할 수 있는 햇볕정책만 하더라도 클린턴을 수반으로 하는 민주당 정권에서는 이것을 전적으로 찬성하며 밀어 주었다. 그래서 임기 말이 되어서도 외교의 총사령탑인 올브라이트 국무장관이 직접 평양을 방문하고 클린턴의 방북까지도 준비했던 것을 우리 모두가 알고 있다.

그런데 부시 정권이 들어서자 민주당 정권이 추구했던 유연한 태도를 버리고 강경한 자세로 돌아서면서 우리 정부에서도 어려움을 겪게 되었다. 나는 이런 때에 바로 활발한 의원 외교가 필요하다고 생각하였고 정부 대 정부간의 공식적인 채널의 접촉도 중요하지만 남의 눈에 띄지 않는 내밀한 접촉 그리고 보다 심도 있는 외교적 노력이 필요하다고 보았다.

그래서 자연스럽게 내가 접촉할 수 있는 공화당 정권 내의 콴시 상대를 생각하게 되었다. 이때 내 머리에 떠오른 분이 바로 과거 공화당 정권 때 국무장관을 지냈던 제임스 베이커 씨였다. 베이커 전 장관은 1980년대 초 김대중 대통령이 5공 정권에서 사형 선고를 받고 그야말로 천길 낭떠러지 위에 서 있을 때 레이건 정권의 초대 비서실장을 지낸 사람이었다. 그 당시 그는 전두환 전 대통령을 미국에 국빈 초청을 해 주는 대가로 김 대통령의 목숨을 구하는 과정에서 큰 도움을 주었다. 나는 그분을 2001년 초 부시 대통령 취임식 때 만났다. 우리는 과거의 일들을 얘기하면서 자연스럽게 친하게 되었고 그때의 그 보람된 일을 계기로 삼아 콴시를 굳힌 것이다. 그래서 나는 그분을 초청하고 김 대통령과의 면담을 주선하였다. 30분으로 예정되었던 그 면담은 한 시간을 넘겼다. 아마 김 대통령께서도 옛날의 일 때문에 감회가 크셨던 것 같다.

이 일을 시발점으로 나는 의원 외교를 강화하면서 특히 강성을 띠고 있는 공화당 내의 인사들과 친분을 쌓아가는 일에 주력하였다. 2000년 8월, 민주당 최고위원에 당선된 이후 미국, 중국, 독일, 일본 등지로 20여 회에 걸친 의원 외교 활동을 펼쳐 왔지만 부시 정권의 출범 후로는 특히 대미 외교에 주력해 왔다.

외교라는 것은 두텁게 얼어붙은 얼음 밑으로 소리 없이 흐르는 강물과 같은 것이다. 겉에서 보면 꽁꽁 얼어붙었고 콘크리트처럼 단단한 얼음장이 전부인 것 같지만 강물은 조용히 그 밑으로 흐르고 때가 되면 겉에 덮여 있던 얼음장을 깨면서 더 크고 힘차게 흐른다. 외교는 그렇게 소리 없이 진행되지만 국가간의 긴박한 사태와 거기에 얽힌 긴장감이나 이해 관계를 부드럽게 해소시키고 국가간의 결정적인 대사를 매듭짓는다.

2001년 3월에는 워싱턴의 조지타운대학에서 열린 한반도에 관한 세미나에 참석하여 세 번이나 연설을 하였고 뉴욕의 '코리아 소사이어티'에서도 강연을 하였다. 내 강연의 요지는 한반도의 남북문제에 관한 한 주인공인 남북 당사자의 뜻과 의지를 미국이 도와 주고 밀어 주어야 한다는 것이었다. 따라서 햇볕정책과 같은 중요한 과제에서는 미국과 같은 우방이 결정적인 힘을 보태 주어야 한다는 것이다. 그러나 당시 내가 너무 열정적으로 우리 입장을 설명하니까 일부 언론에서는 나의 강공(?)에 대해 우려와 염려를 나타내기도 하였는데 막상 얼굴을 맞댄 미국의 지도층들은 나의 의견을 경청해 주었다.

세미나 참석 후에는 이틀 동안 워싱턴에 머물면서 미국 의회를 움직이는 상하 양원의 의원 20여 명을 만나며 미·북 대화가 이루어지도록 협력해 줄 것을 호소하였다. 점심을 샌드위치로 때우면서 격론을 벌이기도 하고 설득작전을 펴기도 하였다. 솔직히 격론을 벌인 의원들이 장차 어떻게 나올지 내심 걱정되기도 했는데 나중에 그분들은 '한국에서 온 한화갑 의원이 무척 진지하고 솔직하다' 고 평하면서 오히려 다른 의원들을 소개해 주기도 하였다.

당시 우리 일행을 취재했던 기자의 보도 내용 중 일부를 소개하면 다음과 같다.

미국 워싱턴의 한반도 전문가들은 26일 개각에서 경질된 이정빈 외교부 장관을 '한·미 정상회담의 희생자' 라고 말한다. 《뉴욕타임스》는 이 전 장관의 교체는 '한·미 정상회담 이후 미국과의 긴장관계를 개선하려는 시도' 라고 보도했다.

한반도 문제에서 미국이 갖는 중요성을 모르는 바 아니지만 이런 분석에는 기분이 좋을 리 없다. 그럼에도 우리 정부 관계자들은 북한에 대해 강성발언을 일삼으면서 남북한의 화해기류를 위태롭게 하는 미국의 최근 행보에는 대놓고 비판하지 못하는 게 현실이다.

이날 워싱턴 조지타운대학 세미나에서 있은 한화갑 민주당 최고위원의 발언은 이런 점에서 관심을 끌었다. 김대중 대통령 정부 3년을 평가하는 이 세미나에서 오찬연설을 한 한 최고위원은 이어진 일문일답에서 대북 강경발언과 협상 지연에 대해 조지 부시 미국 행정부를 거침없이 비판했다.

그는 우선 유럽연합의 적극적인 대북 대화에 대한 견해를 묻는 질문에 '정당하고 당연한 것'이라며 환영했다. 그는 2차대전 뒤 전쟁과 봉쇄, 데탕트로 구분되는 미국의 공산권 정책은 베트남전 패배와 중국 봉쇄 실패에서 드러났듯이 오직 데탕트만이 성공했음을 지적했다.

그는 또 세계 경영전략을 다루는 미국이 새 정부 출범 두 달이 지나서도 북한 정책을 정확히 내놓지 못하고 있는 것은 '이해가 되지 않는다'고 말했다. 통역을 맡은 문정인 연세대 교수는 이를 '수치스런 일'이라고 옮겼다. 한 최고위원은 이어 한반도 주변국 모두가 전쟁보다는 평화를 원하는 상황에서 부시 대통령과 콜린 파월 국무장관 등의 대북 강경발언은 '미국을 위해서도 좋지 않다고 본다'고 일갈했다.

한 최고위원의 발언에 대해 도널드 그레그 전 주한 대사는 '이 자리에 부시 행정부 관계자들이 있었으면 좋았을 것'이라며 공감을 나타냈다.

정치인들이 할 일은 바로 이런 게 아닌가 하는 생각을 해봤다.

—2001년 3월 28일자《한겨레》윤국한 워싱턴 특파원

콴시를 넘어 정책으로

미국 공화당을 배경으로 하는 부시 행정부가 출범할 때 만나서 콴시를 돈독히 이룩한 베이커 전 장관과 나는 콴시에서 한 걸음 더 나아가 아시아와 미국의 외교정책을 조율해 나가는 포럼을 만들기로 하였다. 그래서 앞에서 말했다시피 2001년 3월에 나는 다시 워싱턴을 방문했고 그해 5월 베이커 전 장관이 한국을 방문하였다. 이때 나와 뜻을 같이하는 의원들과 베이커 전 장관 일행이 아시아 · 미국 정책 포럼을 만드는 작업을 서두르게 되었고 양측에서 분주하게 움직였다.

그리하여 그해 8월에는 나와 강성구 의원, 김윤식 의원, 남궁석 의원, 백기운 의원 등이 다시 한번 워싱턴을 찾았고 그때 워싱턴에서 기술통신위원회를 발족시켰다. 한국측에서는 남궁석 의원, 미국측에서는 콘래드 번즈 상원의원이 공동의장을 맡기로 하였다.

그리고 한국에 돌아온 우리들은 지난해(2001년) 10월 30일에 서울에서 아시아 · 미국 정책 포럼의 한국지회인 한 · 미 정책 포럼 창립대회를 가졌다. 이 한 · 미 정책 포럼에는 65명의 국회의원들이 가입하였고 명망있는 학계 인사들도 자문위원단으로 대거 합류하였다. 그리고 이 한 · 미 정책 포럼의 이사장에는 우리 당 문희상 의원이 추대되었다. 아시아 · 미국 정책 포럼의 공동 의장으로 아시아에서는 내가 선임되었고 미국측 공동의장으로는 루이지애나 주 출신의 12선 의원인 빌리 토젠 의원을 선임하였다.

　이렇게 태평양을 사이에 두고 한 · 미 양측에서 자연스러운 콴시를 중심으로 의원 외교의 틀이 갖추어질 때 현안이 생겼다. 그것은 미국 정부에서 미국 철강업계의 보호를 위해 한국 철강 제품에 대해 덤핑 문제를 제기하며 긴급 수입 제한조치를 취하려고 한 것이다. 나는 이 일이 한국 철강업체의 문제를 넘어 가까스로 IMF체제를 벗어나 국제 경쟁력을 갖추어 나가고 있는 우리 수출업계 전반에 큰 영향을 미칠 것이라고 판단하였다. 그래서 산적한 국내 문제를 제쳐놓고 다시 미국으로 건너갔다. 그때의 상황을 당시 현장에서 취재했던 기자의 글로 살펴보자.

"How many years do I have to wait for breakfast?(음식이 나오려면 몇 년이나 기다려야 할까요?)" 상원의원 식당에서 아침 식사를 기다리던 한화갑 고문이 번즈 상원의원(공화당)에게 물었다. 30분 가까이 음식을 기다리며 지루해하던 일행 사이에서 폭소가 터져 나왔고, 한 고문 일행을 식사에 초대한 번즈 의원은 "2년쯤 걸릴 것 같다"며 맞장구를 쳤다.

12월 12일 아침 미국 의사당에서의 일이다.

식사를 끝낸 일행은 의사당 안에 설치된 모노레일을 타고 'SC 6'라는 팻말이 붙은 방으로 안내되었다. '아시아·미국 포럼'의 미국측 출범식이 열리는 자리였다. 트렌트 로트 공화당 원내총무를 비롯해 빌리 토젠, 콘라드 번즈 같은 거물급 정치인들이 대거 출동했다.

아·미 포럼은 토젠 의원과 한 고문이 공동 의장이 되어 만든 아시아의 원간의 민간 외교채널이다. 12개 분과위원회로 구성되어 한국과 미국측의 공동위원장이 선임되었으며, 조만간 일본·중국·러시아로 확대할 계획이다. 한국에서는 65명의 의원이 가입했는데, 미국 발족식에는 배기운·남궁석·김윤식·박병윤·함승희 의원이 참가했다.

이번 한 고문의 미국 방문을 두고 여권에서는 고개를 갸웃거리는 사람이 많았다. '민주당 발전과 쇄신을 위한 특별대책위원회(특대위)'가 차기 경선과 관련한 최종안을 내놓는 민감한 시기에 웬 외국행이냐는 것이다. 한 고문 진영에서조차 출발 전날까지 가느냐 마느냐를 놓고 격론이 벌어졌다. 하지만 한 고문은 강행을 결정했다. 어렵사리 개척한 의원 외교 창구를 제대로 열어야 한다는 것과 최근 한·미 현안으로 떠오른 철강 문제를 방치해서는 안 된다는 판단에서다. 여기에는 이번 기회에 외교에 강한 차기 주자의 면모를 보여주겠다는 계산도 작용했다.

12월 11일 한 고문은 워싱턴에 도착하자마자 로트 총무를 만나 한국 철강 제품에 덤핑 관세를 부가할 경우 양국 관계는 물론 미국 국내 산업에도 좋지 않으리라고 말했다. 포럼 통상분과위원장인 김윤식 의원은 짤막한 문건을 만들어 로트에게 전했다. 철강 문제는 이미 의회의 손을 떠나

부시 대통령의 사인만을 남겨 둔 상태였지만, 한국 처지에서는 대통령의 사인을 늦추는 것만으로도 의미가 컸다.

다음날 한 고문 일행은 뜻밖의 선물을 받았다. 이날 아침 부시와 조찬을 하고 나온 로트 총무가 "대통령도 철강 문제가 국내뿐 아니라 국제적으로 심각한 이슈라는 것을 잘 알고 있다"라고 전한 것. 로트 총무는 매주 수요일 부시와 조찬을 하는 5인방 중의 한 사람이다.

이 문제는 사실 정부에서도 이미 포기한 상태였다. 한국의 여야 의원들이 대책팀을 구성해 미국에 가려 했지만 주미 대사관측에서 '의원들을 만나기 힘들 것'이라며 말려 취소했던 터였다. 남궁석 의원은 "적절한 시점에 적절한 사람을 만난 게 주효했다. 의원 외교의 필요성이 여기에 있다"라고 좋아했다.

아·미 포럼은 한화갑 고문과 제임스 베이커 전 국무장관의 각별한 인연으로 탄생했다. 베이커 전 장관은 부시 일가는 물론 공화당 전체에 입김이 센 인물. 덕분에 한 고문은 여권 인사들에게 취약한 공화당 인맥을 일찌감치 구축하게 된 셈이다.

한 고문은 이 포럼을 여야를 아우르는 최초의 민간 외교채널로 키워 가겠다고 포부가 대단하다. 하지만 정가에서는 이 포럼을 한 고문의 대선 조직이라며 외로 보는 시각이 많다. 이번 방미에 동행한 한 의원은 "한화갑 사람으로 분류될까봐 망설이다 국익을 위해 나섰다"면서 다른 의원들이 많이 안 간 것은 이 때문일 것이라고 말했다. 모처럼 열린 민간 외교길이 정치 논리에 휩쓸려 위축될지도 모를 일이다.

—2001년 12월 27일 《시사저널》 이숙이 기자

이런 일들은 미국이 9·11테러를 당하고 정부나 언론이나 사회 전체가 어수선한 때에 진행된 것들이었다. 그럼에도 불구하고 미국 의회측에서 성실하게 대응해 나가자 한국의 철강 제품 수입 규제에 대한 문제는 부시 정부의 관심사가 되었고 미국의 《워싱턴 포스트》지는 2001년 12월 26일자 사설로 이 문제를 정식으로 제기하고 나섰다. 국내 언론이 소개한 당시의 상황을 다시 옮겨 본다.

조지 W. 부시 미 대통령은 국내 철강산업을 보호하기 위한 보복관세 부과 계획을 국익 차원에서 재고해야 할 필요가 있다고 《워싱턴 포스트》지가 26일 사설로 지적했다.

이 신문은 이날 '부시의 철강 시험'이란 제목의 사설을 통해 철강 분야의 보호관세 부과 방침과 관련, 부시 행정부는 특정 이익집단이 아닌 자유무역 체제 안에서의 국익에 초점을 맞춰야 한다고 강조했다. 미 행정부가 관세 부과를 강행한다면 이는 20만 명을 고용하고 있는 미국 철강업계를 위한 것으로, 이보다 훨씬 많은 종사자를 거느리고 있는 자동차, 가전 등 철강소비산업은 상당한 대가를 치러야 할 것이라고 경고했다.

《워싱턴 포스트》는 세계적인 공급 과잉 문제를 해소하기 위해 최근 미국 주도로 협상을 벌인 결과 국제 철강업계가 앞으로 10년 동안 철강 생산 시설을 지금보다 10% 줄이기로 합의했다고 소개했다. 이런 상황에서 미국이 수입 철강제품에 무거운 관세를 물리면 유럽연합(EU) 등이 감산 약속을 무효화할 수도 있을 것이라고 지적했다.

　　　　　　　　　　　　　　─2001년 12월 27일 《중앙일보》 이재훈 기자

이처럼 화급한 국내 철강업체의 수출 문제가 해결의 가닥을 잡게 되자 해를 넘기면서 이번에는 부시 대통령의 북한에 대한 강경 발언과 거기에 따른 한미, 북미간의 문제가 현안으로 대두되었다. 그것은 잘 알려진 대로 부시 대통령의 '악의 축(axis of evil)' 이라는 발언과 북한의 대량 살상 무기(WMD)에 관한 의지 표명이었다.

다행히 2002년 2월에 부시 대통령은 문제의 현장인 일본, 한국, 중국을 차례로 방문하게 되었다. 나는 이런 일급 현안과 한미, 북미, 기타 주변국과의 문제 역시 소리없는 외교로 조율해야 된다고 보았다. 그래서 부시 대통령의 방한에 앞서 부시 대통령의 심중을 가장 가까이 그리고 깊이 헤아릴 수 있는 최측근을 초청하였다. 이런 상황 역시 국내 언론의 기사로 그 분위기를 정리해 보자.

조지 W. 부시 미국 대통령은 매주 수요일 백악관에서 의회 지도자들과 조찬회의를 연다. 참석자는 부시 외에 상원의장을 겸하는 부통령 딕 체니, 하원의장 데니스 해스터트, 상원의 민주당 원내총무 톰 대슐과 공화당 원내총무 트렌트 로트이다. 3선인 로트 의원은 부시와 가장 가까운 의회 지도자다.

민주당 한화갑(韓和甲) 의원의 초청으로 한국을 방문한 로트 의원은 김대중(金大中) 대통령 면담을 포함한 이틀 간의 바쁜 일정을 보내고 떠났다. (인터뷰 부분 후략)

—2002년 2월 7일 《중앙일보》 김영희 기자

등소평의 교훈

지난 1997년 93세의 천수를 누리고 세상을 떠난 등소평은 사후에 더 높이 평가되었다. 홍콩이 중국에 반환되기 얼마 전에 세상을 떠났기 때문에 그는 눈을 감기 직전 이런 유언을 남겼다.

"내가 죽거든 매장하지 말고 화장하여 홍콩 앞바다에 뿌려 다오. 죽어서라도 홍콩이 중국에 반환되는 것을 보고 싶다."

그 유언대로 그는 화장되어 홍콩 앞바다에 유해가 뿌려졌다. 지난 세기말을 앞두고 장엄하게 홍콩이 중국에 반환될 때 그 역사적 순간을 지하에서 지켜보았을 것이다.

중국 대륙을 근현대사 속에서 통일하고 통일 당시 6억 이상이나 되었던 중국 인민을 절대적 빈곤과 기아 속에서 구해낸 인물은 모택동이라 할 수 있다. 그래서 중국 대륙에는 아직도 모 주석의 동상이 곳곳에 서 있고 그를 '중국의 아버지'로 추모하고 있다. 19세기 말까지 중국은 열강의 침략 속에 있었고 20세기에 접어들어서는 일본의 침략과 국공 내전에 싸여 있었다. 그런 어려움 속에서 중국인민들은 전란, 거대한 자연의 재해, 만성적인 식량 부족, 폭발하는 인구와 싸우며 늘 배가 고프고 힘들었다. 바로 그런 조국의 분열상과 인민들의 고통 그리고 배고픔을 혁명으로 극복한 주인공은 두말할 것도 없이 모택동 주석이다. 그러나 그런 모 주석도 만년에는 노령으로 인하여 판단력을 잃고 문화 대혁명 같은 무리수를 두었고 강청(江靑)을 비롯한 4인방에 둘러싸여 정책 결정면에서 시행착오를 범하였다.

이런 상황 속에서 언제나 올바른 노선을 선택하고 미래 지향적인 중국이 되기 위해서는 실용 노선과 시장경제를 지향해야 한다는 철학을 가지고 투쟁한 사람이 바로 등소평이다.

등소평이 아니었다면 오늘날의 '시장경제를 채택한 중국'은 존재할 수가 없고 포동지구 개발로 대표되는 상하이의 신문명권이 중국 내에 존재할 수가 없었을 것이다. 냉전 체제 이후 '죽의 장막'이라는 소리를 들으며 폐쇄적 우주관(宇宙觀) 속에 살고 있던 중국을 실용주의라는 열쇠로 열고 시장경제의 신선한 공기 속으로 나가게 한 인물이 바로 등소평이다.

따라서 중국의 현대사를 살펴보면, 1949년 중국이 중화인민공화국으로 새롭게 출발하고 기아와 가난을 몰아내어 근대국가로 자리잡기까지는 모택동 주석이 그 역사의 선두에 서 있다. 그러나 1978년부터 시작된 중국의 개혁 개방의 문지방 위에는 등소평이라는 인물이 올라서 있다. '검은 고양이든 흰 고양이든 쥐를 잡는 것이 고양이'라는 흑묘백묘론(黑猫白猫論)을 제창하며 머뭇거리는 중국인들을 재촉하여 오늘날의 21세기형 현대 중국을 이룩한 이는 작은 거인 등소평이라고 평가해야 할 것이다.

나는 연전에 발간된 등소평의 셋째 따님 등용(鄧榕)의 『나의 아버지 등소평』과 최근에 발간된 몇몇 권의 등소평에 관한 저서를 읽고 새삼스럽게 그분을 흠모하게 되었다.

등소평은 20세기가 동트는 1904년에 중국의 변방인 사천성에서 태어났다. 우리나라의 고등학교에 해당하는 고급 중학을 마치고 당시 선각자들이 그랬듯이 신문명을 배우기 위해 프랑스로 갔지만 경제적 어려움 때문에 공부를 제대로 하지 못하고 그곳에서 5년 이상 생존과 노동에만 매달리게 된다. 그후 모스크바의 중산대학(中山大學)에 입학하지만 역시 공부는 1년밖에 더 계속하지 못하였다. 그래서 그는 평생 엄청난 독서와 독학의 세계로 들어가고 『자치통감』 같은 고전을 애독하였다.

중국으로 돌아온 청년 등소평은 군인이 되어 일본군과 장개석군을 상대로 싸웠고, 홍칠군(紅七軍)과 팔로군(八路軍)의 정치장교로서 눈부시게 활약하였는데 당내에서 노선분쟁이 일어날 때는 일관되게 모택동을 지지하여 한때 실각하기도 하였다. 그러나 그의 성실성과 유능함 때문에 복권되고 다시 당의 중앙에서 일하게 된다.

1949년 마지막으로 장개석군을 몰아내고 중국 대륙에 정부를 세우기 직전에는 장강(長江) 도하작전을 지도하고 남경을 점령하였다.

이렇게 해서 그의 파란만장한 혁명군 생활은 끝을 맺고, 1949년 10월 1일에 모택동 주석이 천안문 위에서 중화인민공화국의 성립을 선포할 때, 그는 주석단 속에 서 있었다. 이때부터 그는 정치인이 되고 군복 대신 인민복을 입고 또 다른 생을 시작하게 된다.

그런데 『나의 아버지 등소평』 속에서 저자이자 등소평의 수행비서였던 등용은 의미있는 논평을 한다. 나이 45세가 되고, 그 45세라는 세월 속에서도 20년을 전쟁 속에서 지내 온 노병이 새로운 국가가 탄생할 때 더 이상 할 일이 무엇이 있을까⋯⋯. 아마 등소평 자신도 가늠하지 못했을 것이라는 감회를 서술하고 있다.

그런데 놀랍게도 등소평은 52세가 되던 1956년에 당 중앙 위원회 총서기가 됨으로써 중국의 당과 정부의 최고 집단 속으로 들어간다. 그리고 60세 전후에는 유소기와 함께 중국을 건설하는 국가 재건의 선두에 서게 되는 것이다.

이렇게 승승장구하던 등소평은 1966년 중국에서 문화 대혁명이 일어나자 1967년 '자본주의 노선을 지향하는 제2의 집권파'로 몰려 모든 관직에서 쫓겨난다. 이것이 그의 정치적 제1실각이다. 그리고 그 이듬해인 1968년에는 더 큰 박해를 받으면서 북경에서 아주 멀리 떨어진 장시성으로 추방당한다.

바로 이때 그의 가족도 박해를 받는데 장남인 등박방(鄧樸方)은 홍위병들에 의해 다니던 북경대학의 핵물리학실에 갇히게 된다. 그 핵물리학실에는 인체에 치명적인 방사능 물질이 있었기 때문에 등박방은 필사적인 탈출을 시도하였다. 그 과정에서 그는 창문 밖으로 떨어지고 평생 동안 허리를 쓰지 못하는 장애인이 된다.

이렇게 등소평이 오지로 하방되고 그의 장남이 박해를 받는 1968년을 사가들은 등소평의 제2의 실각기라 부른다.

다시는 일어설 수 없을 것 같고 자신은 물론 가정까지도 파괴되어 나락의 바닥으로 떨어졌던 그는 기적적으로 소생하게 된다. 1971년 모택동이 후계자로 내정했던 임표(林彪) 장군이 반란을 기획하고 모택동을 암살하려다 실패로 돌아갔다. 그는 가족과 함께 중국을 탈출하려 했으나 내몽고 상공에서 비행기 사고로 숨졌다. 이렇게 가장 믿었던 최측근으로부터 배신을 당한 모택동은 극좌파들에 의해 변방으로 쫓겨나간 등소평을 생각하게 되었고, 1973년 3월 등소평을 복권시키고 공무원 부총리직을 맡긴다. 그리고 1975년에는 중앙 부주석 중국 인민 해방군 총참모장의 자리에까지 올랐다. 이때 그의 나이 71세였다.

칠순이 넘은 그는 이제 고난이 끝나고 국가를 위해 제대로 경륜을 펴나갈 것으로 알았는데 그렇지도 않았다. 1976년 1월 8일 주은래(周恩來) 수상이 세상을 떠나고 소요가 일어나자 이번에는 '주은래파'로 몰려 실각하였다. 모든 관직을 박탈당하고 연금되니 이것이 그의 3차 실각이었다.

그런데 그해 9월 9일 모택동이 사망하고 그때까지 모 주석을 오도하면서 강경파를 주도하던 강청과 4인방이 법정에 서게 되었다. 그래서 등소평은 다시 복권되고 1977년 부주석과 정치국 상무위원의 자리로 돌아온다.

그후에도 그는 모 주석의 후계자가 된 화국봉(華國鋒) 주석과 대립하게 되지만 1978년 중국의 개방, 시장경제 수용을 주도하고 미국과의 수교를 성립시키면서 1979년에 미국을 공식 방문하였다.

1980년에는 화국봉 주석체제를 무너뜨리고 1981년에 당 군사위원회 주석이 되어 군권을 장악한다. 그리고 1983년에는 국가 군사위원회 주석을 겸함으로써 중국 권력의 정점에 오르게 된다. 그후 1989년 6월 천안문 사태가 일어나자 단호하게 그 사태를 무력으로 해결하였다. 그 해 11월 공산당 13기 5중전회(中全會)에서 당 중앙 군사 위원회 주석직을 강택민(江澤民) 총서기에게 물려주면서 그 파란만장한 정계 생활에 종지부를 찍었다. 그러나 사실상 중국 대륙의 실권은 그가 은퇴하고 나서도 세상을 떠날 때까지 그에게 있었으니까 1997년 93세의 나이로 이승을 떠날 때까지 중국 대륙의 실질적인 권력자였던 것이다.

이상과 같이 그의 생을 정리해 본다면, 그의 회고록을 집필한 따님도 말했듯이 그는 군인으로 살았던 전반부 45년의 생애보다 정치인으로 살았던 후반부 48년을 훨씬 더 힘있고 보람차게 살았다. 또 국가와 인민에 대한 공헌도 역시 전반부보다 후반부가 컸다고 봐야 할 것이다.

정치인이 되어서도 세 번씩이나 쫓겨나고 박해당하고 그리고 다시 오뚝이처럼 일어났으며, 주변 사람 어느 누구도 그의 재기를 예상하지 못했을 때 그는 알 수 없는 힘에 의해 구명되고 또 중국 현대사의 중심으로 돌아왔다.

이런 현상에 대해 그의 회고록 저자는 이렇게 결론지었다.

그는 일생에서 세 번 타도되고 세 번 다시 재기했으며, 매차례의 재기는 더욱 사람들의 주목을 끌고 더 큰 성공을 거두었다. 이것은 신화도 아니고 인위적으로 조작한 것도 아니다. 이것은 등소평의 진실한 이야기이다.

다소 장황한 느낌이 있지만 장강대하(長江大河)와 같은 등소평의 일대기를 살펴본 데에는 나름대로 이유가 있다. 나는 그의 생애를 통해 다음과 같은 교훈을 얻을 수 있다고 본다.

첫째 그는 자신을 박해하고 세 번씩이나 버렸던 당에 대해 원망하지 않았다. 그리고 중국정권이 가지고 있는 정통성에 대해 거부하거나 도전하지 않았다. 이것은 비슷한 시기의 소련 현대사 속에서 흐루시초프 서기장 이후 역대 소련 지도자들이 보여주었던 태도와 좋은 대조를 이룬다. 널리 알려진 대로 소련에서는 흐루시초프가 전임자 스탈린을 부인하였고 브레즈네프는 흐루시초프를 비난하였고 안드로포프와 체르넨코를 거쳐 고르바초프에 이르러서는 앞서 달려온 모든 전임지도자들을 부정하고 거부하였다. 이렇게 역사의 정통성을 거부하고 단절시킴으로써 러시아는 혼란을 자초하고 현대사의 맥을 놓치게 되었다. 여기에 비해 중국의 등소평은 자신이 당했던 고난과 박해에도 불구하고 전임 모택동과 그 정통성을 계승함으로써 중국 현대사의 맥을 보존하며 혼란을 막았다.

둘째 등소평은 과거를 바라보지 않고 미래를 바라보았다. 만약 그가 자기와 자기 가족과 맏아들이 당했던 참을 수 없는 고통 그리고 측근들의 피해만을 생각하면서 과거에 매달렸더라면 엄청난 정치보복과 숙청을 감행했을 것이다. 그러나 그는 과거에 매달려 시간을 허송하기보다는 해일처럼 밀려오는 미래의 변화와 충격을 바라보면서 과감히 그것에 대비하였다. 그래서 중국을 개방하고 시장경제를 수용하였던 것이다.

셋째 그는 나이에 상관없이 끊임없이 새로운 발상을 하고 창조적인 아이디어와 행동으로 후배들을 이끌며 모범을 보였다. 그 동안 중국 사회에서도 젊은이들이 변화의 선봉에 서야 한다는 세대교체론이 끊임없이 나돌았다. 그러나 그는 노구를 이끌고 다니면서 매사에 모범을 보였고, 결코 젊은이들에게 뒤지지 않는 신선한 발상과 과감성으로 젊은이들의 상상을 뛰어넘는 변화를 이루어 낸 것이다.

1978년 개혁 개방을 시작한 이래 중국의 젊은이들이 민주화를 강력히 요구하여 1989년 천안문 사태를 일으키고, 반대로 수구파들은 너무 급속히 진전되는 중국의 개혁 개방에 대해 냉소적인 태도를 보였다. 이러한 두 갈래의 급진적인 상황 속에서 그는 결코 당황하지 않고 일찍 개방된 상하이 주변의 남쪽 지역을 둘러보며 개혁과 개방의 성과를 확인한 후 1992년 이른바 남순강화(南巡講話)를 함으로써 급진적인 젊은이들과 보수적인 노년층을 합리적으로 설득시키면서 중국 국민들이 미래를 향해 나갈 수 있도록 비전을 제시하였다.

끝으로 그는 어떤 경우라도 애국심을 중심축으로 삼으면서 자신의 이익이나 소집단의 이해를 초월하였다. 운명을 앞두고 사사로운 감정을 억누르면서 백 년 만에 돌아오는 홍콩을 보기 위해 자신의 유해 가루를 그 바다 앞에 뿌리게 한 것은 처연하다 못해 차라리 아름답기까지 하다.

한국산 자동차 속도만큼 빨리 달리는 중국

한국 산업의 발전 속도를 가장 대표적으로 보여주는 것은 아마 한국 자동차 산업일 것이다. 한국전쟁 직후 미군이 쓰다 버린 자동차를 개조해서 시발 택시를 내놓은 후, 1960년대에 일본의 승용차를 들여와 새나라 택시라고 서울 거리에 내놓았던 것이 우리 자동차 산업의 시발점이었다.

이렇게 반세기가 채 못 되는 세월 속에서 한국의 자동차 산업은 숨가쁘게 달려 2000년 우리나라의 자동차 생산량은 3백십만5천 대로 세계 총생산량의 5.1%를 차지하여 세계 5위로 발돋움하였다. 지난 80년대까지만 해도 우리나라에서는 이탈리아의 자동차를 수입, 조립해서 판매했고, 생산량이 스페인에 뒤졌었는데 20년 사이에 이탈리아와 스페인을 제치고 우리의 자동차 산업은 세계 제5위의 자리에 오르게 되었다.

우리 자동차 산업 앞에는 미국, 일본, 독일, 프랑스 정도가 있을 뿐이다.

우리나라에 자동차라는 신문명품이 들어온 것은 20세기가 막 시작되던 1903년이었다. 당시 재위 40주년을 맞았던 고종 황제가 전용차로 미제 캐딜락 4기통을 들여온 것이 우리 땅에서 달려 본 자동차 1호였는데, 현재 그 자동차는 골동품이 되어 보관되어 있다. 당시 고종 황제가 자동차를 타고 거리에 나서자 사람들은 경망스럽다고 수군거렸고, 그 여론은 즉각 수렴되어 문제의 황제 전용 자동차는 곧장 왕실 창고로 들어갔다고 한다. 아마 그때의 고종 황제께서 오늘날 우리 한국 자동차 산업이 세계 제5위에 올라 있다는 사실을 목격하신다면 다시 한 번 놀라 승하하실 일이다.

나는 지금 우리나라 자동차 산업이 단시간 내에 얼마나 빨리 달려왔는가 하는 내용을 자랑하기 위해 이처럼 장황한 설명을 했는데, 사실은 우리 자동차 산업의 눈부신 발전 속도보다 더 빨리 달려온 것은 13억 인구를 태우고 요란하게 달리고 있는 중국 대륙이라는 거대한 산업체이다.

중국은 지난 1978년 처음 시장경제를 향해 문을 열었다. 그리고 널리 알려진 대로 한 해 평균 13% 이상의 고도 성장을 유지하여 개방 당시만 해도 후진국 수준을 면치 못했던 국가 경제의 규모가 지금은 세계 제6위로 급부상하였다. 중국의 경제 발전 속도는 자동차들이 통상 최고 속도로 자랑하고 있는 시속 200킬로미터를 훨씬 뛰어넘는 속도로 달려온 듯하다.

중국 국가 통계국은 2001년을 마감하며 그 연말에 중국의 국내 총생산(GDP)이 1조 2천억 달러에 이르렀다고 발표했다. 이 수치는 이탈리아의 GDP 규모 1조 1천억 달러를 뛰어넘는 것이다. 따라서 중국은 2001년을 기하여 국가 경제 규모가 미국, 일본, 독일, 영국, 프랑스에 이어 세계 제6위에 이르게 되었다. 불과 한 세기 전, 중국은 가난과 기아가 대륙 전체를 뒤덮던 나라였다. 청조 말, 상하이를 취재했던 어느 외국 기자는 한 해에 가난 때문에 상하이 뒷골목에 버려지는 영아가 3천 명 이상이었다는 기사를 남겼다. 멀리 갈 것도 없이 지난 60년대 문화혁명 때만 해도 기아로 희생된 중국 인민이 3천만 명 이상이었다. 이런 중국이 21세기 벽두인 2001년에 이탈리아를 추월하였다. 2002년에는 중국의 경제 규모가 세계 5위인 프랑스를 제치고 늦어도 오는 2006년에는 중국이 영국까지 압도하여 세계 제4위의 경제 대국이 될 것이다. 이런 중국의 질주는 그 후로도 계속되어 오는 2010년경에는 중국 경제가 미국 경제와 맞서게 되고, 지구촌의 경제 판도는 미국과 중국의 양대 축으로 재편될 것이라는 전망도 나오고 있다.

그럼 왜 중국이 이처럼 단시간 내에 무서운 속도로 달릴 수 있었고, 어어, 하는 사이에 세계 경제의 최선두 그룹에 진입하게 되었는가?

그 이유는 그 동안 수많은 학자들이 분석하고 기업인들이 현지에 가서 확인한 바와 같이 첫째, 정치적 안정을 들 수 있다. 비록 사회주의 체제이긴 하지만 흔들림 없는 지도 체계가 일관된 경제 발전의 청사진을 들고 박진감 있게 경제 발전을 추구하면서 정치가 경제의 걸림돌이 되지 않고 전폭적으로 뒷받침하는 서비스형 행정을 구현함으로써 경제

발전을 가속화시켜 왔다.

둘째로는 대외 무역에 치중하고 외국 자본을 적극적으로 유치하여 경제지상주의를 채택해 온 점이다. 중국은 돈이 될 만한 것은 나무젓가락부터 전략 물자까지 모두 내다 팔았고, 심지어는 값싼 노동력까지 전세계에 방출함으로써 외화 획득에 총력을 집중해 왔다.

셋째는 전세계에 퍼져있는 화교권을 수출의 전진기지로 삼고, 반대로 전세계에 나가 이미 엄청난 부를 축적한 화교들을 설득하여 본국에 송금하고 투자하는 전략을 구사하여 양질의 화교 자본을 끌어들였다. 그 결과, 마음 놓고 쓸 수 있는 민족 자본이 풍부하게 형성되어 오늘의 중국 경제를 뒷받침하는 배경을 만든 것이다.

이외에도 개방되기 전 사회주의 체제 속에서 국가 발전을 유보당했던 그 사실조차도 이제는 중국 경제 발전의 새로운 인자가 되고 있다. 도로나 철도, 항만 시설 같은 사회 간접 시설이 태부족이라는 사실이 오늘날에는 대규모 토목 공사, 건설 공사, 인프라 사업이 활성화되는 계기가 되고 있다. 그 대표적인 예가 현재 진행되고 있는 '서부 대개발'인데 이런 일들이 실업률을 대폭적으로 감소시키며 만만디의 중국인들을 생산성 있는 근로자로 변모시키고 있으며, 중국의 전 국토가 건설과 번영의 현장으로 바뀌어가고 있다.

나는 이런 중국의 발전상을 보기 위해 야당 시절부터 중국을 오가며 현장을 확인하였다. 그리고 우리 당이 여당이 되고 나서는 더 차분한 안목을 가지고 중국 대륙으로 건너가 그 숨가쁜 발전 현황을 보고 느끼며 양국이 협력해 나갈 수 있는 방안을 심도있게 연구, 토론하였다. 특히 지난 1999년 4월에는 동북 3성의 관문인 요녕성을 방문하고, 장국광(張國光) 성장, 그리고 그 성의 최고 책임자들과 정책 토론을 거쳐 양국간의 협력 체계를 구축하였다. 일제시대까지만 해도 일본 관동군 사령부가 주둔해 있었고, 일본이 만주국 수도로 활용하면서 봉천(奉天)이라고 불렀던 심양시를 방문하여 모수신(慕綏新) 심양 시장, 그리고 시 간부들을 만나 우의 깊고 진지한 모임을 가졌다. 이런 나의 외교적 노력과 친교가 쌓여 그 해 요녕대학과 중국 사회과학원으로부터 명예 교수에 위촉되는 기회를 얻었다.

또 이런 중국 주요 인사들과의 교분과 콴시는 북경과 중앙 정부로 이어져 지난 2000년에는 중국 요녕대학에서 명예 경제학 박사학위를 취득하였고, 그해 12월에는 중국 공산당 지도부의 초청으로 북경을 방문하고 양국의 미래 지향적 협력방안에 대하여 진지한 연설을 하였다.

2002년 올해는 우리와 중국이 수교를 한 지 만 10년째가 되는 해이다. 이제 중국은 미국 다음으로 중요하고 규모가 큰 우리의 대외 무역 파트너가 되었고, 2001년 한 해만 300억 달러 규모의 교역액을 이룩하였다. 특히 중국은 미국과 함께 우리가 무역을 해서 흑자를 낼 수 있는 우호적인 상대이며, 사귀면 사귈수록 우정의 무게를 중요시하면서 콴시의 등급을 높여가는 속이 깊은 이웃이라는 것을 잊지 말아야 할 것이다.

흐르지 않는 물은 상할 수밖에 없다

지난 80년대까지만 해도 일본은 세계에서 가장 빠른 속도로 그리고 가장 큰 규모로 앞서가는 나라였다. 수출이 잘 되고, 국민들의 저축율 또한 높아 돈은 언제나 남아 돌고, 외환 보유고도 세계 최고였다. 따라서 부동산 값은 오르고 일본의 증권 시장은 호황으로 뜨거웠다.

일본 내의 땅값과 부동산 값이 계속 뛰어 올라 일본 사람들은 일본 열도의 부동산을 모두 팔면 아메리카 대륙을 세 번쯤 사고도 남는다는 계산을 하였다. 실제로 뉴욕 맨해튼 지역의 마천루들이 차례로 일본 기업에 팔려 나가고 하와이 해변도 모두 일본인들에게 팔려 나갔다.

그런데 이변이 생긴 것이다. 영원히 따라올 수 없을 것 같던 중국의 기업들이 일본의 백색 가전제품들을 공략하기 시작한 것이다. 처음에는 싼 맛 때문에 산 것뿐인데 그리 오래 가지 않아서 중국산 냉장고나 텔레비전이 그 질적인 면에서도 우수하다는 평가를 받게 되어 미국이나 유럽인들은 중국산 가전제품을 사들이기 시작했다. 또 일본의 정교한 소프트웨어 기술을 따라올 수 없을 것 같던 미국 기업에서 실리콘밸리를 살려내고 마이크로소프트사 같은 정보 산업체가 세계 시장을 선점하면서 일본의 입지는 갑자기 좁아졌다.

이런 세계의 경제 환경이 급변하자 지난 1990년부터 일본 경제는 빙산을 만난 타이타닉호처럼 기울기 시작하였다. 1990년에 제일 먼저 일본의 증권 시장과 부동산 시장이 무너져 내리기 시작하였다. 세계를 돌아다니며 부동산을 사들이던 일본인들이 거꾸로 사들였던 물건들을 내놓기 시작하였고 일본의 증권지수는 고개를 숙인 채 일어설 줄을 몰랐다. 그런 현상을 대부분 일시적인 현상으로 생각하였고, 일본의 기업이나 정치권에서도 심각하게 받아들이지 않았다. 그러다가 90년대 중반부터는 그 신용도나 내실면에서 절대로 흔들리지 않는다는 일본의 은행들이 서서히 붕괴되기 시작하였다. 일본 은행들의 붕괴야말로 9·11 사태 때 허무하게 무너져 내리는 월드 트레이드 센터 건물처럼 관람하는 사람들에게 실감을 주지 못할 정도였다. 이렇게 되자 일본 열도의 경기는 싸늘하게 식기 시작하였고 생산, 유통, 그리고 수출로 이어지는 활력도도 급속히 냉각되기 시작하였다. 그리하여 2002년 현재까지 이런 불경기와 디플레이션 현상이 무려 12년이나 지속되어 오고 있다.

그래서 일본을 지켜보던 세계적 언론들이 일제히 경종을 울리기 시작하였다. 영국의 경제 주간지 《이코노미스트》는 2002년 2월 15일자에서 '일본의 비애(the Sadness of Japan)'라는 제목으로 추락하는 일본을 다루었고, 미국의 시사 주간지 《타임스》는 아시아판 2월 18일자에서 '일본의 슬픈 이야기(Japan's Sob Story)'라는 제목의 글을 내놓았고, 격주간 경제지 《포브스》지도 '공황이 확산되고 있다(The Panic Spreads)'라는 충격적 제목의 글을 실었다.

이런 글들의 골자는 한마디로 이런 것이었다.

'기진맥진한 일본의 경제, 금융은 부실덩어리로 전락하였고, 일본 정부의 빚은 눈덩이처럼 불어만 가고…… 반대로 개혁은 지지부진하며 일본의 경제적 미래에서는 더 기대할 것이 없다.'

그야말로 혹평일 뿐만 아니라 일본인들 자신의 힘으로는 이 난관을 헤쳐나갈 수도 없을 것 같다는 야유에 가까운 기사들이었다. 일본이 이런 사태를 맞은 데에는 몇 가지 이유가 있다.

첫째, 일본 경제가 지난 80년대까지만 유효했던 재벌 위주의 선단식 경영으로 버텨왔기 때문에 국제 경쟁력을 잃었다는 것이고, 둘째로는 일본에서는 여전히 정격유착의 고리가 남아있고, 파벌싸움과 비능률적인 정치가 경제의 발목을 잡고 있다는 것이다. 셋째는 강력한 개혁의 주체가 없기 때문에 일본 경제는 계속 환부를 가린 채 수술을 하거나 약물을 투여할 수 없는 상황에 있다는 것이다.

그러나 무엇보다도 내가 주목하는 점은 일본이 세계화의 지수에서 뒤지고 있다는 내용이다. 일본은 자국 물건을 한없이 내다 팔려고 하면서 외국 물건은 절대로 사 주지 않는다. 경제와는 다소 다르지만, 전후 독일 같은 데에서는 자신의 과오를 인정하면서 피해 당사자인 유대인이나 폴란드인들에게 사과하였고 그들과 화해하려고 하는 적극적인 움직임을 보였지만, 일본인들은 과거에 대한 반성을 하지 않을 뿐만 아니라 이웃과 교류도 하지 않으려고 했기 때문에 세계화 지수에서 뒤떨어졌다고 보는 것이다. 실제로 나온 통계를 보기로 하자. 미국의 국제 전문잡지 《포린 폴리시(Foreign Policy)》와 컨설팅 업체인 AT 커니가 세계 62개 국을 대상으로 '세계화 지수'를 조사한 일이 있다(2001년 현재). 그런데 이 통계에서 세계 기업이나 자본에게 문을 활짝 연 아일랜드가 1위를 했고, 역시 유럽에서 가장 개방적인 스위스가 2위를 했으며, 3위는 아시아의 싱가포르였다.

이 통계에서 한국은 중간 정도인 31위에 올라 있는 반면 일본은 놀랍게도 한국보다 7단계가 낮은 38위를 기록하였다. 이 세계화 지수의 선진국 대열에는 스웨덴, 핀란드, 캐나다, 덴마크, 오스트리아, 영국, 미국, 프랑스, 독일 등이 있는데 일본은 한국보다 뒤에 처져 세계화의 중진국 수준에 머물러 있는 것이다.

이 세계화 지수를 산출한 근거는 첫째, 무역 조건, 외국인 투자 상황, 외국 자본의 이동 상황, 세계 경제와의 교역 정도이고, 둘째는 국민들의 해외여행 빈도, 국제전화 사용량, 외국인과의 접촉 빈도 등이고, 셋째는 각 국가의 국제 사회 참여도, 즉 UN이나 지역국가연합체에 대한 기여도를 측정한 것이고, 넷째는 국민들의 인터넷 이용 빈도, 그리고 지식정보산업과의 접촉 빈도를 따져 본 것이다.

여기에서 볼 수 있듯이 일본은 컴퓨터 산업과 인터넷 사용율과 같은 지식정보산업면에서 뒤떨어져 있었던 것이다.

다행히 일본은 최근에 지방자치단체와 산업체를 중심으로 한국의 정보산업을 수용하고 한국 벤처기업과 접목하려고 하는 시도를 하고 있다. 일본의 미야자키(宮崎) 현에서는 현정부의 간부들이 한국을 찾아와 투자 유치를 하고 있고, 일본의 재스넷 같은 취업 알선 업체가 한국 정보기술 인력의 일본 취업을 유도하고 있는 것이 좋은 예라고 할 수 있다.

우리는 일의대수(一衣帶水)의 관계인 이웃나라 일본이 더 이상 경제적 어려움 속에서 좌초되어 있기를 바라지 않는다. 이웃이 잘 살아야 우리도 좋다. 요즘과 같이 모든 문제가 하나의 지구촌 안에서 처리되는 상황 속에서는 더더욱 그런 것이다. 우리뿐만 아니라 세계의 뜻있는 사람들은 일본 경제가 세계 경제의 발목을 잡지 않도록 빨리 불황에서 빠져나와 예전과 같은 활력과 폭발력을 찾게 되기를 희망하고 있다.

다만 우리가 일본이라는 반면교사(反面教師)로부터 배울 수 있는 점은 아무리 훌륭한 경제적 자원과 자본을 많이 가지고 있는 나라라 하더라도 변하지 않으면 좌초할 수밖에 없다는 점이다. 세계화에 둔감하여 지식정보산업과 같은 첨단산업 체계를 외면하는 나라는 요즘처럼 분초를 다투며 달리고 있는 경쟁 풍토에서는 뒤처질 수밖에 없다는 냉혹한 논리인 것이다.

1913년, 부에노스아이레스의 지하철

　나는 최근 우연히 세계 지하철 현황을 알리는 인터넷 사이트에 들어 갔다가 놀라운 사실을 발견하였다.

　부에노스아이레스, 그러니까 아르헨티나의 수도…… 그 도시에 20세 기 벽두인 1913년에 지하철이 개통되었다는 사실이다. 개통 당시 노선 수는 5개였고, 총 길이가 40킬로미터 정도였으며, 역사의 수도 무려 67 개나 되었다. 그런데 이런 사실이 왜 나를 놀라게 했는가.

　내가 중·고등학교에 다닐 때, 아득한 남미의 나라 아르헨티나라는 이름을 외고 그 나라의 수도 부에노스아이레스를 암기할 때만 해도 정 말 그 나라는 대단했던 나라였다. 지리 선생님으로부터 배운 내용을 정 확히 기억해 낼 순 없지만, 그 나라가 남미 제일의 부국이며 세계 10대 강국에 속한다는 내용이 어렴풋하게나마 남아있다. 위에 예를 든 지하철 건설 연도로만 헤아려 봐도 아르헨티나가 1910년대까지만 해도 남북 아메리카 대륙에서 미국 다음으로 강국이었음을 쉽게 알 수 있다. 남북 아메리카 대륙에서 아르헨티나의 부에노스아이레스 지하철보다 먼저 개통된 지하철은 오직 미국의 뉴욕 지하철(1868년 개통), 시카고 지하철(1892년), 보스턴 지하철(1901년), 필라델피아 지하철(1908년)뿐이었기 때문이다.

캐나다 토론토 지역의 지하철은 부에노스아이레스 지하철보다 무려 41년이 늦은 1954년에 개통되었고, 미국 지역에서 앞에 예로 든 네 지역을 빼 놓고 그 다음으로 개통된 클리블랜드 지역의 지하철은 1955년에야 건설되었다.

이처럼 20세기 초기만 해도 탱고의 나라 아르헨티나는 유럽인들이 미국 다음으로 이민 가고 싶은 신대륙의 선진국이었고, 동방의 작은 나라 코리아와는 비교도 될 수 없는 초강대국이었다.

부에노스아이레스에 지하철이 개통되고 그 도시의 시민들이 탱고 음악을 들으면서 산업화를 자랑할 때, 한국은 어떤 상태였는가.

당시 한국은 4년 전(1910년)에 한일합방으로 국권을 잃은 상태였다. 그 도시에서 철마가 땅속을 달리고 있을 때, 한국은 일본의 식민 통치에 들어간 식민지로서 숨조차 제대로 쉬지 못했다. 역사책을 뒤져 그해의 사건을 찾아 보았더니 대략 이런 것이었다.

그해 1월 부산과 시모노세키를 잇는 항로에 당시 일본인들이 들여온 3,200톤급 부관연락선 고려환(高麗丸)이 취항하여 일본인들은 본격적인 식민지 경영에 들어갔고, 그런 일본인들의 식민 통치에 항거하여 한반도에서는 의병들이 그때까지도 전국적으로 투쟁하고 있었다.

2월에는 평안도에서 활약하던 의병장 한익순(韓翊洵), 한시진(韓始鎭)이 체포되었고, 6월에는 황해도 지역 의병장 채응언(蔡應彦)이 그 지역 헌병대를 습격하였다. 11월에는 유명한 독립군 대장 이동휘(李東暉) 선생이 간도로 피신하여 그 지역에 항일 독립단체를 설립하였다. 그리고 그 해가 저무는 12월에는 7년 간 전라도, 경상도, 충청도 지역에서 용맹을 떨치던 호남창의대장 이석용(李錫庸) 장군이 안타깝게도 임실 지역에서 체포되었다. 안창호 선생이 흥사단을 설립한 것도 그해 5월의 일이었다.

이처럼 그 당시 일제에 대한 우리 민족의 저항은 처절하고, 반대로 일제는 그들의 식민 통치에 가속도를 내면서 한반도를 자신들의 통치 지역으로 굳히는 일을 서두르고 있었다. 그해 9월 일제는 우리의 반일 투쟁을 탄압하기 위해 아예 한반도에서 그들의 육·해군 형법(요즘의 군법)을 시행하는 법을 제정하였고, 함흥에 탄광주식회사를 세워 우리의 자원을 수탈하기 시작하였다. 그러면서 우리 농민들의 혈세를 빼앗기 위해 지세징수(地稅徵收)에 관한 법률도 제정, 실시하였다. 그리고 그 해부터 일본 철도와 한반도 철도를 연결시켜 만주와 시베리아로 달리기 시작하였다. 이런 일을 위해 한강 철교의 복선화 공사를 완공한 것도 그해 12월 15일의 일이었다.

내가 이쯤에서 강조하고 싶은 것은 우리가 이렇게 나라의 주권조차 빼앗기고 이민족의 압제 속에서 시달리고 있을 때, 아르헨티나 국민들은 지하철을 타면서 선진국민의 특혜를 누렸다는 사실이다. 그러니까 지금으로부터 90여 년 전에는 우리와 아르헨티나 국민들의 생활 수준은 하늘과 땅만큼이나 아득한 것이었다. 그런데 지금은 어찌되었는가 하는 점을 말하고 싶다.

그후 아르헨티나는 1930년대까지 풍부한 곡물 생산과 수출을 통해 계속 선진국의 반열에 속해 있었다. 국민들은 샴페인을 마시면서 라틴음악을 즐기고 탱고의 감미로움에 젖어있었다. 세계 대공황의 어려움도 잠깐, 2차 대전 후에도 아르헨티나는 그런대로 남미 지역에서는 가장 잘 나가는 나라로 남의 부러움을 샀다. 그런데 전세계가 산업을 재편하면서 세계화의 물결을 타던 1970년대 이후 아르헨티나는 머뭇머뭇하면서 선진국의 반열에서 뒤처지기 시작하였다.

전문가에 따라 여러 가지 해석을 내릴 수 있겠지만 그 원인은 대략 다음 세 가지로 요약할 수 있다.

첫째, 산업구조적 요인이다. 유럽의 여러 나라들이 자신들의 영농 기반을 과학화하면서 자체적으로 1차 산업 문제를 해결하고 곡물이나 1차 산업 수입을 억제하는 동안, 아르헨티나는 계속 대 농장을 중심으로 한 농업 산업에 매달리고 거기에서 생산되는 농작물 수출에만 진력하였다. 또 북미, 유럽, 심지어는 아시아 국가들도 1차, 2차 산업 기반을 완전히 구축하고 그 기반 위에 중공업, 중화학 공업을 세워나갈 때, 아르헨티나에서는 그런 단계적인 산업구조를 구축해 나가는 일에 신경을 쓰지 않았다. 더구나 이런 중공업, 중화학공업 건설 이후 한국이나 기타 선진국들이 지식 산업기반을 구축하고 IT산업 쪽으로 달려갈 때, 그들은 산업 개편과 세계화에 대한 의욕을 나타내지 않았던 것이다.

둘째로 지적할 수 있는 것이 정치적 불안이라고 할 수 있다. 중남미 전체가 2차 대전 이후 극단적인 보수정책과 진보정책으로 몸살을 앓아 왔다. 파쇼에 가까운 군부 통치가 아니면 산에서 투쟁을 하다 곧바로 도시로 내려오는 좌익 게릴라 정치…… 이런 양극의 정치가 첨예하게 대치해 오면서 아르헨티나의 정치는 하루도 편할 날이 없었다(이 점은 중남미 전체가 비슷하지만). 그나마 아르헨티나 정치에서 전세계적으로 호평을 받았던 정치가는 J. D 페론 대통령과 그의 부인 M.E.M 페론이다. 그러나 이 두 차례에 걸친 페론 가의 정치도 국민들에게 실질적인 부와 안정을 보장해 주지 못했기 때문에, 오늘날 대중영합정치, 포퓰리즘의 대명사쯤으로 인식되고 있는 것이다.

셋째로 아르헨티나는 사회 갈등의 문제를 치유하지 못함으로써 국민적 화합과 통합을 이룩하지 못했고, 그 결과 오늘날의 사태를 맞은 것이다. 아르헨티나에서는 일찍부터 대지주에 의한 대다수의 소작민문제가 사회문제로 대두되었고, 급속한 도시화 현상으로 인해 대도시 인구가 80%를 뛰어넘는 기현상이 생겼으며, 농촌 공동화현상(空洞化現象)이 가속화되었다. 따라서 도시 빈민 문제가 엄청난 사회문제로 등장하였고, 극빈층이 전체 인구의 40%를 뛰어넘는 양극화 현상이 생기면서 빈부 격차가 더욱 심화되었다.

더구나 지난 90년대부터는 중산층이 급속히 줄어들면서, 예로부터 낙천적이며 일을 할 때는 화끈하게 밀어붙이는 라틴 민족의 근면성까지 사라지게 된 것이다. 특히 지난 군정 시절 소수의 군벌과 재벌들이 부를 독점하게 되면서부터 빈민층은 33%에 가까운 소득 감소를 겪어야 했고, 중하층은 22% 이상, 중산층은 12% 이상의 소득 감소를 감내해야 했다. 그래서 결국 아르헨티나가 자랑하던 항아리형 소득분배구조는 깨지고 중산층 없이 중하층과 빈민층만 커진 피라미드형이 되고 말았다.

이런 몇 가지 문제가 악수로 작용하면서 아르헨티나의 경제는 급속히 침체되고 자라지 못하는 아이처럼 언제까지나 제자리를 맴돌다가, 2001년 12월 24일에는 외국의 채무를 갚지 못하는 국가 부도 사태, 즉 모라토리엄을 선언하게 되었다.

참고로 지난 1988년, 우리가 올림픽을 열던 해의 1인당 GNP를 비교해 보면, 당시 우리가 수출액 602억 달러를 기록하고 1인당 GNP 3,228달러를 기록했을 때, 아르헨티나 국민의 1인당 GNP는 2,460달러였다. 그때 아르헨티나에서 동방의 작은 나라 한국의 비상한 움직임을 관찰했었다면 아마도 준비를 했었을 것이다. 왜냐하면 한국은 자신들과 어떤 것으로 비교해도 상대가 되지 않는 나라였기 때문이다.

스포츠만 놓고 봐도 그렇다. 우리는 어렵사리 올림픽을 치르고 2002년에야 일본과 공동으로 월드컵을 열게 되었지만, 그들은 이미 우리보다 24년이나 앞선 1978년에 월드컵을 유치하였고 우승하였다. 그리고 지난 86년에도 그 유명한 마라도나 선수가 세계의 축구팬들을 열광시키면서 두 번째 우승컵을 거머쥐었고, 축제를 벌였다.

아르헨티나에서는 설탕값이 꿀값보다 비싸다고 한다. 내가 직접 확인한 바는 아니지만, 그만큼 들에서 나는 벌꿀이나 산 속에서 나는 석청 같은 진짜 꿀들이 지천으로 있기 때문에 농장에서 나는 설탕값보다 싸다는 말일 것이다. 이것은 아르헨티나가 그만큼 자원의 보고이며 신의 축복을 크게 받은 나라라는 의미이다.

그러나 아무리 신이 비옥한 땅과 훌륭한 여건을 만들어주었다 하더라도 그 땅에 사는 인간들이 정치를 잘못하고, 경제 운용을 잘못하면 파산하게 되는 것이다.

우리도 지난 1997년에 쓰라린 경험을 하였다. 국민들이 사회 통합을 이룩하지 못하고 정치가들이 제 몫을 못했기 때문에 아찔한 IMF 체제를 겪은 것이다. 그러나 금 모으기 운동에서 보았듯이 우리 국민들은 순식간에 단결하였고, 당시 새롭게 맞은 지도자를 중심으로 위기를 정면 돌파하였다.

우리 모두가 기억하는 대로 1997년 10월 IMF 사태를 맞기 직전까지 줄어든 외환 보유고는 223억 달러 수준이었다. 그것이 그해 말에는 놀랍게도 89억 달러도 못 되는 상태로 돌변하였다. 모든 거래는 중단되다시피 하였고, 외국 투자가들도 우리의 금고에서 황급히 자신들의 돈을 찾아 가기 시작하였다. 그러나 다행히 그 순간에 정치 지도자가 바뀌었고, 국민들은 새로운 희망과 각오를 가지고 뭉쳤다. 그런 국민적 의지의 표현이 금 모으기 운동이었고, 외국 여행을 자제하며, 가계의 씀씀이를 줄이는 알뜰 작전이었다.

그래서 우리는 IMF 역사상 가장 짧은 시간 내에 IMF에서 빌린 돈을 갚고 IMF 체제를 졸업한 모범 국가가 된 것이다. 천길 낭떠러지 밑으로 떨어질 뻔했던 순간 우리는 중심을 잡고 오히려 더 큰 힘으로 도약하였다. 그것이 우리가 만들어낸 우리 최근 세사의 기적이었으며, 우리 민족의 저력이었던 것이다.

1913년 우리가 한강 철교의 복선화 작업, 그것도 일본인 자본과 기술로 겨우 이룩했을 때, 아르헨티나 국민들은 미국 다음으로 아메리카 대륙에서 가장 빨리 지하철을 완성하고 선진국 대열에 올랐다는 사실을 왜 이 시점에서 강조하는가.

나는 이런 사실을 가지고, 우리 국민만 잘나고 아르헨티나 국민들은 그렇지 않다라고 주장하는 것이 아니다. 이런 일은 우리 두 국민에게 똑같이 교훈이 된다.

그 교훈의 핵심은 무엇인가? 역사 속에서 어느 민족이든 한 순간이라도 방심하면 화를 당할 수 있고, 또 지도자를 중심으로 똘똘 뭉치면 어떤 난관도 이겨낼 수 있다는 점이다.

아르헨티나가 지금은 말할 수 없는 어려움에 처해 있지만 우리보다 월등한 자원력이나 잠재력을 가지고 반드시 일어설 것이다. 또 지금 전 세계 사람들은 낙천적이며 음악을 사랑하고 진취적인 아르헨티나 국민들이 반드시 현재의 위기를 극복하고 다시 한 번 우아한 탱고의 리듬처럼 일어설 것을 기대하고 있을 것이다.

잭 웰치를 생각하며

    요즈음 대권에 도전하는 분들은 거의 예외 없이 CEO형 국가 지도자가 되겠다고 말한다. 좋은 발상이라고 생각한다. 그만큼 현대에서는 정치가 정치 하나만으로 독립할 수 없는 상황이라는 것, 그리고 국민 경제를 일으킬 수 있는 경제적 마인드나 능력을 가지고 있는 분이 국가 지도자가 되어야 한다는 사실이 중요한 명제로 굳어지고 있는 것이다.

    그러나 경제 경영을 직접 하던 CEO가 국가 경영자가 될 수 있느냐 하는 것은 별 문제이다. 미국에서도 지난 1992년 대선 때 석유재벌이었던 로스 페로가 직접 대선 후보가 되었고, 국민들에게 자신을 대통령으로 뽑아준다면 자신이 부자가 되었던 경험을 살려 미국을 부자나라로 만들겠다고 강조하였다. 그러나 그는 국민들의 선택을 받지 못했고 지난 1996년 대선에서는 아예 개혁당을 만들어 도전했지만 역시 실패하였다. 그만큼 경제 영역과 정치 영역이 일치할 수 없다는 사실을 국민들이 먼저 알고 있는 것이다. 과거 우리나라에서도 이와 비슷한 사례가 있었고 결과도 비슷하였다.

현재 지구촌은 우리 모두가 알고 있는 것처럼 하나의 경제권으로 묶여 있다. 따라서 이제는 정치가도 세계화된 경제 상황 속에서 어떻게 국가 경영을 해 나가야 하느냐 하는 명제를 해결해야 한다. 그러기 위해서는 '세계화'에 대한 감각과 식견을 가지고 있어야 하고 'CEO적인 마인드', 즉 경제 전반에 걸친 해박한 지식과 경영자적인 실전 능력까지 갖춰야 할 것이다.

이런 의미에서 나는 2001년 9월에 은퇴하고 지금은 TV 경제뉴스 진행자로 활동을 시작한 미국 제네럴 일렉트릭(GE)의 전 회장 잭 웰치를 생각하게 된다. 국가를 경영하든 한 기업을 경영하든 잭 웰치와 같은 처신과 결단력을 갖춘다면 이상적이 아닐까 하는 생각이다. 그에 관한 책은 우리나라에도 소개되어 있기 때문에 우리의 젊은이들이 잘 알고 있을 것이다.

그는 매사추세츠 주 피바디에서 태어나 일리노이대학에서 화공학으로 박사학위를 받았다. 인문과학이 아니라 순수과학 분야를 전공하고 학자나 연구원이 될 뻔했던 사람이 세계 최대의 재벌을 경영하고 우리 시대의 가장 뛰어난 기업가가 된 점이 이채롭다.

왜 그가 위대한가.

그는 1960년 평사원으로 GE사에 입사하였다. 그리고 각 부서를 돌며 꾸준히 일하고 성실하게 근무하였다. 고속 승진을 위해 뛰는 행동을 하지도 않았고 편법을 통해 남보다 앞서가려고도 하지 않았다. 다만 회사의 형편이 어려워지기 시작하자 남들이 기피하는 일을 두려움없이 맡아서 하였고 결정을 내려야 하는 순간에는 아주 과감하게 하였다. 또 일을 처리할 때 사심없이 했을 뿐만 아니라 공명정대하고 빠르게 하였다. 뿐만 아니라 언제나 작은 이익보다는 회사 전체의 이익을 생각하였다. 바로 이런 점이 최고경영자인 레그 존스 회장의 눈에 띄어 회사가 가장 어려웠던 1981년에 회사의 정상에 오르게 된다.

당시 GE사의 시장 가치는 120억 달러에 불과했는데 그가 회장으로 있던 20년 동안 GE사의 시장 가치는 4,500억 달러가 되었다. 회사 재산을 무려 40배 가까이나 늘려놓은 셈이다. 그러니까 그는 1년에 회사의 재산을 거의 2배씩 늘려간 것이다.

어떻게 그가 그렇게 할 수 있었을까.

먼저 그는 공룡에 비유되던 지나친 외형을 아주 과감하게 줄여나갔다. 구조조정이니 슬림화 경영이니 하는 현대적 경영기법이나 용어도 생기지 않았을 때 그는 자신만의 창조적인 아이디어와 정확한 판단으로 그렇게 해나갔다.

그리하여 취임 후 5년 간 무려 11만 명에 해당하는 종업원을 과감히 해고하면서 조직의 군살을 뺐다. 그렇게 해나가기까지 얼마나 어려움이 컸겠는가. 노조활동이 가장 왕성하던 시기였으며 해고에 관한 한 법적 보호 장치가 가장 완벽하게 마련돼 있는 미국이라는 점을 생각할 때 잭 웰치의 구조조정 능력은 상상을 뛰어넘는 것이다.

그럼 어떻게 해서 그런 구조조정을 이뤄낼 수 있었을까. 군살을 상부로부터 빼나가기 시작했고 사원 모두로부터 충분한 동의를 얻어나갔다. 그야말로 그는 화합을 다져나가면서 할 일을 해나간 양날의 칼을 구사한 셈이다. 그래서 그의 폭발력을 가리켜 사람들은 '중성자탄'이라고까지 불렀다.

이런 잭 웰치의 경영과정을 살펴보면 5년이라는 시간은 결코 짧은 시간이 아니고, 그 시간은 묘하게도 한국의 대통령 재임기간과도 정확하게 맞아떨어진다. 진정으로 나라 경제를 생각하고 문제의 핵심을 꿰뚫는 지도자라면 재임 5년 동안 잭 웰치가 이룩한 신속하고도 과감한 혁신을 이룩할 수 있을 것이고, 경제의 군더더기를 덜어내고 생명력을 키워내서 국부를 급속하게 이룩해 나갈 수 있을 것이다.

우리가 잭 웰치로부터 배워야 할 가장 큰 교훈은 첫째, 정확한 판단력이며 둘째, 거대한 파도를 이겨내는 것과 같은 과감성이고 셋째는 이런 성공을 화합 속에서 이루어내려고 하는 상생의 정신이다.

그러나 경영의 신으로까지 불렸던 잭 웰치도 전부 성공만 한 것은 아니었다. 재임 20년 후 기업의 성공을 위해서는 반드시 인수해야 했던 하니웰사를 놓쳤다. 그래서 그는 제프 이멜트를 후임자로 선정하고 미련 없이 GE사를 떠났다. 올해(2002년) 66세의 나이로 아직은 활동할 여력을 얼마든지 가지고 있지만 그는 책임질 시점에서 책임까지도 정확히 지고 떠난 것이다. 최근 외신을 보니 그는 2002년 2월부터 미국 경제 전문 방송인 CNBC의 초청 진행자로 활동할 예정이라고 한다.

나는 잭 웰치 회장의 경영 철학 '잘못이 있다면 고쳐라, 가지고 있는

것보다 파는 것이 효과적이라면 과감하게 팔아라, 이것도 저것도 아니
라면 주저하지 말고 폐쇄하라'를 정치에 원용하고 국가 경제 운영에 적
용시킨다면 성공할 수 있다고 확신한다.

　최근 미국의 경제 전문지 《포천》은 최근호(2002년 3월 4일자)에서
미국의 기업 경영진과 기업 분석가 1만 명을 상대로 '존경받는 미국
기업 톱10'을 조사한 결과를 발표하였다. 그런데 그 조사에서 잭 웰
치가 일구어 놓은 제너럴 일렉트릭(GE)사가 5년 연속 미국에서 가장
존경받는 기업으로 선정되었다. 심사위원들은 GE사가 잭 웰치 외에
제프리 이멜트와 같은 훌륭한 경영인을 계속 배출하면서 기업의 악
화된 실적까지도 감추지 않은 그 정직성과 솔직성을 높이 평가하였
다고 한다.

　우리 정치에서도 이렇게 정직성을 바탕으로 존경받는 정치인을 배
출할 수 있으면 얼마나 좋겠는가!

2002년의 현실과 2010년의 비전

현대사회의 중심 화두는 경제이다. 경제 문제가 잘 풀리면 개인, 가정, 사회, 국가는 일단 가장 큰 근심거리로부터 벗어났다고 봐야 할 것이다. 한 나라의 존망(存亡)은 전적으로 경제 문제에 달렸다고 봐도 좋기 때문이다.

만약 9·11 테러를 당한 미국이 경제 상태가 좋지 않았다면 국경과 대륙을 넘어 테러 분자들을 찾아 나설 수도 없었을 것이고, 응징할 수도 없었을 것이다. 만약 시장 경제를 받아들인 중국이 경제 성장을 이룩하지 못하고 국민의 삶이 전만 같지 못했다면 등소평의 흑묘백묘론(黑猫白猫論)이나 남순강화(南巡講話)는 오히려 중국 경제를 망친 망국 이론이 되었을 것이고, 중국 대륙은 죽의 장막 저 너머로 후퇴하여 문을 닫아 걸고 말았을 것이다. 또 일본이 지난 1980년대 정도의 추진력으로 경제 발전을 계속했다면 지금쯤 세계 질서는 미 · 일의 양대 축으로 바뀌었을 것이다.

이만큼 경제는 중요한 것이고, 국가의 운명과 국민의 삶의 질을 전적으로 좌우하고 있다고 봐야 할 것이다. 따라서 우리 경제는 현재 어디쯤 와 있고, 어디를 지향하고 있는가를 따져 보는 일이 우리 국가의 현재와 미래를 알아볼 수 있는 가장 간단한 방법이 될 수 있다.

우선 현재 우리나라에서 경제 활동을 하고 있는 외국인들의 시각이 어떤지부터 알아 볼 필요가 있다. 얼마 전 지상에 한국 경제의 현주소를 언급한 제프리 존스 주한 미 상공회의소 회장의 견해는 다음과 같다.

외국인 투자와 관련된 통계가 보여주듯 지난 몇 년 동안 추진된 한국의 개혁정책은 놀라운 결과를 가져왔다. 외국인 투자자들은 민간 부문뿐 아니라 정부의 개혁정책에 대해서도 주의 깊게 주시해왔고 그 결과에 대해 깊은 감명을 받았다.

개혁에 대한 외국인 투자자들의 관심은 단순한 호기심의 차원을 뛰어넘어 개혁이 가져올 결과에 대해 신뢰의 반응으로 나타났다. 즉 외국인 투자자들은 한국에 그들의 돈을 투자하기에 이른 것이다.

개혁이 올바른 방향으로 진행되고 있는지에 대해서는 칭찬이나 미사여구(美辭麗句)만으로 판단할 수 없다. 한국에서 개혁이 추진되고 있으며 그 결과가 긍정적이라는 것을 보여주는 것은 바로 시장의 반응이다.

김대중 대통령 정부가 펼친 개혁정치의 결과 지난 4년 동안 외국인의 직접투자는 경제 위기 전 30년 동안 한국에 유치된 투자보다 두 배 이상 증가했다. 외국인 투자자들은 한국의 주식시장에서 30% 이상 주식투자 비율을 증가시켰다.

정부가 앞장서서 개혁을 추진하는 동안 산업계 또한 개혁과정에 있어서 중요한 역할을 담당했다. 이제 한국의 산업계는 사업수익성에 중점을 두고 신제품 및 기술 개발을 도모하고 생산성 극대화를 위해 노력하고 있다. 이러한 것들은 불과 3~4년 전에는 상상할 수도 없는 놀라운 변화들이다.

한국인들은 현재의 한국에 대해 자랑스럽게 생각해도 좋을 것이다. 현재 한국의 이미지는 놀랄 만큼 나아지고 있으며 다음 세대는 이러한 변화의 혜택을 보게 될 것이다. (후략)'

—2002년 2월 16일 《중앙일보》

내가 이런저런 얘기를 길게 할 것 없이 제프리 존스 회장은 한국 경제를 극찬하고 있다. IMF 이후 우리는 그것을 잘 극복했고, 그 어려움을 교훈삼아 방향을 잘 설정하고 꾸준히 노력해 온 결과 우리 스스로를 자랑스럽게 생각해도 좋을 만큼 경제적 성과를 이룩했다고 본 것이다.

여기에 첨언을 한다면 IMF 이전 240억 달러에 머물러 있던 외국인 투자가 2001년 말 540억 달러로 2배 이상 증가했고, 우리나라에 들어와 있는 외국 기업 역시 지난 1997년 4,419개였던 것이 지난해 말에는 11,515개 사로 역시 두 배 이상 늘어나 있다. 외국인들이 우리나라에 활발히 투자를 하고 한국에 기업체를 계속 세우고 있다는 것은 한국의 기업 풍토가 그만큼 좋아졌다는 뜻이고, 안보 상황도 나아졌다고 보고 있는 것이다.

이런 일은 햇볕정책을 추진함으로써 한반도에서 전쟁의 어두운 그림자를 몰아낸 국민의 정부의 성공이기도 하며, 그런 정책을 믿고 열심히 일한 우리 근로자와 기업인들의 노력 때문일 것이다.

그렇다고 현시점에서 한국의 경제가 탄탄대로를 달리고 있고, 희망의 등불로 가득 차 있다고 단언한다면 단견일 수밖에 없다. 일단 큰 틀에서 볼 때, 방향은 잘 잡혀져 있고 IMF라는 위기의 고개를 넘어 희망봉을 바라보는 지점에 와 있는 것은 사실이다. 하지만 희망만큼 불안의 요소도 크고 앞으로 우리가 해결해 나가야 할 미완의 과제 역시 엄청나다는 점까지 부인할 수는 없는 것이다.

이왕 희망적인 관점에서 이야기를 꺼냈으니, 희망적이고 고무적인 내용을 먼저 열거해 본다면 대략 다음과 같은 내용이 될 것이다.

첫째, 우리는 IMF라는 경제적 초비상사태를 맞으면서도 흔들리지 않고 온 국민이 금 모으기 운동 같은 애국 운동을 경제 현상에 접목시킴으로써 세계의 경제사를 다시 써야 할 만큼 경제적 역동성과 창조적 발상을 함께 보여 주었다. 이것은 더 큰 질병에 대비하여 백신 주사를 맞은 것 이상으로 우리 국가의 경제 활동에 있어서 커다란 잠재력이 될 것이다.

둘째, 우리의 산업 구조는 조선, 자동차, 철강 분야처럼 제조업과 굴뚝 산업 분야에서 세계를 이끌어 갈 만큼의 규모와 세계 시장의 점유율을 자랑하고 있다. 뿐만 아니라 이제는 일본에서도 부러워할 만큼 우리는 일찌감치 IT 산업 분야에 투자를 하였고, 인프라를 구축하고 미래를 향해 달리고 있다. 특히 국민의 정부와 함께 일기 시작한 지식정보산업의 열기가 우리 산업의 틀을 미래 지향적으로 바꾸어 놓았다는 점에서 긍지를 느낄 수 있는 것이다.

셋째, 우리 젊은이들은 아직도 세계에서 최고 수준에 이르는 향학열을 가지고 있고 해외로 유학을 가면서까지 미래 지향적인 진취성을 보이고 있다. 이런 역동성과 행동력이 가까운 미래 속에서 한국의 경제를 더 높은 수준으로 이끌어 갈 수 있는 자산이 될 것이다.

그러나 이런 낙관적인 요소들이 있음에도 불구하고 우리의 경제적 미래는 마냥 낙관적일 수 없다. 이른바 굴뚝 산업이라고 불리는 제조업 분야에서도 기술의 양극화 현상이 심화되고 있다. 특히 중국을 비롯한 후발국가들의 기술력이 하루가 다르게 발전하고 있기 때문에 우리 산업의 기술력이 선진국과 똑같은 최고의 수준을 유지하지 못하는 한 제조업 전반에 걸친 기선(機先) 제압이 어렵게 될 것이다. 현재 우리의 수출량이 지난 2001년 초부터 2002년 상반기까지 계속 감소세를 보이고 있다. 이 원인도 우리의 제품이 최고급품이 되지도 못하고, 중국산처럼 싸지도 못한 데서 그 원인을 찾을 수 있을 것이다. 성경에도 '차거나 덥거나 하라'라는 말이 있듯이 앞으로 우리 제품이 국제 시장에서 경쟁력을 가지려면 질로서 최고가 되든지, 값으로 최저가 되어야 할 것이다.

다음으로는 경제의 하드웨어 부분보다는 소프트웨어 부분의 개발과 발전이 앞서야 한다. 예를 들면, 우리가 컴퓨터를 많이 사용하고 컴퓨터를 이용한 게임에도 능해서 한국의 젊은이들이 국제 무대에서 컴퓨터 게이머로 명성을 날리고 있다. 그러나 한국의 젊은이들이 막상 사용하고 있는 게임기의 소프트웨어는 모두 미제 아니면 일제라고 한다. 이런 현상이야말로 우리는 열심히 놀아주고 돈은 외국 사람들이 벌어가는 아이러니가 아닐 수 없다. 그야말로 재주는 곰이 넘고, 돈은 중국 사람이 번다는 속담과 비슷한 얘기이다. 우리가 즐겨 쓰는 컴퓨터의 운영 체계가 대부분 마이크로소프트사의 것이라면 우리가 컴퓨터를 많이 만들고 보급하면 보급할수록 빌 게이츠의 주머니만 불려준다는 이치와 같다. 따라서 우리는 기술면에서 '핵심'을 잡아내야 하고 경제 운영 면에서도 규모보다는 내실을 다져나가야 할 것이다.

또 지금 진행중인 공공, 금융 부분의 개혁은 계속되어야 한다. 우리의 공기업도 공익에 저해가 되지 않는 한 이제는 철밥통의 관행을 깨고 냉정한 경쟁력의 광장에 나와 심판을 받아야 할 것이다. 또 아직까지도 외국인이나 투자가들이 완전히 신뢰하지 못하는 우리의 금융기관이 투명하고 튼튼하게 거듭나야 할 것이다.

뿐만 아니라 현재 환란 극복을 위해 투입된 150조 이상의 공적 자금이 보다 효율적으로 회수되어야 할 것이고, 그 미수금들이 기업이나 가계에 부담이 되지 않도록 슬기로운 경제 운영을 해 나가야 할 것이다.

우리의 기업이나 제품이 경쟁력을 가지려면 우리 정부 부문 경쟁력도 앞서가야 되고 부패 문제도 해결해야 투명성을 갖게 된다. 그런데 외국 연구기관(스위스 국제경영개발원, IMD)의 보고서에 의하면 2000년 기준 우리의 정부 부문 경쟁력은 싱가포르, 말레이시아, 대만, 중국, 일본에도 뒤떨어지는 25위였다. 또 국제투명성기구가 발표한 2001년 우리의 부패지수는 4.2점으로 조사대상 92개국 중에서 중위권도 되지 못하는 42위였다. 이런 점은 우리 정치권이 깊이 반성해야 할 점인데, 경제의 경쟁력을 살리고 뒷받침해 주려면 정치 분야에서 우선 경쟁력을 회복하고 투명성을 제고해 주어야 할 것이다.

또 우리는 미래를 위해 참을 필요도 있다. 얼마 전 우리 국가의 신용등급을 상향조정하기 위하여 무디스사의 간부들이 방한하였다. 그때 국내에서는 우리의 철도, 발전, 가스 노조가 파업중이었다. 정말 안타까운 일이 아닐 수 없다. 그 시기나 방법에 있어서 보다 나은 윈윈(win-win) 전략이 있었을 텐데…… 아쉬움이 남을 뿐만 아니라 이런 일은 국가 전체의 이익과 맞물린다는 것을 우리 모두가 유념했어야 할 일이었다.

우리가 이런 장점과 단점을 충분히 살피면서 또다른 가능성을 개발해 나간다면 우리의 경제는 다가오는 2010년 정도에 세계 10위권의 부국건설이라는 목표를 달성하는 데 문제가 없을 것이다. 현재 우리는 국제무역 규모나 국가 경제 규모면에서 세계 10위권에 이미 진입하고 있다. 이런 외형을 근거로 해서 내실을 다진다면 그야말로 명실상부한 세계 10위권의 부국이 될 것이다.

최근 우리의 텔레비전 프로그램, 연예오락 면에서 이른바 '한류(韓流)' 라는 현상이 동남아와 중국 쪽으로 번지고 있다. 우리의 영상 문화나 공연 문화가 단연 아시아의 선진 문명으로 자리잡고 있는 현상이다. 여기에다가 우리의 상품과 경제 소프트를 접목시켜 나간다면 우리는 한류의 물결을 따라 '21세기식 신실크로드' 를 개척할 수 있을 것이다.

요즘 유럽연합(EU)에서는 이미 EU의 지붕 밑으로 들어온 15개 회원국이 자국의 화폐를 버리고 EU의 공동화폐인 유로화를 쓰고 있다. 외신에서는 이탈리아의 유명한 남녀 배우가 로마 시내 트레비 분수에 자국 화폐인 리라 동전을 던지면서 감회에 젖는 모습을 보여주기도 하였다. 이렇게 지금 세계는 공동으로 살아남기 위해 자국의 화폐를 버리고 앞으로는 자국의 헌법까지도 버리려 하고 있다. 보다 큰 목표를 위해 국가의 이익까지도 희생시키며 뭉치고 있는 것이다. 그 큰 목표는 함께 잘 살고 번영하자는 데 있다.

이런 것을 생각한다면 우리도 일본, 중국과 같은 아시아권의 이웃 국가들과 함께 보다 큰 경제 공동체를 구성할 필요가 있다. 첫 단계로 상호간에 관세를 철폐하는 방안을 강구해야 할 것이고, 유통에 필요한 인프라를 서로 교환·공유하는 체제를 갖추어 나가야 할 것이다. 한·중·일 3국이 먼저 극동 아시아의 공동체를 발족시킨다면 아세안 같은 기존의 느슨한 지역 공동체를 흡수할 수 있을 것이다. 이런 일은 우선 우리 내부가 결속되고 우리의 경제력이 그들과 대등할 때 가능해질 수 있다.

아직 나는 그 책을 읽어보지 못했지만 프랑스의 석학 자크 아탈리는 미래 문명의 비전을 밝힌 최근 저서 『프라테르니테』라는 책의 첫머리에서 '2050년에 한국의 서울은 아시아 연합 국가의 수도가 된다'고 멋진 예언을 했다고 한다. 그분은 도쿄, 서울, 베이징을 연결하는 베세토의 축이 마련되면 그 축의 한가운데에 있는 서울이 아시아 번영의 핵이 되면서 지역의 수도가 된다고 했다는데…… 정말 이런 얘기가 우리의 노력으로 꼭 이루어졌으면 한다.

2002년 우리의 현재가 그렇게 비관적이지 않고 희망 3, 우려 2 정도라고 한다면 우리가 대화합을 통해 민족의 에너지를 하나로 결집하여 노력할 경우, 우리의 2010년 꿈은 반드시 이루어질 것이고 그 너머에 있는 2050년 서울의 꿈 역시 이루어지지 않겠는가!

도라산(都羅山)역의 꿈

 내가 이 책의 탈고를 서두를 때쯤 한국을 찾은 부시 대통령이 김대중 대통령과 함께 한반도 분단의 현장인 도라산역을 방문하였다. 그런데 나는 두 정상보다 먼저 도라산역을 두 번이나 방문했었다. 2월 7일 대통령 후보 경선 출마를 공식 선언한 후 곧바로 도라산역을 방문하여 내가 대통령이 된다면 남북 통일을 위해 최선의 노력을 다할 것을 다짐했고, 2월 12일 구정때는 실향민들과 함께 도라산역까지 가는 망대 열차를 타고서 그분들의 애끓는 망향의 한과 통일에의 염원을 숙연한 마음으로 지켜 보았던 것이다. 나는 도라산역의 쓸쓸한 풍경들을 떠올리면서 TV에 방영되는 두 정상의 연설을 경청했다.

 두 분은 도라산역에 나란히 서서 허리 잘린 한반도의 실체를 최근접 거리에서 바라보며 각각의 철학이 담긴 연설을 시작하였다. 김 대통령의 연설은 간곡하고 처연하기까지 한 것이었다. 아들뻘 되는 강대국의 대통령에게 우리가 겪고 있는 분단의 현실은 바로 우리 자신의 문제이며 따라서 이 분단의 고통은 우리가 주체적으로 해결해 나가야 할 과제라는 것을 설득하는 것이었다.

"……우리가 서 있는 이곳은 분명히 기차역입니다. 그러나 이름만 기차역일 뿐, 북적대야 할 인파도 화물도 없습니다. 잠자고 있는 역입니다. 휴전선이 앞길을 가로막고 있기 때문입니다. 지금 우리가 목격하고 있는 모습은 지구상에 마지막 남은 냉전의 현장입니다. 멈춰 선 기차, 끊어진 채 녹슬어가고 있는 철도, 이 모든 것이 반세기 남북분단의 현실을 상징하고 있습니다. 이곳에는 우리 민족의 한이 서려 있습니다."

김대중 대통령이 여기까지 말씀하셨을 때 그곳에 있던 모든 사람들은 숙연하다 못해 통곡을 속으로 새기는 모습이었다. 대통령이 결코 과장 없이 말씀하시는 그 내용이 바로 우리 모두의 느낌이며 한이었기 때문이다. 그러나 김 대통령께서는 그 처연함 속에서 곧바로 희망을 이끌어내고 우리 민족이 함께 바라볼 수 있는 비전을 제시하였다.

"……이곳 도라산역은 또한 희망의 현장이기도 합니다. 여기서 북쪽으로 14킬로미터의 철도만 더 이으면 남북한이 육로로 연결됩니다. 그렇게 되면 부산에서 출발한 기차가 평양을 거쳐 압록강까지 달려갈 수 있습니다. 남북간의 긴장이 크게 완화되고 인적 물적 교류가 획기적으로 일어날 것입니다. 나는 이러한 길이 하루속히 열려 남북에 있는 1천만 이산가족들이 이 열차를 타고 왕래하며 고향과 혈육을 찾게 되기를 진심으로 바라 마지않습니다. 그뿐만이 아닙니다. 이 철도는 다시 중국이나 시베리아, 중앙아시아를 거쳐 유럽까지 연결됩니다. 휴전선에 가로막혀 사실상 섬으로 남아있던 우리 한국이 유라시아 대륙 전체와 태평양을 연결하는 물류의 중심이 되는 것입니다. 남북간의 철도 연결은 이처럼 남북관계의 진전뿐만 아니라 우리의 경제적 미래의 융성이 걸린 중요한 사업입니다." (후략)

나는 그 동안 이런저런 자리에서 수없는 연설을 들었지만 그날 도라산역에서 김 대통령이 행한 연설만큼 숙연하고 감동적인 것은 드물었다고 생각한다. 아마 이 연설은 김 대통령이 젊었던 시절 박정희 후보와 맞서서 1971년 서울 장충단공원에서 사자후를 토했던 그때와 여러 가지 면에서 대비되는 것이라고 생각한다.

그때는 야당 후보로서 국내 정치 상황을 바라보며 '이 선거에서 우리가 지면 총통 시대가 오고 다시는 대통령을 뽑는 선거도 없을 것'이라는 예언적 내용을 발표하였는데, 이번 도라산역에서는 한반도에서 남북을 잇는 철길이 연결만 되면 통일의 시대가 오고 한민족이 번영할 수 있는 국운도 조성된다는 보다 크고 원대한 꿈을 말하는 것이다.

나는 김대중 대통령의 꿈을 누구보다 잘 이해한다. 대통령은 평생 동안 통일을 추구해 오신 분이다. 그러나 대통령은 결코 감상적 통일주의자는 아니다. 대통령은 언제나 현실과 이상의 조화를 이루어 낼 줄 아는 분이다. 그분은 통일의 당위성뿐만 아니라 통일의 경제성까지도 내다보며 민족 융성의 꿈을 말하고 있다.

도라산역을 시발로 경의선이 완전 개통되면 우리에게 어떤 경제적 이익이 올지를 국민들은 아직 잘 이해하지 못하고 있다. 그러나 그 이익은 상상을 초월한다. 내가 건설교통위 시절 조사한 자료에 의하면, 우리나라 수출입 물량의 99.7%가 바다를 통해 이루어지고 나머지 0.3%는 항공에 의지한다. 그러나 경의선이 연결되면 유럽과 아시아 쪽 수출입 물량 대부분이 육로를 이용하게 되는 것이다.

그런데 부산에서 20피트짜리 콘테이너 하나를 선박으로 함부르크까지 보내는 데 2,300달러의 비용이 드는 데 비해, 경의선을 통해 육로로 수송하면 900달러밖에 안 든다. 말하자면 물류비용이 60% 이상 절감되는 엄청난 이익이 발생하는 것이다. 이것은 우리나라가 아시아의 물류 중심국이자 허브국가로 우뚝 설 수 있다는 것을 의미한다. 경의선만 개통되어도 이럴진대 통일이 된다면 그 경제 효과는 엄청날 것이다. 바로 이것이 통일의 경제학이요, 대통령의 꿈인 것이다. 냉전 수구세력들은 통일을 위한 노력을 '퍼주기'라고 폄하한다. 야당까지 거기에 가세하고 있다. 그러나 그것은 결코 일방적인 퍼주기가 아니다. 한반도에 평화를 정착시키고 우리의 경제적인 수출입로를 위한 가장 효율적인 투자인 것이다.

나는 대통령의 감동적인 연설을 들으며 지난 1990년 10월 독일이 통일될 때 구제국의회 건물 앞에서 거행된 통일 행사가 떠올랐다. 10월 3일 자정, 그곳에서는 통일 독일의 새로운 깃발이 오르고 전세계에 독일 통일을 알리는 선언문이 낭독되었다.

브란덴브르크 광장에 모인 동서독 주민들은 얼싸안고 울었고 전세계인들은 숨죽이며 그 장면을 지켜보았다. 그 자리 중앙에 바이츠제커 대통령이 서 있었고 그 좌우에는 독일 통일을 이룩한 콜 현직 총리와 그

통일의 씨를 뿌린 브란트 전직 총리가 서 있었다. 통일 선언문이 낭독되고 나자 군중들은 콜 총리를 부르기 전에 "브란트! 브란트!"를 연호했고 백발이 성성한 브란트는 통일의 깃발과 유서 깊은 제국의회 대리석 기둥을 바라보며 눈물을 흘렸다.

언젠가 우리도 통일이 되는 날 도라산역에 현직 대통령이 서고 햇볕정책을 폄으로써 한반도에 통일의 문을 연 김대중 대통령도 정중한 예우를 받으며 그 자리에 서 있을 것을 상상해 본다.

선진국 사람들도 가장 이상적인 국가의 모델로 북유럽 국가, 노르웨이나 스웨덴 같은 나라를 추천하고 있다. 그곳에 살다온 우리 외교관이나 교포들도 이 점에 대해서는 이의를 달지 않는다.

오슬로의 겨울은 낮보다 밤이 더 아름답다고 한다. 왕궁 주변에 화려한 외등이 밝혀지고 남산보다 낮은 시내 중앙의 산중턱에는 누구나 이용할 수 있는 스키장이 마련되어 있다. 그 스키 코스는 도시의 야경을 끼고 한가롭게 펼쳐지는데 왕족이나 심지어는 나이 든 국왕까지도 경호원 없이 심야에 스키를 즐긴다고 한다. 긴긴 겨울밤 국왕과 시민들이 함께 스키를 즐기고 간이 음식점에 마주 앉아 야식을 즐기는 그 모습이야말로 이 지구상에서 건설할 수 있는 가장 평화롭고 이상적인 국가의 모형이 될 수 있을 것이다.

통일이 되고 나면 우리 대학생들이나 젊은 연인들은 백두산과 개마고원을 연결하는 스키 코스에서 젊음을 맘껏 즐길 것이다. 노년의 부부들은 금강산 온천에 몸을 담그고, 북한에서 태어난 젊은이들은 제주도의 유채밭 사이를 힘껏 뛰며 감귤을 따고 기념사진을 찍을 것이다.

나는 시인 로버트 브라우닝이 읊었다는 이 한마디를 전하고 싶다.

'가장 좋은 것은 미래 속에 남겨져 있다.'

화합으로 으뜸이 된 남자

찍은날 | 2002년 4월 20일 초판 1쇄
펴낸날 | 2002년 4월 25일 초판 1쇄

지은이 | 한화갑
펴낸이 | 이태권
펴낸곳 | 소담출판사
　　　　서울시 성북구 성북동 178-2 (우)136-020
　　　　전화 | 745-8566　팩스 | 747-3238
　　　　E-mail | sodam@dreamsodam.co.kr
　　　　등록번호 | 제2-42호(1979년 11월 14일)
기　획 | 이장선
편　집 | 김효진 가정실 구경진 마현숙
미　술 | 박준철 김정희 손희자
본부장 | 홍순형
영　업 | 박종천 김진갑 박성건
관　리 | 안근태 안찬숙 장명자

● 책 가격은 뒤표지에 있습니다.